Jane Austen

PERSUASÃO

Tradução
UBK Publishing House

ubook UBK Publishing House

COORDENAÇÃO Alessandra Brito

EDIÇÃO Nikita Sigrist

COPIDESQUE Gleice Couto

REVISÃO Nádia Maia e Emerson Xavier

PROJETO GRÁFICO E CAPA Clarissa Duarte

IMAGEM DA CAPA Asrulaqroni | Freepik

DIAGRAMAÇÃO Haroldo Brito | Criatus Design

Dados Internacionais de Catalogação na Publicação (CIP)
(Câmara Brasileira do Livro, SP, Brasil)

Austen, Jane, 1775-1817
Persuasão / Jane Austen ; tradução UBK
Publishing House. – Rio de Janeiro, RJ : Ubook Editora, 2022.

Título original: Persuasion
ISBN 978-65-5875-649-1

1. Ficção inglesa I. Título.

22-98483 CDD-823

Índices para catálogo sistemático:

1. Ficção: Literatura inglesa 823

Eliete Marques da Silva - Bibliotecária - CRB-8/9380

Ubook Editora S.A
Av. das Américas, 500, Bloco 12, Salas 303/304,
Barra da Tijuca, Rio de Janeiro/RJ.
Cep.: 22.640-100
Tel.: (21) 3570-8150

"O tempo há de explicar."

Capítulo I

Sir Walter Elliot, de Kellynch Hall, em Somersetshire, era um homem que, para se distrair, jamais leu outro livro que não fosse o *Baronetage*.[1] Nele encontrava ocupação suficiente para os momentos ociosos e consolo para os momentos de angústia. A obra despertava seu mais profundo senso de admiração e respeito pela contemplação do que restou da nobreza mais antiga. Além disso, à medida que vislumbrava as quase infinitas criações do século anterior naquelas páginas, quaisquer sensações indesejáveis, decorrentes de assuntos domésticos, transformavam-se naturalmente em motivo para zombaria. E, se o conteúdo das demais folhas não lhe fosse útil, ele ao menos podia ler sua própria história com um grande interesse. Este era o trecho preferido, da página preferida de seu livro preferido:

1 *The Baronetage*, escrito por Sir William Miller, retrata a história genealógica dos baronetes ingleses da Grã-Bretanha e do Reino Unido. É considerado de grande importância e valor para a literatura. [N. E.]

ELLIOT DE KELLYNCH HALL

Walter Elliot, nascido em 1º de março de 1760, casou-se em 15 de julho de 1784, com Elizabeth, filha de James Stevenson, senhor de South Park, no condado de Gloucester, onde ele e a esposa (falecida em 1800) tiveram Elizabeth, nascida em 1º de junho de 1785; Anne, nascida em 9 de agosto de 1787; um filho nascido morto, em 5 de novembro de 1789; e Mary, nascida em 20 de novembro de 1791.

Esse parágrafo é exatamente o texto conforme a impressão original, mas Sir Walter fez algumas melhorias nele ao acrescentar, para informação dele mesmo e de sua família, estas palavras, após a data do nascimento de Mary: "Casada em 16 de dezembro de 1810, com Charles, filho e herdeiro de Charles Musgrove, senhor de Uppercross, no condado de Somerset", além de inserir o dia e o mês exatos em que tinha perdido a esposa.

Em seguida eram apresentadas a história e a ascensão da antiga e respeitável família, nos termos habituais: como se estabeleceu em Cheshire a princípio; como foi mencionada por Dugdale,[2] com membros que serviram no importante cargo de xerife e como representantes municipais em três parlamentos sucessivos, exemplos do exercício da lealdade, tendo alguns recebido o título de baronete no primeiro ano de Charles II, com todas as Marys e Elizabeths com quem haviam se casado. Ocupavam ao todo duas belas páginas, com o brasão de armas e o lema da família: "Sede principal, Kellynch Hall, no condado de Somerset"; e, por fim, a caligrafia de Sir Walter novamente:

"HERDEIRO PRESSUPOSTO, WILLIAM WALTER ELLIOT, CAVALHEIRO, BISNETO DO SEGUNDO SIR WALTER."

---

2 Sir William Dugdale, antiquário inglês que se destacava entre os estudiosos medievalistas de seu tempo. Uma autoridade em genealogia e cartas. Foi nomeado cavaleiro em 1667. [N.E.]

A vaidade sempre impregnou o caráter de Sir Walter Elliot; vaidade tanto por sua aparência, quanto por sua posição. Ele havia sido notavelmente bonito em sua juventude e, aos 54 anos, ainda tinha ótima aparência. Poucas mulheres pensavam mais na sua aparência pessoal do que ele, e nem mesmo o escudeiro de qualquer lorde recém-nomeado poderia ter mais fascínio por seu cargo do que Sir Walter Elliot tinha pela posição que ocupava na sociedade. Esse senhor considerava a bênção da beleza como inferior apenas à bênção do título de baronete; dessa maneira, ele próprio, que unia em si essas dádivas, era o objeto constante de seu mais caloroso respeito e devoção.

A boa aparência e o status justificavam o apego a si mesmo já que, por causa dessas características, Sir Walter Elliot arrumou uma esposa de personalidade muito superior a qualquer coisa que ele merecia. Lady Elliot era uma mulher excelente, sensata e amável, cujas sensatez e conduta, se ignorarmos a paixão juvenil que a tornou uma Elliot, não poderiam sofrer qualquer censura. Ela apaziguou ou ocultou a maior parte das falhas do marido e promoveu genuína respeitabilidade a ele durante 17 anos. Embora não fosse o ser mais feliz do mundo, havia encontrado satisfação o suficiente em seus deveres, amigos e filhas para mantê-la ligada à vida e para não reagir com total indiferença quando teve de deixá-los. Três meninas, as duas mais velhas à época com 16 e 14 anos, eram um legado que uma mãe sofreria para deixar aos cuidados e orientação de um pai vaidoso e tolo. Ela tinha, porém, uma amiga muito íntima, uma mulher sensata e respeitável, que se mudara, por causa da forte ligação com Lady Elliot, para as proximidades, na região de Kellynch. Lady Elliot confiava em sua bondade e, por isso, acreditava que essa amiga seria a melhor pessoa para ajudar a manter os bons princípios e a boa instrução que ela havia dado às filhas.

Essa amiga e Sir Walter não se casaram, algo que deve ter sido antecipado por Lady Elliot. Treze anos haviam se passado desde o falecimento desta, e ambos continuavam vizinhos, bons amigos e viúvos.

O fato de Lady Russell — uma mulher madura em idade e caráter, extremamente bem provida — não pensar em um segundo casamento não precisa ser explicado de forma exaustiva ao público, o qual está mais propenso a ficar irracionalmente descontente quando uma mulher se casa de novo do que quando não se casa; mas o fato de Sir Walter continuar solteiro requer explicação. Que fique bem claro, então, que Sir Walter, como um bom pai (tendo sofrido uma ou duas decepções com pedidos de casamento muito pouco razoáveis), orgulhava-se de permanecer solteiro pelo bem de suas queridas filhas. Por uma delas, a mais velha, ele teria realmente desistido de qualquer coisa, embora não tenha tido muito do que desistir. Elizabeth, aos 16 anos, herdara da mãe tudo o que era possível, em direitos e importância; e por ser muito bonita, e muito parecida com o pai, sua influência sempre foi bastante considerável, e eles conviviam bem felizes juntos. Para ele, as outras filhas tinham um valor muito inferior. Mary tinha adquirido um pouco de importância artificial ao se tornar Mrs. Charles Musgrove; mas Anne, com elegância de raciocínio e doçura de caráter, traços que normalmente a teriam colocado em alta conta para qualquer pessoa esclarecida, não era ninguém relevante para o pai ou a irmã; sua palavra não tinha peso, sua função era sempre ceder — ela era apenas Anne.

Para Lady Russell, Anne era uma afilhada muito querida e especial, favorita e amiga. Lady Russell amava a todas; mas apenas Anne lembrava a falecida mãe.

Alguns anos antes, Anne Elliot fora uma menina muito bonita, mas seu frescor logo se esvaneceu. Mesmo em seus melhores dias, seu pai via pouco nela que lhe causasse admiração (quão diferentes dos seus eram os traços delicados e os olhos escuros e suaves dela); por conseguinte, não restava nada na aparência pálida e magra da moça para despertar sua estima. Ele nunca tinha tido muita esperança (e logo passou a não ter nenhuma) de ler o nome de Anne em qualquer outra página da sua obra favorita. Qualquer aliança entre iguais caberia à Elizabeth, pois Mary tinha apenas se ligado a uma velha família rural, de respeitabilidade e grande fortuna, portanto, tinha cedido toda a honra e não recebido nenhuma. Elizabeth teria de se casar, mais dia, menos dia, de forma adequada.

Às vezes acontece de uma mulher estar mais bonita aos 29 anos do que era dez anos antes; e, de modo geral, se não passou por nenhum problema de saúde nem de ansiedade, é uma época da vida em que quase não se perde nenhum encanto. Foi assim com Elizabeth, que continuava a mesma bela Miss Elliot de 13 anos antes, de modo que Sir Walter não poderia ser condenado por esquecer a idade dela, ou, no máximo, poderia ser considerado apenas meio tolo por pensar em si mesmo e em Elizabeth como os mesmos de sempre, em meio ao naufrágio da boa aparência de todos os outros; pois ele enxergava claramente que a idade avançada de todo o resto de sua família e de seus conhecidos estava se evidenciando. Anne, esgotada; Mary, grosseira; os rostos de todos da vizinhança, deteriorados; os pés de galinha de Lady Russell, cada vez mais numerosos: esses eram problemas que há muito o afligiam.

Elizabeth não se igualava ao seu pai no quesito contentamento pessoal. Por 13 anos, ela atuara como a senhora de Kellynch Hall, administrando a propriedade com um autocontrole e uma firmeza de decisão que nunca sugeriam que ela fosse mais jovem do que era. Durante 13 anos, ela havia feito as honras e estabelecido as regras domésticas, sido a primeira a entrar na carruagem, e caminhado imediatamente atrás de Lady Russell ao sair de todas as reuniões e jantares da região. Por 13 invernos de geadas ela tomou a frente em cada baile, e 13 primaveras desabrocharam suas flores enquanto ela viajava para Londres com seu pai, pelo simples prazer de participar da diversão anual da vida em sociedade. Ela lembrava de tudo, mas a consciência de estar com 29 anos provocava alguns remorsos e ansiedades. Elizabeth estava plenamente satisfeita de ser ainda tão bonita como sempre fora, mas via o avanço dos anos como um perigo, e se alegraria se pudesse ter a certeza de que seria devidamente pedida em casamento por alguém de sangue nobre dentro dos 12 ou 24 meses seguintes. Dessa forma, ela poderia retomar o livro dos livros com tanto prazer quanto em sua juventude, pois passara a desgostar dele. Ser confrontada com a data de seu próprio nascimento e não ver ao lado a informação sobre um casamento tornava o livro um tormento e, mais de uma vez, ela o empurrou para longe ao vê-lo aberto sobre a mesa.

Ela tivera uma decepção, aliás, cuja lembrança estava permanentemente registrada naquele livro. O herdeiro pressuposto, o próprio William Walter Elliot, cavalheiro, cujos direitos haviam sido tão generosamente apoiados pelo pai, a decepcionou.

Quando era muito menina, decidiu casar-se com ele ao saber que, no caso de não ter um irmão, ele seria o futuro baronete, e seu pai sempre quis que assim ela o fizesse. A família não o conheceu ainda menino; mas, logo após a morte de Lady Elliot, Sir Walter buscou manter contato com ele, e, embora seus encontros não tivessem sido calorosos, Sir Walter persistiu, fazendo concessões para a modesta timidez da juventude. Em uma de suas idas a Londres na primavera, quando Elizabeth estava no auge de sua beleza, Mr. Elliot foi forçadamente apresentado a ela.

Ele era, naquela época, muito jovem e empenhado no estudo do Direito. Elizabeth achou-o extremamente agradável, e todos os planos a favor dele foram incentivados. Ele foi convidado para Kellynch Hall. Falaram dele e o esperaram o resto do ano, mas ele nunca veio. Na primavera seguinte, Mr. Elliot foi visitado outra vez na cidade. Acharam-no igualmente agradável, e, de novo, ele foi encorajado, convidado e esperado, e, mais uma vez, não apareceu. A notícia seguinte foi de que ele havia se casado. Em vez de encaminhar sua fortuna na linha marcada para o herdeiro da casa Elliot, ele comprara sua independência unindo-se a uma mulher rica de linhagem inferior.

Sir Walter ficou ressentido com isso. Como chefe do clã, sentiu que deveria ter sido consultado, especialmente depois de ter tornado pública sua simpatia por aquele jovem. "Com certeza fomos vistos juntos", observou ele, "uma vez em Tattersall, e duas vezes no saguão da Câmara dos Comuns".[3] Sua reprovação foi expressa, mas aparentemente muito pouco considerada. Mr. Elliot não tentou se desculpar e se mostrou despreocupado quanto a receber atenção da família, ainda que Sir Walter frisasse o quão o considerava indigno disso. Todos os arranjos entre eles foram extintos.

Esse estranho episódio de Mr. Elliot ainda era, após um intervalo de vários anos, sentido com raiva por Elizabeth, que tinha simplesmente gostado do homem pelo que ele era; o fato de ser o herdeiro de seu pai só ajudava, haja vista que o forte orgulho familiar via nele um par adequado para a filha mais velha de Sir Walter Elliot. Não havia um baronete, de A a Z, que poderia ser tão reconhecido em seu coração como um igual. No entanto, ele se comportara de modo tão deselegante que, embora Mr. Elliot estivesse naquele momento (verão de 1814) usando fitas pretas em sinal de luto pela esposa, ela não admitia que valesse a pena pensar nele novamente. Talvez a vergonha de seu primeiro casamento, como não havia razão para supor que ele fosse perpetuado por descendentes, tivesse sido superada, se ele não tivesse feito pior; mas ele tinha, segundo informação de bons amigos, falado muito desrespeitosamente de toda a família Elliot, muito banal e desdenhoso a respeito da própria linhagem e das honras que seriam dele um dia. Isso não podia ser perdoado.

Tais eram os pensamentos de Elizabeth Elliot; tais eram as preocupações que se misturavam às apreensões que agitavam a mesmice e a elegância, a prosperidade e o vazio de seu cotidiano; tais eram os sentimentos que tornavam a permanência longa e monótona no campo mais interessante, e preenchiam as horas na falta de compromissos, talentos ou tarefas domésticas para se ocupar.

---

3 É a câmara baixa (uma das casas legisladoras) do Parlamento do Reino Unido, foi fundada no século XIV. [N.E]

No entanto, outra ocupação surgiu. Seu pai estava com sérios problemas financeiros. Ela sabia que o pai lia o *Baronetage* para esquecer as pesadas contas de seus comerciantes e as indesejáveis dicas de Mr. Shepherd, seu representante. A propriedade de Kellynch era boa, mas não correspondia às expectativas de Sir Walter sobre o que eram necessidades. Enquanto Lady Elliot era viva, havia regras, moderação e economia, o que os mantinha dentro de sua renda, mas com ela havia morrido todo esse bom senso e, desde então, a família vinha constantemente excedendo os gastos.

O patriarca não conseguia gastar menos e não fazia nada além do que era convocado a fazer. Ficou terrivelmente endividado, e foi em vão tentar esconder a verdade da filha. Deu a ela algumas pistas na primavera anterior, quando estavam na cidade, a ponto de dizer "Podemos economizar? Você consegue pensar em algo em que podemos economizar?". Elizabeth, alarmada, começou a pensar seriamente no que poderia ser feito e, por fim, propôs estas duas atitudes: cortar algumas doações desnecessárias e deixar de adquirir móveis novos para a sala de visitas; a essas decisões, acrescentou-se também a feliz ideia de não levar presente algum para Anne, como era costume anual. Mas essas medidas, por melhores que fossem, eram insuficientes para a verdadeira extensão do mal, cuja dimensão Sir Walter se viu obrigado a confessar. Elizabeth não tinha nada a propor para uma eficácia mais profunda. Ela se sentia inútil e infeliz, assim como seu pai; nenhum deles sabia como diminuir suas despesas sem comprometer sua dignidade ou renunciar a seus confortos de modo que pudessem suportar.

Havia apenas uma pequena parte de sua propriedade que Sir Walter podia dispor; no entanto, ainda que houvesse a possibilidade de cada acre ser alienado, não teria feito diferença. Ele tinha condescendido em hipotecar o quanto pudesse, mas nunca aceitaria vender. Não, ele nunca desonraria seu nome assim. A propriedade de Kellynch deveria ser transferida na íntegra, tal como ele a havia recebido.

Seus dois amigos de confiança, Mr. Shepherd, que morava em uma cidade vizinha, e Lady Russell, foram chamados para aconselhá-los. Tanto pai quanto filha tinham esperança de que alguma resolução seria proposta por um ou outro, a fim de dissipar seus embaraços e reduzir as despesas, sem envolver a perda de qualquer regalia de bom gosto ou de que se orgulhassem.

Capítulo II

Mr. Shepherd era um advogado cortês e cauteloso e, fosse qual fosse sua opinião sobre Sir Walter, preferia não se envolver nessa temática, e a deixou a cargo de outra pessoa. Ele então não interferiu, apenas sugeriu de modo implícito que o excelente julgamento de Lady Russell fosse seguido, pois esperava que o conhecido bom senso da dama aconselhasse medidas tão acertadas como as que ele pretendia ver adotadas.

Lady Russell foi muito zelosa sobre o assunto e refletiu seriamente a respeito. Ela tendia mais para ponderações sensatas do que rápidas, e estava tendo dificuldade em chegar a uma decisão nesse caso, por conta da oposição de dois princípios fundamentais. Ela tinha uma integridade inabalável e um delicado senso de honra, mas era tão desejosa de preservar os sentimentos de Sir Walter, tão atenta ao prestígio da família, tão nobre em sua avaliação do que os Elliot mereciam quanto qualquer pessoa de bom senso e honestidade seria. Era benevolente, caridosa, bondosa, capaz de forte apego, correta em sua conduta, rigorosa em suas noções de decoro e possuidora de trejeitos típicos de quem teve boa educação. Era culta e, no geral, racional e coerente. Tinha, entretanto, preconceitos em relação à linhagem; atribuía grande valor à posição social e às influências, o que a cegava um pouco em relação às falhas daqueles que fossem assim bem relacionados. Ela própria, viúva de um simples cavaleiro, rendia a dignidade devida a um baronete; e Sir Walter, independentemente do status de velho conhecido, vizinho atento, senhorio atencioso, marido de sua querida amiga, pai de Anne e de suas irmãs, continuava sendo "o Sir Walter", o qual, para ela, tinha direito a muita compaixão e consideração por suas dificuldades atuais.

Eles tinham de reduzir gastos, quanto a isso não havia dúvida, mas Lady Russell ansiava por medidas que causassem a menor dor possível para ele e Elizabeth. Ela elaborou planos de economia, fez cálculos exatos, e fez o que ninguém mais pensou em fazer: consultou Anne, que em momento algum pareceu ser considerada pelos outros como alguém que tinha qualquer interesse na questão. Assim, Lady Russell a consultou e foi influenciada por ela no planejamento do esquema de redução, o qual foi finalmente apresentado a Sir Walter. Cada ponderação de Anne tinha sido a favor da honestidade acima do prestígio. Ela queria medidas mais rigorosas, uma mudança mais completa, uma quitação mais rápida da dívida; tinha um grau muito elevado de indiferença por tudo que não remetesse à justiça e à imparcialidade.

— Se conseguirmos persuadir o seu pai a acatar todas as sugestões — ponderou Lady Russell, olhando para o seu jornal —, muito poderá ser feito. Se ele seguir esses procedimentos, em sete anos estarão com tudo quitado. Espero que possamos convencer tanto ele quanto Elizabeth de que Kellynch Hall tem uma respeitabilidade inerente que não pode ser afetada por essas reduções, e que a verdadeira dignidade de Sir Walter Elliot estará muito longe de ser diminuída aos olhos de pessoas sensatas, visto que é um homem de princípios. Aliás, o que está para fazer, na verdade, não passa de algo que muitas de nossas primeiras famílias fizeram ou deveriam ter feito. Não haverá nada de singular no seu caso, e é a singularidade que muitas vezes é a responsável por causar o maior sofrimento. Tenho grande esperança de que superarão tudo isso. Devemos ser sérios e decididos, pois, afinal, a pessoa que contraiu dívidas deve pagá-las; e embora muito se deva considerar os sentimentos de um cavalheiro que é chefe de família, como seu pai, muito mais se deve considerar a preservação do caráter de um homem honesto.

Era de acordo com esse princípio que Anne queria ver seu pai proceder, e ansiava que os demais o incentivassem. Ela considerava liquidar a dívida com os credores com a maior presteza que os cortes mais abrangentes pudessem assegurar como um ato de dever indispensável, e não via dignidade em nada diferente disso. Embora tivesse em alta conta a influência de Lady Russell, acreditava que o severo grau de abnegação impostos por sua própria consciência dificilmente seria acatado por seus familiares; achava que tinham mais chances com uma meia reforma do que com uma reforma completa. Conhecia bem seu pai e Elizabeth e sabia que o sacrifício de um par de cavalos seria menos doloroso que o de dois pares, e assim por diante, em todos os pontos da lista de cortes de gastos extremamente amena de Lady Russell.

O modo como as sugestões mais rígidas de Anne foram recebidas não tem grande importância. De qualquer forma, as de Lady Russell não obtiveram sucesso algum: não podiam ser toleradas, não deviam ser suportadas.

— O quê? Todo o conforto da vida, eliminado! Viagens, Londres, criados, cavalos, comida e restrições em todos os lugares! Viver sem ao menos ter acesso às decências de um simples cavalheiro! Não, preferiria deixar Kellynch Hall imediatamente a permanecer na propriedade em condições tão vergonhosas — foi a reação de Sir Elliot.

"Deixar Kellynch Hall." A insinuação foi imediatamente retomada por Mr. Shepherd, que tinha muito interesse na redução efetiva de gastos de Sir Walter, e que estava perfeitamente persuadido de que não se conseguiria nada sem uma mudança de residência. Mr. Shepherd não tinha qualquer escrúpulo em se confessar completamente de acordo com essa ideia, uma vez que tinha sido levantada pelo próprio Sir Walter. Não lhe parecia que Sir Walter pudesse alterar materialmente seu estilo de vida em uma casa que tinha tamanho grau de hospitalidade e dignidade antiga para sustentar. Em qualquer outro lugar, Sir Walter poderia reaver sua autonomia, e continuaria sendo visto como modelo de vida qualquer que fosse a maneira escolhida por ele para administrar sua casa.

Sir Walter deixaria Kellynch Hall; e depois de mais alguns dias de dúvida e indecisão, a grande questão de para onde ele deveria ir foi resolvida, e o primeiro planejamento para essa importante mudança foi feito.

Havia três alternativas: Londres, Bath, ou outra casa no campo. Anne torcia pela última opção. Uma casa pequena nos arredores, onde ainda poderiam ter a companhia de Lady Russell, estar perto de Mary e ter o prazer de, por vezes, ver os gramados e os bosques de Kellynch. Mas o destino habitual de Anne foi concretizado e a decisão tomada foi exatamente o oposto à sua inclinação. Ela não gostava de Bath e não achava que tal lugar lhe faria bem, mas Bath viria a ser seu lar.

Sir Walter tinha inicialmente considerado ir para Londres; mas Mr. Shepherd sentiu que não se podia confiar nele em uma cidade como aquela e foi hábil o suficiente para dissuadi-lo da ideia. Assim, Bath foi o local escolhido. Era um lugar muito mais seguro para um cavalheiro na sua situação difícil: ele poderia ser importante a um custo relativamente pequeno. Duas vantagens que Bath tinha em relação a Londres pesaram: a distância mais conveniente de Kellynch, apenas cinquenta milhas, e o fato de Lady Russell passar parte do inverno lá. Para a grande satisfação de Lady Russell, que torcia por Bath, Sir Walter e Elizabeth foram induzidos a acreditar que não perderiam nem posição social nem conforto ao se instalarem lá.

Lady Russell sentiu-se obrigada a opor-se aos desejos de sua querida Anne. Seria demais esperar que Sir Walter se mudasse para uma pequena casa naqueles arredores. A própria Anne se decepcionaria mais do que previu, e para os sentimentos de Sir Walter as previsões em si já foram terríveis. Em relação à antipatia de Anne por Bath, Lady Russell considerou que não passava de um preconceito equivocado que surgiu, primeiro, da circunstância de ela ter estudado lá por três anos depois da morte de sua mãe e, segundo, pelo fato de ela não ter se sentido muito bem no inverno que passara lá.

Em suma, Lady Russell gostava muito de Bath e estava certa de que o lugar seria bom para todos eles; e quanto à saúde de sua jovem amiga, todo perigo seria evitado se ela passasse os meses quentes com Lady Russell; seria uma mudança que faria bem tanto à saúde quanto aos ânimos da moça. Anne pouco saía de casa, era muito pouco vista. Ela não demonstrava alegria, e um círculo social maior iria ajudá-la nisso. Lady Russell desejava que as pessoas conhecessem Anne melhor.

A questão de qualquer outra moradia nos arredores era algo que Sir Walter não desejava, e isso foi certamente bastante reforçado por um detalhe bem importante do esquema, que felizmente havia sido percebido de início. Ele não apenas deixaria sua casa, mas a veria nas mãos de outros. Era uma prova de fogo que homens mais fortes que Sir Walter custaram a suportar. Kellynch Hall devia ser arrendada. Isso, no entanto, era um segredo profundo, que não deveria ser espalhado.

Sir Walter não poderia suportar a degradação de ser conhecido por alugar sua casa. Mr. Shepherd uma vez mencionou a palavra "anunciar", mas nunca mais se atreveu a pronunciá-la novamente. Sir Walter abominou a ideia de que ela fosse oferecida de qualquer maneira e proibiu qualquer insinuação a tal intenção. Somente mediante solicitação espontânea de algum candidato inexpugnável, nos seus próprios termos e como um grande favor, ele deixaria a casa.

Com que rapidez vêm as razões para aprovarmos o que gostamos! Lady Russell tinha outra excelente razão para estar feliz por Sir Walter e sua família terem saído do campo. Elizabeth vinha criando laços com alguém que Lady Russell não aprovava: a filha de Mr. Shepherd, que tinha retornado à casa de seu pai, depois de um casamento malsucedido, com o fardo adicional de dois filhos. Ela era uma jovem inteligente, que compreendia a arte de agradar – ao menos, a arte de agradar em Kellynch Hall. A jovem tinha se aproximado de Miss Elliot a ponto de ter dormido na casa mais de uma vez, apesar de Lady Russell, que achava essa amizade bastante inadequada, tê-la prevenido a ter cautela e reserva.

Lady Russell, de fato, não tinha quase nenhuma influência sobre Elizabeth. Parecia amá-la apenas por conta dos laços com a família, não porque Elizabeth merecesse tal apreço. Lady Russell jamais recebeu dela nada mais do que uma atenção superficial, nada além de complacência; nunca tinha conseguido fazer valer seu ponto de vista contra as inclinações da moça. Lady Russell, por exemplo, já havia expressado repetidamente sua opinião quanto a incluir Anne nas visitas a Londres, com muita sensatez, mostrando toda a injustiça e todo o descrédito dos arranjos egoístas que excluíam a irmã dessas viagens. Em muitas ocasiões de menor importância, tinha se esforçado para dar a Elizabeth a vantagem de seu bom julgamento e vasta experiência, mas sempre em vão: Elizabeth seguia a própria opinião, e nunca tinha se oposto tanto à Lady Russell quanto na questão da amizade com Mrs. Clay. Virava as costas para o convívio com uma irmã tão merecedora, para dar seu afeto e sua confiança a alguém que não devia ter sido senão objeto de um relacionamento cordial e distante.

Mrs. Clay estava, na opinião de Lady Russell, muito aquém em termos de nível social, e, quanto ao caráter, acreditava ser uma companhia muito perigosa. Dessa forma, uma mudança que deixaria Mrs. Clay para trás e traria novas amizades mais adequadas para Miss Elliot, era, portanto, fundamental.

Capítulo III

— PERMITA-ME observar, Sir Walter — ponderou Mr. Shepherd, em uma manhã em Kellynch Hall, ao deixar de lado o jornal —, que o momento está muito a nosso favor. Esta paz vai trazer todos os nossos oficiais navais ricos. Todos eles vão querer estabelecer um lar. Não poderia ser um momento melhor, Sir Walter, para escolher inquilinos responsáveis. Muitas fortunas nobres foram feitas durante a guerra. Se um almirante rico atravessasse nosso caminho...

— Ele seria um homem de muita sorte, Shepherd — respondeu Sir Walter —, isso é tudo o que tenho a comentar. Kellynch Hall seria realmente um prêmio para ele. O maior prêmio de todos, ainda que já tenha recebido todo tipo de condecoração. Não acha, Shepherd?

Mr. Shepherd riu, como sabia que devia fazer diante desse comentário astuto, e depois acrescentou:

— Ouso observar, Sir Walter, que, tratando-se de negócios, os senhores da Marinha são bons sujeitos para se lidar. Tenho algum conhecimento acerca de seus métodos de negociação e posso afirmar: eles têm noções muito liberais. São tão propensos a serem inquilinos desejáveis quanto qualquer outro grupo de pessoas. Portanto, Sir Walter, gostaria de lembrá-lo que, caso o rumor de sua intenção se espalhe, eu, John Shepherd, poderia ocultar qualquer assunto de família que quisesse, pois ninguém pensaria que me observar valeria a pena. A hipótese de o rumor se espalhar deve ser contemplada como algo possível de acontecer, porque sabemos como é difícil manter as ações e os projetos ocorrendo em um lugar do mundo longe da curiosidade das pessoas que habitam outros lugares, e ser influente tem seu ônus. – Enquanto falava, ele próprio não podia escapar dos olhos observadores de Sir Walter Elliot. – Sendo assim, não me surpreenderá muito se, mesmo com todo o nosso cuidado, algum rumor da verdade escapar. Caso isso aconteça, é inegável que as propostas começarão a chegar. Como estava dizendo, sugiro, Sir Walter, que considere dar prioridade a algum dos nossos comandantes navais prósperos. E, permita-me acrescentar que, se houver necessidade, eu poderia chegar aqui dentro de duas horas, para poupar seu trabalho.

Sir Walter só acenou com a cabeça. Mas, pouco depois, levantando-se e andando pela sala, observou sarcasticamente:

– Poucos dentre os oficiais da Marinha, imagino, não ficariam surpresos por se encontrarem numa casa com esta descrição.

– Eles olhariam à sua volta, sem dúvida, e agradeceriam por sua sorte – disse Mrs. Clay, que estava presente. Seu pai a havia levado, pois nada era tão benéfico para a saúde de Mrs. Clay quanto um passeio até Kellynch. – Mas concordo bastante com meu pai: um marinheiro pode ser um inquilino muito desejável. Conheço muito bem a profissão, e, além do perfil liberal, eles são asseados e cuidadosos em todos os aspectos! Estes quadros valiosos, Sir Walter, se o senhor quiser deixá-los na casa, estariam perfeitamente seguros. Tudo dentro e fora da casa seria tratado de forma excelente! Os jardins e os arbustos seriam mantidos com quase tanto esmero quanto são agora. Não é necessário temer que seus belos jardins sejam negligenciados, Miss Elliot.

– Quanto a tudo isso – retomou Sir Walter com frieza –, supondo que eu seja induzido a deixar minha casa, não me decidi de modo algum quanto aos privilégios a serem anexados a ela. Não estou particularmente disposto a favorecer um inquilino. O parque estaria aberto para ele, claro, e poucos oficiais da Marinha, ou homens de qualquer outra ocupação, devem ter tido tamanho benefício na vida; mas as restrições que eu poderia impor ao uso das áreas de lazer é outra coisa. Não gosto da ideia de que meus arbustos estejam acessíveis, e devo recomendar à Miss Elliot que se atente ao seu jardim de flores. Estou muito pouco disposto a conceder a um inquilino de Kellynch Hall qualquer favor extraordinário, asseguro-lhe, seja ele marinheiro ou soldado.

Após uma pequena pausa, Mr. Shepherd arriscou dizer:

– Em todos esses casos, existem usos estabelecidos que tornam tudo mais simples e fácil entre senhorio e inquilino. O seu interesse, Sir Walter, está em mãos bastante seguras. É meu trabalho cuidar para que nenhum inquilino tenha mais do que seus justos direitos. Atrevo-me a insinuar que Sir Walter Elliot não poderia ser tão zeloso com seus pertences quanto John Shepherd será em seu nome.

Anne completou:

– A Marinha, que tanto fez por nós, tem pelo menos os mesmos direitos que qualquer outro grupo de pessoas com relação a todo o conforto e a todos os privilégios que qualquer casa pode oferecer. Os marinheiros trabalham duro pelo seu conforto, todos temos de admitir.

– É verdade, é verdade. O que Miss Anne diz é muito verdadeiro – foi a réplica de Mr. Shepherd.

– Ah! Certamente – concordou a filha dele.

Sir Walter, no entanto, comentou pouco depois:

– A profissão tem sua utilidade, mas eu lamentaria ver qualquer amigo meu ingressando nela.

– Verdade? – perguntou, com um olhar de surpresa.

— Sim. Há nela dois pontos que me desagradam, tenho dois fortes motivos de objeção. Primeiro, por ser um meio de levar pessoas de nascimento obscuro a uma distinção indevida e de atribuir honrarias a homens cujos pais e avôs sequer poderiam sonhar com tal anseio; e segundo, por acabar com a juventude e o vigor de um homem de maneira horrível. Um marinheiro envelhece mais rápido do que qualquer outro homem. Tenho observado isso durante toda a minha vida. Um homem na Marinha tem mais risco de ser insultado pela ascensão do filho de alguém que seu próprio pai jamais se dignaria a falar, e de se tornar prematuramente um objeto de repugnância para si mesmo, mais do que em qualquer outro lugar. Certo dia, durante a primavera passada, na cidade, eu estava na companhia de dois homens que são bons exemplos do que estou falando. Lord St. Ives, cujo pai, como todos nós sabemos, fora um pároco do campo que mal tinha o que comer; e um certo Almirante Baldwin, cuja aparência era mais deplorável do que se pode imaginar. Seu rosto tinha cor de mogno, áspero, com muitas linhas de expressão e rugas, poucos fios de cabelo grisalhos dos lados e nada além de poeira no topo da cabeça. "Por Deus, quem é aquele velho?", perguntei a um amigo que estava por perto, Sir Basil Morley. "Velho?", exclamou Sir Basil, "é o Almirante Baldwin. Quantos anos acha que ele tem?". "Por volta de 60, 62", respondi. "Ele tem 40", retrucou Sir Basil, "e nem um ano a mais". Imaginem qual não foi o meu espanto; não esquecerei facilmente o Almirante Baldwin. Nunca vi um exemplo tão miserável do que uma vida marítima pode fazer. Até certo ponto, sei que acontece o mesmo com todos eles: são expostos a todos os climas e a todas as condições meteorológicas, até que pareçam decrépitos aos nossos olhos. É uma pena não levarem uma pancada na cabeça de uma só vez, antes de chegarem à idade do Almirante Baldwin.

— Ora, Sir Walter — objetou Mrs. Clay —, é muito severo de sua parte dizer isso. Tenha um pouco de misericórdia com os pobres homens. Nem todos nascemos para ser bonitos. O mar não embeleza, certamente; os marinheiros envelhecem mais rápido, já notei. Eles logo perdem o aspecto da juventude. Mas não acontece o mesmo com muitas outras profissões, talvez a maioria das outras? Os soldados da ativa não estão em vantagem, e, mesmo nas profissões mais calmas, há um desgaste mental, quando não do corpo, que raramente permite ao homem envelhecer naturalmente. O advogado preocupa-se bastante; o médico é acordado a qualquer momento e viaja em qualquer tempo; e até mesmo o clérigo... – Ela parou um momento para considerar o fardo do clérigo. – Até o clérigo é obrigado a entrar em casas infectadas e expor sua saúde em ambientes insalubres. De fato, como estou há muito convencida, embora cada profissão seja necessária e honrosa a seu próprio modo, aqueles que não são obrigados a seguir nenhuma carreira são os que têm a maior sorte, pois podem viver uma rotina regular, no campo, escolhendo como passar o próprio tempo, seguindo as próprias atividades, vivendo em sua propriedade, sem o tormento de ter que sair de sua zona de conforto. Como eu digo, eles têm a sorte de conservar ao máximo as bênçãos da saúde e da boa aparência. Entretanto, não conheço nenhum grupo de pessoas que não perca parte de seus atrativos quando começa a envelhecer.

Parecia que o esforço de Mr. Shepherd em estimular a boa vontade de Sir Walter a receber um oficial da Marinha como inquilino tinha sido dotado de clarividência, pois a primeira candidatura para a casa foi de um tal Almirante Croft, com quem ele havia se encontrado enquanto assistia às sessões trimestrais no Tribunal de Taunton.[4] De fato, Mr. Shepherd tinha recebido informações de um correspondente em Londres sobre esse Almirante. De acordo com o relato, o Almirante Croft era nativo de Somersetshire e, após ter adquirido uma fortuna considerável, desejava estabelecer-se em seu próprio país. O oficial fora a Taunton para ver alguns lugares disponíveis naqueles arredores, os quais, no entanto, não

4 Tribunais de sessões trimestrais em que dois ou mais juízes de paz julgavam crimes menores. Ocorriam na sede de cada condado ou distrito. [N.E.]

lhe agradaram. Ao ouvir falar casualmente sobre a possibilidade de alugar Kellynch Hall (tal como Mr. Shepherd previra, a notícia se espalhara), e compreendendo a sua ligação (de Mr. Shepherd) com o proprietário, se apresentou a ele, a fim de fazer algumas perguntas. No decorrer de uma longa conversa, o oficial expressou inclinação tamanha pelo lugar que só um homem que conhece o local pela descrição de terceiros poderia. O Almirante deu a Mr. Shepherd, em seu relato explícito de si mesmo, todas as provas de ser um inquilino em potencial muito responsável.

— E quem é o Almirante Croft? — inquiriu Sir Walter de modo suspeito e frio.

Mr. Shepherd respondeu que ele era de uma família de cavalheiros e mencionou o lugar de onde vinha. Anne, depois de uma pequena pausa, acrescentou:

— Ele é um contra-almirante. Esteve na batalha de Trafalgar, e se instalou nas Índias Orientais desde então. Ficou instalado lá, acredito, por vários anos.

— Então, estou certo — observou Sir Walter — de que o rosto dele é tão laranja quanto os detalhes das librés dos meus criados.

Mr. Shepherd apressou-se em assegurar que o Almirante Croft era um homem muito corajoso, de bom aspecto, um pouco acabado pelo tempo, mas não muito, e bastante cavalheiro em todas as suas noções e em seu comportamento. Era improvável que ele se opusesse aos termos do contrato, pois desejava apenas encontrar uma casa confortável o mais rápido possível. Sabia que tinha de pagar pela sua conveniência e que alugar uma casa mobiliada poderia ter um custo alto; não teria se surpreendido se Sir Walter tivesse pedido mais; tinha perguntado sobre as terras; ficaria contente se pudesse usá-las, certamente, mas não fazia grande questão; e informou que às vezes empunhava uma arma, mas nunca matou. Era, portanto, um perfeito cavalheiro.

Mr. Shepherd foi eloquente, apontando todas as circunstâncias da família do Almirante, o que o tornou particularmente desejável como inquilino. O sujeito era casado e sem filhos, o que era o arranjo mais ideal. "Uma casa jamais seria bem-cuidada", observou Mr. Shepherd, "sem uma senhora". Ele mal podia supor se os móveis seriam mais danificados onde houvesse muitos filhos ou onde não houvesse senhora. A combinação de uma senhora com a ausência de crianças era a melhor possível. Mr. Shepherd também conheceu Mrs. Croft, que acompanhou o Almirante em Taunton e esteve presente em quase todo o tempo em que eles conversaram sobre a propriedade.

– Parece ser uma senhora muito bem-educada, gentil e perspicaz – continuou ele. – Fez mais perguntas sobre a casa, os termos e os impostos do que o próprio Almirante, e parecia mais familiarizada com negócios em geral. Além disso, Sir Walter, descobri que ela tem alguma ligação com estes arredores, assim como o marido. Ela é irmã de um cavalheiro que conviveu em meio à nossa sociedade. Um cavalheiro que viveu há alguns anos em Monkford. Meu Deus! Como ele se chamava? Neste momento, não me lembro do nome dele, embora o tenha ouvido ultimamente. Penélope, minha querida, pode me ajudar a lembrar o nome do cavalheiro que viveu em Monkford? O irmão de Mrs. Croft?

Mas Mrs. Clay estava tão absorta em uma conversa com Miss Elliot que não ouviu o apelo.

– Não tenho nenhuma ideia a quem se refere, Shepherd. Não me lembro de nenhum cavalheiro residente em Monkford desde os tempos do velho Governador Trent.

– Santo Deus! Que estranho! Suponho que em breve esquecerei meu próprio nome. Como posso não me lembrar? Um nome que conheço tão bem. Conhecia o cavalheiro tão bem de vista, vi-o mais de cem vezes. Ele me procurou uma vez, lembro-me, para me consultar sobre uma transgressão de um dos seus vizinhos. Alguém da fazenda próxima havia invadido seu pomar; o muro fora derrubado; maçãs, roubadas; o sujeito, pego em flagrante; e, depois, contrariando minha opinião, foi tudo resolvido com um acordo amigável. Muito estranho mesmo!

Depois de esperar mais um tempo...

– Refere-se a Mr. Wentworth, suponho? – interpelou Anne.

Mr. Shepherd ficou extremamente agradecido.

– Wentworth é o nome! Mr. Wentworth. Ele foi o pároco de Monkford, Sir Walter, há algum tempo, por dois ou três anos. Chegou lá há muito tempo, presumo. O senhor se lembra dele, tenho certeza.

– Wentworth? Ora, Mr. Wentworth, o pároco de Monkford. O senhor enganou-me com o termo *cavalheiro*. Pensei que se tratasse de um homem de posses. Mr. Wentworth era um ninguém, eu me lembro. Sem nenhuma conexão, sem ligação alguma com a família Strafford. Pergunto-me como os nomes de muitos da nossa nobreza se tornaram tão comuns.

Conforme Mr. Shepherd percebeu que essa conexão dos Croft não tinha nenhuma utilidade para Sir Walter, não a mencionou mais. Retornou, com todo zelo, às circunstâncias que mais indiscutivelmente os favoreciam: sua idade, a quantidade de pessoas, sua fortuna, o grande valor que eles atribuíam a Kellynch Hall e a extrema solicitude que demonstravam pela vantagem de alugar a propriedade. Fez parecer que o casal não oferecia nada além de felicidade, caso se tornassem os inquilinos de Sir Walter Elliot: um gosto extraordinário, certamente, como se eles tivessem compreendido de antemão qual a opinião de Sir Walter quanto aos deveres de um inquilino.

Conseguiu convencê-lo e, embora Sir Walter só conseguisse olhar com maus olhos para qualquer pessoa que pretendesse habitar aquela casa, e pensar que era um privilégio imensurável para qualquer inquilino indigno alugá-la, ele foi persuadido a permitir que Mr. Shepherd prosseguisse no tratado e entrasse em contato com o Almirante Croft, que ainda estava em Taunton, para marcar uma visita à propriedade.

Sir Walter não era muito sábio, mas, ainda assim, sendo justo, ele tinha experiência suficiente para perceber que não havia um inquilino mais satisfatório, em todos os aspectos essenciais, do que o Almirante Croft. Ele entendia isso, e sua vaidade foi guarnecida com um pouco mais de tranquilidade por conta da condição social do Almirante, que era alta o suficiente, mas não alta demais. "Aluguei minha casa para o Almirante Croft" soaria bem, muito melhor do que "Aluguei minha casa para o mero Mr. Qualquer Coisa", o tipo de cavalheiro (com exceção, talvez, de meia dúzia de senhores na nação) que sempre precisa de uma nota de explicação. O título de *almirante* fala por seu próprio valor e, ao mesmo tempo, nunca fará um baronete parecer menos importante. Em todos os seus negócios e interações, Sir Walter Elliot deve sempre mostrar sua superioridade.

Nada poderia ser feito sem a opinião de Elizabeth, mas a inclinação dela por uma mudança era tão forte que ela estava feliz por tudo ter sido resolvido e agilizado por um inquilino disponível. Nem uma palavra contrária a essa decisão foi dita por ela.

Mr. Shepherd foi autorizado a agir. Quando a reunião chegou ao fim, Anne, que tinha sido uma ouvinte muito atenta a tudo, saiu para buscar o alento do ar fresco para as suas faces coradas. Enquanto caminhava ao longo do bosque, disse, com um suspiro suave:

— Mais alguns meses, e ele, talvez, estará caminhando por aqui.

Capítulo IV

ELE não era Mr. Wentworth, o antigo pároco de Monkford, por mais suspeitas que fossem as aparências, mas sim o Capitão Frederick Wentworth, irmão dele. Fora nomeado comandante em consequência da Batalha de San Domingo,[5] e como não havia recebido imediatamente outro encargo, fora para Somersetshire, no verão de 1806; seus pais eram falecidos, então ele decidiu morar em uma casa, em Monkford, durante metade do ano. Naquela época, era um jovem agradável, muito inteligente, bem-humorado e sensato; e Anne era uma garota muito bonita, gentil, modesta, com bom gosto e sensível. Metade da admiração que ambos sentiam um pelo outro poderia ter sido suficiente, pois ele não tinha nada para fazer, e ela praticamente não tinha ninguém para amar. De todo modo, o encontro de duas pessoas com tais qualidades generosas não teria dado em outra coisa. Aos poucos foram se conhecendo e, quando se conheceram bem, se apaixonaram rápida e profundamente. Seria difícil definir qual dos dois admirava mais o outro, ou qual tinha sido mais feliz: ela, ao receber as declarações e propostas dele, ou ele, ao vê-las aceitas.

---

5 Batalha ocorrida em 1806 durante as Guerras Napoleônicas. Terminou com uma vitória decisiva da Inglaterra sobre a França. [N.E.]

Seguiu-se um período de extrema felicidade, porém curto. Os problemas logo surgiram. Sir Walter, ao receber o pedido do rapaz, sem reter seu consentimento ou dizer que nunca o concederia, simplesmente demonstrou grande espanto, frieza, silêncio e uma indicação clara de que não faria nada por sua filha. Ele achou que aquela seria uma aliança muito degradante, e Lady Russell, embora com orgulho mais brando, julgou-a como uma das mais infelizes.

Seria uma grande pena Anne Elliot, aos 19 anos, deixar de lado todas as suas prerrogativas de nobreza, beleza e intelecto para se envolver em um compromisso com um jovem que não tinha ninguém além de si mesmo para recomendá-lo. Além disso, não tinha nenhuma esperança de enriquecimento, no caminho de uma profissão incerta e sem nenhum contato para assegurar sua ascensão na carreira. Seria, de fato, um desperdício, que fazia Lady Russell sofrer só de pensar! Anne Elliot, tão jovem, conhecida por tão poucos, ser tomada por um estranho sem aliança ou fortuna, ou melhor, afundada por ele numa dependência desgastante e perturbadora! Anne Elliot, jogar fora sua juventude assim! Isso não poderia acontecer. Se dependesse apenas da interferência justa de uma amizade, de uma representante que tinha pela jovem quase o amor e os direitos de uma mãe, então essa aliança seria impedida.

Wentworth não tinha fortuna. Ele tivera sorte em sua profissão, mas gastar livremente na mesma medida em que ganhava não lhe tinha garantido nada. No entanto, ele estava confiante de que logo enriqueceria: cheio de vida e vigor, sabia que em breve teria um navio, e logo estaria em uma posição que o levaria a ter tudo o que queria. Ele sempre teve sorte e sabia que continuaria tendo. Tal confiança, poderosa em seu próprio ardor e sedutora pela sagacidade que seu detentor muitas vezes expressava, podia ter sido suficiente para Anne, mas Lady Russell via a coisa de maneira muito diferente. Seu temperamento otimista e sua disposição destemida causavam uma impressão muito diferente nela; a distinta senhora via nisso apenas um agravamento do que já não era bom. Eram traços de uma índole perigosa. Ele era brilhante, resoluto. Lady Russell tinha pouca apreciação por astúcia exacerbada e por qualquer coisa que beirasse a imprudência. Achava um horror. Ela depreciava tal união em todos os aspectos.

A oposição gerada por tais sentimentos era mais do que Anne podia combater. Jovem e gentil como era, teria sido possível resistir à má vontade de seu pai, ainda que a irmã não tivesse ajudado com sequer uma palavra ou um olhar apaziguador. Contudo, Lady Russell, a quem ela sempre amou e em quem sempre confiou, era alguém que Anne não conseguia contrariar. Com tanta firmeza de opinião, e com tanta ternura em seu trato, ela não poderia estar aconselhando Anne sem ter alguma razão. Assim, a jovem foi persuadida a acreditar que o noivado era de fato um equívoco: indiscreto, imprudente, fadado à derrota e indigno. Mas não agiu sob motivações meramente egoístas ao pôr um fim no relacionamento. Se ela não achasse que estava agindo em prol do bem dele, ainda mais do que do próprio, dificilmente teria desistido. A crença de que estava abrindo mão de suas próprias vontades, principalmente pelo bem dele, era seu maior consolo, e todo consolo era necessário, pois ela teve de encontrar forças para suportar toda a dor que ele sentiu. O rapaz ficou totalmente inconformado e desconsolado, sentiu-se enganado ao ser coagido àquela renúncia. Por causa desse acontecimento, ele deixou a região.

Os meses se passaram desde o início e o fim de seu relacionamento, mas não foram suficientes para que o sofrimento de Anne acabasse. Durante muito tempo, o apego e o arrependimento turvaram cada prazer da juventude, e a perda precoce do vigor e de seu bom ânimo teve efeito duradouro.

Mais de sete anos se passaram desde que essa pequena tragédia tomou lugar e os sentimentos dela pelo Capitão foram suavizados, quase extintos, mas Anne dependeu demais da passagem do tempo. Não houve uma mudança de lugar (exceto uma visita a Bath logo após a ruptura), qualquer novidade ou mesmo a ampliação de suas amizades. Ninguém que passou pelo círculo social de Kellynch poderia ser comparado a Frederick Wentworth de acordo com o que ela tinha na memória. Nenhum outro objeto de afeto – que seria a única cura completamente natural, satisfatória e suficiente para uma jovem daquela idade – tinha se materializado em sua mente, pois ninguém estava à altura de seu gosto nos limites da sociedade ao seu redor. Quando tinha cerca de 22 anos, ela chegou a ter uma chance de mudar de nome, oferecida por um jovem, que, no entanto, pouco tempo depois encontrou uma mente mais disposta em sua irmã mais nova. Lady Russell lamentou sua recusa, pois Charles Musgrove era o filho mais velho de um homem cuja propriedade fundiária e importância geral estavam em segundo lugar naquela região, perdendo apenas para Sir Walter, além de ter bom caráter e aparência. Por mais que Lady Russell pudesse ter sido mais rigorosa quanto às qualidades necessárias em um pretendente enquanto Anne tinha 19 anos, ela teria se alegrado em vê-la aos 22 afastada de modo tão respeitável das parcialidades e injustiças da casa de seu pai e estabelecida permanentemente tão perto de sua propriedade. Porém, à época desse caso, Anne não se deixou levar por conselhos. Lady Russell, embora nunca tenha se arrependido do que havia feito no passado, satisfeita como sempre com seu próprio julgamento, passou a sentir uma ansiedade que beirava a desesperança de que Anne não recebesse mais propostas de algum homem que tivesse consideráveis talentos e independência, de modo a se assentar em um compromisso para o qual a amiga a considerava peculiarmente adequada, em virtude de seus afetos sensíveis e seus hábitos domésticos.

Ambas desconheciam a opinião uma da outra, inclusive a constância ou a mutação de suas considerações, sobre a conduta de Anne, pois o assunto nunca fora retomado. Contudo, aos 27 anos, Anne pensava de forma muito diferente do que tinha sido levada a pensar aos 19. Ela não culpava Lady Russell, nem a si mesma por ter sido guiada por ela, mas sentia que, se qualquer jovem, em circunstâncias semelhantes, lhe pedisse conselho, jamais receberia como resposta previsões tão sombrias de infelicidades imediatas. Estava convencida de que, mesmo sob todas as desvantagens da desaprovação de sua família, toda a ansiedade quanto à profissão do noivo e todos os medos, impedimentos e desapontamentos em potencial, ela ainda teria sido uma mulher mais feliz se tivesse mantido o noivado, do que de fato foi com o rompimento. Parte dos desapontamentos poderia ter se concretizado, tinha convicção disso, e seria mais do que normal se isso acontecesse, mas os resultados teriam concedido prosperidade mais cedo do que poderia ser razoavelmente calculado. Todas as expectativas vigorosas e toda a confiança de seu ex-pretendente tinham se justificado. Sua determinação e sagacidade pareciam ter previsto e guiado seu caminho próspero. Muito pouco tempo depois do noivado ter terminado, ele havia conseguido se estabelecer, e tudo o que ele tinha dito que aconteceria de fato aconteceu. Ele se destacou e foi promovido, e era provável que, naquele momento, após sucessivas conquistas, tivesse acumulado uma bela fortuna. Anne só tinha os registros da Marinha e dos jornais para se informar, mas não duvidava de sua riqueza, e, devido à constância do caráter dele, não tinha motivos para acreditar que se casara.

Quão eloquente poderia ter sido Anne Elliot! Quão eloquentes, ao menos, foram os seus desejos de uma união precoce e de uma alegre confiança no futuro, contrastando com aquela cautela demasiado ansiosa que parece insultar o esforço e suspeitar da Providência! Ela tinha sido forçada a agir com prudência em sua juventude e aprendeu a arte do romance à medida que envelhecia: a sequência natural de um começo não natural.

Com todas essas circunstâncias, lembranças e sentimentos, ela não pôde ouvir que a irmã do Capitão Wentworth provavelmente moraria em Kellynch sem reviver toda a dor do passado. Muitos suspiros seriam necessários para dissipar a agitação da ideia. Teve de dizer a si mesma muitas vezes que tudo não passava de loucura para conseguir controlar os nervos o suficiente durante a contínua discussão sobre os Croft e seus negócios. Ela era auxiliada, porém, pela perfeita indiferença e pela aparente inconsciência de seu pai, sua irmã e Lady Russell, as três testemunhas do passado, que pareciam não reter qualquer lembrança daquilo. Ela compreendia a superioridade dos motivos de Lady Russell sobre os de seu pai e os de Elizabeth para não mencionar nada, e podia reconhecer toda a nobreza dos sentimentos de sua tranquilidade; o ar geral de esquecimento entre os demais, de onde quer que viesse, era bem-vindo. No caso de o Almirante Croft realmente se mudar para Kellynch Hall, Anne regozijou-se com a convicção de que o passado, entre todas as pessoas com as quais se relacionava, era conhecido apenas por aquelas três. Ela acreditava que nenhuma sílaba sobre o assunto jamais seria sussurrada, com a confiança de que entre os conhecidos de seu antigo amor, apenas o irmão com quem ele morava tinha recebido qualquer informação daquele noivado de curta duração. Tal irmão havia se mudado há muito tempo e, por ser um homem sensato, além de solteiro à época, Anne acreditava que nenhuma criatura humana tinha ouvido falar disso por intermédio dele.

A irmã de Wentworth, Mrs. Croft, estivera fora da Inglaterra, acompanhando o marido numa base naval estrangeira, e sua própria irmã, Mary, estivera na escola enquanto tudo isso ocorreu; e nunca aconteceu, fosse pelo orgulho de uns ou pela discrição de outros, de terem contado a ela qualquer coisa sobre esse relacionamento.

Com isso em mente, ela esperava que a conexão entre ela e os Croft, que era provável de acontecer, dado que Lady Russell ainda residia em Kellynch e Mary estava estabelecida a apenas três milhas de distância, não precisasse envolver nenhum constrangimento em particular.

Capítulo V

Na manhã marcada para a visita do Almirante e Mrs. Croft a Kellynch Hall, Anne achou melhor dar sua costumeira caminhada até a casa de Lady Russell e ficar fora do caminho até que tudo tivesse terminado. Acabou lamentando ter perdido a oportunidade de vê-los.

O encontro transcorreu de forma altamente satisfatória e tudo foi resolvido de uma só vez. As senhoras, predispostas a um acordo, não viram nada além de boas maneiras e elegância uma na outra, e, no que diz respeito aos cavalheiros, havia uma cordialidade tão calorosa, uma liberalidade tão sincera e confiante do lado do Almirante, que não havia possibilidade de Sir Walter não se impressionar. O proprietário de Kellynch também havia sido coagido pelas lisonjas de Mr. Shepherd a exibir seu melhor e mais polido comportamento, pois este dissera ao Almirante que Sir Walter era um modelo de boa educação.

A casa, o terreno e os móveis foram aprovados, os Croft foram aprovados, os termos do acordo, a duração e todo o resto foram aprovados. Os escriturários de Mr. Shepherd puseram-se a trabalhar, sem que houvesse uma única modificação em tudo o que "Este contrato estabelece".

Sir Walter, sem hesitação, declarou o Almirante como o marinheiro mais bonito que já conhecera. Chegou ao ponto de dizer que, se o criado tivesse arrumado os cabelos dele, não se sentiria constrangido em ser visto ao lado dele em lugar nenhum. O Almirante, com simpatia e cordialidade, disse para a esposa, enquanto voltavam pelo parque:

— Imaginei que resolveríamos tudo rapidamente, minha querida, apesar do que nos disseram em Taunton. O Baronete não tem qualquer atrativo, mas não parece ser uma má pessoa.

Eram elogios recíprocos, que teriam sido estimados como iguais.

Os Croft deveriam assumir o local durante as festividades de São Miguel; e como Sir Walter propôs a mudança para Bath no decorrer do mês anterior, não havia tempo a perder para fazer todos os arranjos que ainda faltavam.

Lady Russell, convencida de que Anne não teria qualquer opinião na escolha da casa na qual eles iriam morar, não estava muito disposta a deixá-la ir embora tão cedo, e tinha a intenção de fazê-la ficar em Kellynch até que ela mesma pudesse acompanhá-la a Bath depois do Natal. Contudo, devido aos próprios compromissos que a afastariam da região por várias semanas, não pôde fazer o convite conforme desejava. Desse modo, Anne, apesar de temer o possível calor de setembro na luminosa Bath e lamentando renunciar aos doces e melancólicos meses de outono no campo, não achou que, considerando tudo, ela quisesse ficar. Seria mais certo e sábio e, portanto, causaria menos sofrimento se fosse com os outros de uma vez.

No entanto, ocorreu algo que a fez mudar de opinião. Mary, que ficava indisposta com frequência, que sempre tinha alguma queixa e que tinha o hábito de chamar Anne quando, por qualquer motivo, não estava se sentindo bem, prevendo que não teria sequer um dia de boa saúde durante todo o outono, pediu — ou melhor, exigiu, pois dificilmente era um pedido — que a irmã fosse até Uppercross

Cottage lhe fazer companhia, enquanto ela julgasse necessário, em vez de ir a Bath.

– Não posso ficar sem Anne – foi o argumento de Mary, ao qual Elizabeth respondeu:

– Então estou certa de que é melhor Anne ficar, pois ninguém precisará dela em Bath.

Ser reivindicada como um bem, embora tão inadequadamente, é pelo menos melhor do que ser rejeitada como nada. Anne, feliz por ser considerada de alguma utilidade, animada por ter qualquer coisa marcada como um compromisso, e certamente não lamentando que tal compromisso fosse no campo, em especial na região que ela amava, prontamente concordou em ficar.

O convite de Mary dissipou todas as dificuldades de Lady Russell, e logo ficou decidido que Anne não deveria ir a Bath até Lady Russell levá-la, e que todo o tempo decorrido deveria ser dividido entre Uppercross Cottage e Kellynch Lodge.

Até aquele momento, tudo estava perfeitamente acertado. Porém, Lady Russell tomou um susto quando se deu conta de algo muito errado no planejamento de Kellynch Hall. Mrs. Clay fora convocada para ir a Bath com Sir Walter e Elizabeth, como uma assistente importante e valiosa para esta última nos afazeres que viriam. Lady Russell estava extremamente ressentida com a resolução de tal arranjo, pois era uma afronta à Anne o fato de Mrs. Clay ser considerada tão útil, ao passo que a própria irmã de Elizabeth fora descartada como irrelevante.

Anne havia aprendido a se manter indiferente diante dessas intrigas, mas sentiu a imprudência do arranjo com a mesma intensidade que Lady Russell. Em decorrência de muita observação serena e de um exímio conhecimento, que ela muitas vezes desejava não ter, do caráter de seu pai, percebeu que aquela intimidade poderia acarretar sérias consequências para sua família. Ela não imaginava que seu pai tivesse ideia disso naquele momento. Mrs. Clay tinha sardas, um dente saliente e era um pouco desalinhada, detalhes sobre os quais ele continuamente fazia observações severas na ausência dela. Ainda assim, ela era jovem e, sem dúvida, tinha boa aparência de modo geral, e possuía, devido a uma mente perspicaz e aos modos atrativos e agradáveis, características infinitamente mais perigosas do que qualquer forma física poderia representar. Anne estava tão preocupada com esse perigo que não se culpava por tentar torná-lo perceptível à sua irmã. Tinha poucas esperanças de ser bem-sucedida, mas Elizabeth, que no caso de um revés seria mais digna de pena do que ela mesma, não teria motivos para censurá-la por não ter tentado lhe dar nenhum aviso.

Anne tentou falar do assunto, mas pareceu apenas ofender. Elizabeth não concebia como uma suspeita tão absurda ocorrera a ela, e respondeu indignada que cada um conhecia perfeitamente suas próprias condições.

— Mrs. Clay — disse ela, acalorada — nunca esquece quem ela é; e como eu conheço melhor os sentimentos dela do que você, posso assegurar-lhe que, quando o assunto é casamento, ela é bastante escrupulosa e reprova toda a desigualdade de condição e posição social de forma mais veemente do que a maioria das pessoas. Quanto ao meu pai, eu realmente não tenho motivos para achar que ele, após se manter solteiro por tanto tempo para o nosso bem, deveria ser vítima de suspeitas nesse momento. Se Mrs. Clay fosse uma mulher muito bonita, admito, não seria prudente tê-la tanto tempo em minha companhia. Não que haja algo no mundo, tenho certeza, capaz de induzir meu pai a engajar-se em um compromisso degradante, mas se houvesse, ele seria infeliz de todo modo. A pobre Mrs. Clay, mesmo com todos os seus méritos, nunca poderia ser considerada toleravelmente bonita e não oferece nenhum perigo vindo aqui. Parece que você nunca ouviu meu pai falar dos infortúnios pessoais dela, embora eu saiba que já ouviu no mínimo umas cinquenta vezes. Aquele dente dela e aquelas sardas. Bom, as sardas não me repugnam tanto como repugnam a ele. Tenho alguns conhecidos cujos rostos não foram substancialmente desfigurados por sardas, mas papai as abomina. Deve tê-lo ouvido comentar sobre as sardas de Mrs. Clay.

– Não há praticamente nenhum defeito em matéria de aparência – respondeu Anne – ao qual uma personalidade agradável não seria capaz de suprimir gradualmente.

– Penso de maneira muito diferente – respondeu Elizabeth, incisiva. – Uma personalidade agradável pode realçar características bonitas, mas nunca alterar as que são prejudiciais. De qualquer forma, como eu tenho muito mais em jogo à esta altura do que qualquer outra pessoa, acredito que seus conselhos sejam um pouco desnecessários.

Anne tinha cumprido seu papel; estava feliz por tê-lo feito, e não teve dúvida de que aquilo proporcionaria algum bem. Elizabeth, embora ressentida com a suspeita, poderia ficar mais atenta quanto a esse assunto dali em diante.

A última tarefa dos quatro cavalos seria conduzir a carruagem de Sir Walter, Miss Elliot e Mrs. Clay até Bath. O grupo partiu com muito bom ânimo; Sir Walter fez vários acenos condescendentes para todos os lavradores e colonos aflitos que acharam prudente comparecer, ao mesmo tempo em que Anne caminhou, numa espécie de tranquilidade desolada, para Kellynch Lodge, onde passaria aquela primeira semana.

Sua amiga, Lady Russell, não estava no melhor humor. A dama sentiu a separação da família muito intensamente. A respeitabilidade deles lhe era muito cara, e aquele convívio diário havia se tornado um hábito precioso. Era doloroso olhar para aquelas terras desertas e, ainda pior antecipar as novas mãos em que cairiam; para escapar à solidão e à melancolia, e estar fora do caminho quando o Almirante e Mrs. Croft chegassem pela primeira vez, ela estava determinada a se ausentar assim que Anne fosse para a casa da irmã. Assim, Anne foi instalada em Uppercross Cottage no mesmo dia em que Lady Russell viajou.

Uppercross ocupava uma área de tamanho moderado, que, havia alguns anos, seguia completamente o velho estilo inglês, contendo apenas duas casas de aspecto superior às dos camponeses: a mansão do senhor das terras, com seus altos muros, grandes portões e árvores antigas, robusta e antiquada; e a compacta casa paroquial, cercada por seu próprio jardim limpo, com videiras ao redor de seus janelões. Depois do casamento do jovem senhor, a casa paroquial tinha recebido melhorias, passando de uma simples casa de campo a um chalé. Assim, Uppercross Cottage, com sua varanda, janelas francesas e outros encantos chamava tanto a atenção de um viajante quanto o aspecto mais consistente da Casa Principal.

Anne havia se hospedado lá muitas vezes. Ela conhecia todos os caminhos de Uppercross, assim como os de Kellynch. As duas famílias encontravam-se tão assiduamente, com o hábito de entrar e sair da casa uma da outra a qualquer hora, que era uma surpresa para ela encontrar Mary sozinha. Estando sozinha, sua indisposição e desânimo eram quase certos. Embora mais bem prendada do que a irmã mais velha, Mary não tinha a compreensão nem o temperamento de Anne. Quando estava bem, feliz e devidamente satisfeita, tinha um ótimo humor e ânimos excelentes, mas qualquer indisposição a afundava por completo. Ela não tinha dom para a solidão e, tendo herdado parte considerável da presunção dos Elliot, era muito propensa a imaginar que estava sendo negligenciada e maltratada a todo momento. Sua constituição física era inferior à das irmãs. Mesmo no auge de sua juventude, só tinha atingido a dignidade de ser considerada "uma moça agradável". Estava deitada no sofá desbotado da pequena sala de visitas, cujos móveis, outrora elegantes, tinham envelhecido pouco a pouco, sob a influência de quatro verões e duas crianças. Quando Anne apareceu, ela cumprimentou-a da seguinte forma:

— Então, finalmente você veio! Achei que nunca mais a veria. Estou tão doente que mal consigo falar. Eu não vi uma única criatura a manhã inteira!

— Sinto muito que não esteja se sentindo bem — respondeu Anne. — Enviou-me um relato tão bom na quinta-feira!

— Sim, fiz o melhor que pude para ignorar minha condição, sempre faço isso. Mas eu estava muito longe de estar bem naquela ocasião; e acho que nunca estive tão doente na vida como estive esta manhã. Estou muito debilitada para ser deixada sozinha, tenho certeza. Suponha que eu tivesse passado mal, de repente, de uma maneira horrível, e não conseguisse sequer tocar a campainha! Então, Lady Russell não viria. Ela não esteve nesta casa nem três vezes este verão, eu acho.

Anne respondeu-lhe o que era apropriado, e perguntou pelo marido dela.

— Ah! Charles está fora, caçando. Eu não o vejo desde as sete horas. Ele insistiu em ir, ainda que eu tenha lhe dito como estou doente. Disse que não demoraria muito, mas não voltou ainda, e já é quase uma da tarde. Garanto-lhe que não vi uma alma durante toda esta longa manhã.

— Os meninos ficaram com você?

— Sim, enquanto consegui aguentar o barulho deles. Porém, são incontroláveis e me fazem mais mal do que bem. O pequeno Charles não se importa com uma palavra do que eu digo, e Walter está indo pelo mesmo caminho.

— Bem, em breve se sentirá melhor — ponderou Anne, animada. — Sabe que sempre melhora quando eu chego. Como estão seus vizinhos da Casa Principal?

— Não tenho notícia deles. Não os vi hoje, exceto Mr. Musgrove, que ia passando e parou para falar comigo pela janela, mas sem descer do cavalo. E, embora eu tenha lhe dito como estou doente, ninguém da casa veio até mim. Suponho que isso não se adequava aos planos das senhoritas Musgrove, elas nunca alteram seus planejamentos.

— Você ainda os verá, talvez, antes do final da manhã. Ainda é cedo.

— Não faço questão de vê-los, posso lhe garantir. Eles falam e riem demais para o meu gosto. Oh, Anne, estou tão mal! Foi muito indelicado da sua parte não ter vindo na quinta-feira.

— Minha querida Mary, lembre-se do relato reconfortante que havia me mandado! Você escreveu da maneira mais animadora, falou que estava perfeitamente bem e que não havia motivo para eu me apressar. Sendo esse o caso, deve saber que meu desejo seria ficar com Lady Russell até o último minuto. E, além de tudo isso, tenho estado tão ocupada, tenho tido tanto o que fazer, que não poderia ter deixado Kellynch antes.

— Meu Deus! Que tanto teve de fazer?

— Muitas coisas, garanto-lhe. Mais do que me lembro no momento, mas posso listar algumas para você. Tenho feito uma cópia do catálogo dos livros e dos quadros do meu pai. Fui várias vezes no jardim com Mackenzie, tentando entender e fazê-lo entender, quais das plantas de Elizabeth serão destinadas ao cuidado de Lady Russell. Tive todas as minhas pequenas preocupações para organizar, livros e partituras para selecionar e todos os meus baús para reembalar, por não ter entendido como arrumariam as carroças. E uma das coisas mais complicadas que tive que fazer, Mary, foi ir a quase todas as casas da paróquia, como uma espécie de despedida. Disseram-me que era o esperado. Todas essas tarefas me tomaram muito tempo.

— Oh, está bem, está bem! — E após um momento de pausa: — Mas você nem me perguntou sobre o nosso jantar na casa dos Poole ontem.

— Você foi então? Não fiz nenhuma pergunta porque concluí que tinha sido obrigada a desistir do encontro.

– Oh, sim! Eu fui. Ontem eu estava muito bem. Não havia nada de errado comigo até hoje de manhã. Teria sido estranho se não tivesse ido.

– Alegro-me pelo fato de você ter ficado bem e espero que tenha sido uma festa agradável.

– Nada de extraordinário. Sempre se sabe de antemão o que será o jantar e quem estará lá, e é muito desconfortável não ter uma carruagem própria. Mr. e Mrs. Musgrove levaram-me, e estávamos tão apertados! São ambos muito grandes, ocupam muito espaço, e Mr. Musgrove senta-se sempre à frente. Então, lá estava eu, esmagada no banco de trás com Henrietta e Louisa. Acho muito provável que minha doença de hoje se deva a isso.

Um pouco mais de perseverança de Anne em demonstrar paciência e alegria quase curaram Mary. Ela logo conseguiu sentar-se direito no sofá e tinha esperança de ficar bem até a hora do jantar. Então, esquecendo-se de pensar nisso, ela logo estava do outro lado da sala, ajeitando um arranjo de flores. Depois do almoço se sentiu bem o suficiente para propor uma pequena caminhada.

– Para onde devemos ir? – perguntou, quando estavam prontas. – Suponho que não vai querer ir à Casa Principal antes de eles terem vindo cumprimentá-la?

– Eu não tenho a menor objeção a esse respeito – respondeu Anne. – Nunca pensaria em ter tanta cerimônia com pessoas que conheço tão bem, como Mrs. Musgrove e suas filhas.

– Mas elas deveriam tê-la visitado o mais rápido possível. Elas precisam tratar você como minha irmã. No entanto, mais vale irmos nos sentar um pouco com elas e, quando sairmos de lá, poderemos desfrutar do nosso passeio.

Anne sempre achara esse tipo de atitude altamente imprudente, mas não se importava mais em disfarçar por acreditar que, embora houvesse de todos os lados contínuos motivos de ofensas, as famílias já estavam acostumadas. Foram, então, para a Casa Principal, onde se sentaram por uma longa meia hora na antiquíssima sala de visitas, com seu chão brilhante e decoração confusa, proporcionada pelas moças da família, composta por um grande piano, uma harpa, flores e pequenas mesas colocadas em todos os cantos. Ah! Quem dera os figurantes originais dos retratos pendurados nos lambris, quem dera os senhores vestindo veludo marrom e as senhoras trajando cetim azul pudessem testemunhar toda a decadência da ordem e da limpeza! Até os próprios retratos pareciam olhar com espanto.

Os Musgrove, assim como sua casa, estavam enfrentando várias mudanças, talvez para melhoria. O pai e a mãe viviam segundo o velho estilo inglês, e os jovens conforme o novo estilo inglês. Mr. e Mrs. Musgrove eram pessoas muito boas, amigáveis e hospitaleiras, pouco cultas e nada elegantes. Seus filhos tinham mentes e modos mais modernos. Era uma família numerosa. Além de Charles, Henrietta e Louisa eram as filhas crescidas, moças de 19 e 20 anos, que tinham aprendido na escola de Exeter todo o estoque habitual de dotes e, naquela época, eram como milhares de outras jovens, vivendo para estar na moda e ser alegres. Seus vestidos eram bem pomposos, as duas eram bonitas, seu estado de espírito, extremamente bom, seus modos, discretos e agradáveis; elas eram de grande importância em casa e se tornavam as favoritas por onde passavam. Anne sempre as considerou como as criaturas mais felizes de todo o seu círculo social. Ainda assim, como todos nós temos um senso próprio de superioridade, Anne não trocaria sua mente mais elegante e culta por todos os prazeres desfrutados pelas irmãs Musgrove, e não lhes invejava em quase nada, exceto o relacionamento amistoso e o afeto mútuo que as duas compartilhavam, o tipo que ela não experimentava com qualquer uma de suas irmãs.

Elas foram recebidas com grande cordialidade. Não parecia faltar nada na família da Casa Principal, que, geralmente, como Anne muito bem sabia, era inofensiva. Conversaram meia hora com bastante prazer, e ela não se surpreendeu quando as duas jovens Musgrove decidiram se juntar à caminhada, a convite de Mary.

Capítulo VI

Anne não dependia daquela visita a Uppercross para entender que uma mudança de um grupo de pessoas para outro, embora a uma distância de apenas três milhas, inclui muitas vezes uma mudança total de conversas, opiniões e ideias. Ela nunca visitava o local sem refletir sobre essa noção, ou sem desejar que os outros integrantes da família Elliot pudessem ter, como ela mesma, a vantagem de testemunhar o quão desconhecidos ou irrelevantes eram os assuntos que em Kellynch Hall eram tratados como de interesse geral e de suma importância. No entanto, mesmo com toda essa experiência, ela se deu conta de que ainda tinha muito a aprender a respeito de sua insignificância em relação a outros círculos sociais, pois dada a circunstância em que fora até lá, com o coração cheio do assunto que vinha ocupando por completo ambas as casas em Kellynch por muitas semanas, Anne esperava um pouco mais de curiosidade e empatia do que encontrou nas singelas observações feitas por Mr. e Mrs. Musgrove, que poderiam ser resumidas em "Então, Miss Anne, Sir Walter e sua irmã se foram; em que parte de Bath eles vão se instalar?". A isto, não esperavam muito por uma resposta; ou seguia-se o seguinte acréscimo das damas mais jovens: "Espero que estejamos em Bath no inverno; mas lembre-se, papai, se formos, devemos ficar bem instalados: não nos venha com Queen Square!";[6] ou, ainda, um comentário ansioso de Mary: "Dou-lhe minha palavra, ficarei bem descontente quando todos vocês tiverem partido para serem felizes em Bath!"

Anne esperava poder evitar tais desapontamentos no futuro, e pensava com enorme gratidão na extraordinária bênção de ter uma amiga tão verdadeiramente empática como Lady Russell.

Os senhores Musgrove tinham sua caça para se preocupar, seus cavalos e cães para manter e seus jornais para ler, enquanto as damas ocupavam-se totalmente com os demais assuntos domésticos, os vizinhos, as roupas, os bailes e a música. Ela reconheceu que era muito apropriado o fato de cada pequeno grupo ditar seus próprios temas de interesse e esperava, com o tempo, tornar-se um membro não indigno daquele círculo em que fora inserida. Com a perspectiva de passar pelo menos dois meses em Uppercross, coube a ela revestir sua imaginação, sua memória e todas as suas ideias o máximo possível com os assuntos de lá.

Contudo, ela não estava tão apreensiva por conta desses dois meses. Mary não era tão desagradável e tão pouco fraternal quanto Elizabeth o era, nem tão insensível à influência de Anne. Também não havia nada entre os demais moradores da casa que provocasse algum desconforto. Ela estava sempre em termos amigáveis com o cunhado, e os meninos, que a amavam o suficiente e a respeitavam muito mais do que a própria mãe, eram uma fonte de interesse, distração e atividade saudável.

Charles Musgrove era cordial e agradável. Em sensatez e temperamento ele era sem dúvida superior à esposa, mas em matéria de recursos, eloquência ou graça, não deixava espaço para nenhuma contemplação perigosa sobre o passado; embora, ao mesmo tempo, Anne acreditasse, assim como Lady Russell, que uma esposa mais

6 Queen Square era uma região de grande notoriedade quando Jane Austen se hospedou ali, em 1799, com sua família. Porém, com o tempo, se popularizou. Esse é o motivo do desprezo expresso no comentário das irmãs Musgrove. [N. E.]

à altura poderia tê-lo melhorado muito. Uma mulher com mais maturidade poderia tê-lo ajudado a construir uma personalidade mais firme e agregado mais utilidade, racionalidade e elegância aos seus hábitos e objetivos. Do jeito que era, ele não fazia nada com muito zelo, mas apenas por fazer, e desperdiçava o tempo com coisas triviais, sem se beneficiar de livros ou de qualquer outro hábito construtivo. Ele tinha muito bom ânimo e nunca parecia se afetar em demasia pelo mau humor ocasional de sua esposa, ou se aborrecer com a irracionalidade dela, para a surpresa de Anne. De modo geral, embora houvesse muitas vezes uma pequena discordância (na qual, às vezes, Anne se envolvia mais do que desejava, sendo consultada por ambas as partes), eles eram considerados um casal feliz. Sempre concordavam perfeitamente com o fato de que precisavam de mais dinheiro, e tinham uma forte opinião de que deviam receber um belo presente do pai dele; mas nisso, como na maioria dos tópicos, ele tinha a última palavra, pois enquanto Mary achava uma grande vergonha que tal presente não fosse dado, ele sempre argumentava que seu pai tinha muitos outros usos para seu dinheiro e o direito de gastá-lo como quisesse.

Quanto à criação dos filhos, a teoria dele era muito melhor do que a de sua esposa, e a prática não era tão ruim. "Eu poderia educá-los muito bem, se não fosse pela interferência de Mary", foi o que Anne muitas vezes o ouviu dizer, e acreditava em suas palavras. Por outro lado, quando ouvia a reprovação de Mary de que "Charles mima as crianças de modo que eu não consigo fazer com que elas obedeçam", Anne nunca teve a menor tentação de dizer "Isso é bem verdade".

Uma das circunstâncias menos agradáveis de sua estadia lá era ser tratada com demasiada confiança por todos e, assim, estar em posse dos segredos e de todas as queixas. A influência que tinha sobre a irmã era conhecida, portanto, continuamente requisitada, quando não diretamente, por meio de dicas: "Quem me dera que a senhorita pudesse persuadir Mary a não estar sempre se imaginando doente", era uma das indiretas de Charles. Quando estava infeliz, Mary declarava: "Acredito que, mesmo se Charles me visse morrer, ele não pensaria que há algo de errado comigo. Tenho certeza, Anne, de que se você quisesse, poderia convencê-lo de que eu realmente estou muito doente – muito pior do que já estive."

Outro lamento de Mary era: "Detesto mandar as crianças para a Casa Principal, embora a avó sempre peça para vê-los, pois ela os mima e bajula tanto e lhes dá tantas guloseimas e tantos doces, que eles voltam com enjoo e ficam irritados o resto do dia." Daí, em certa ocasião, Mrs. Musgrove aproveitou a primeira oportunidade que teve de ficar sozinha com Anne para dizer: "Oh, Miss Anne, como desejaria que Mrs. Charles Musgrove tivesse um pouco do seu jeito com aquelas crianças. Eles são criaturas bem diferentes perto da senhorita! Mas, na verdade, em geral, são mesmo muito mimados! É uma pena que a senhorita não consiga persuadir sua irmã sobre como educá-los. Eles são as crianças mais saudáveis que já vi, pobrezinhos, tão queridos! Admito isso sem parcialidade. Mas Mrs. Charles não sabe como tratá-los! Meu Deus! Como são malcriados às vezes. Confesso, Miss Anne, que isso impede que eu deseje vê-los em nossa casa tantas vezes quanto deveria. Creio que sua irmã não está muito satisfeita por eu não os convidar mais vezes. Mas a senhorita sabe, é muito ruim receber crianças as quais se é obrigado a vigiar a cada momento. 'Não faça isso', 'não faça aquilo'. Ou quando só se pode manter uma ordem tolerável dando mais bolo às crianças do que deveriam comer."

Além disso, ela ouviu de Mary: "Mrs. Musgrove pensa que todos os seus criados são tão confiáveis que repreendê-los seria uma grande traição. Mas tenho certeza, sem exagero, de que a criada principal e a lavadeira, em vez de darem atenção a seus afazeres, ficam perambulando pela cidade o dia todo. Eu as encontro aonde quer que eu vá, e nunca entro no quarto de brincar das crianças sem ver algum vestígio delas. Se Jemima não fosse a criatura mais fiel e mais leal do mundo, bastaria pouco para corrompê-la também, pois ela me conta que as duas sempre a chamam para passear com elas." Por sua vez, Mrs. Musgrove dizia: "Tenho como regra nunca interferir em nenhum assunto de minha nora, pois sei que não daria certo. Mas vou lhe contar, Miss Anne, porque talvez a senhorita consiga colocar as coisas em ordem. Não tenho uma opinião muito boa sobre a babá de Mrs. Charles. Ouço histórias estranhas sobre ela, está sempre perambulando por aí. Eu mesma posso declarar que ela é uma senhora tão bem-vestida que arruinaria qualquer criado que se aproxime. Mrs. Charles põe as mãos no fogo por ela, eu sei. Estou apenas dando essa dica para que fique atenta. Se vir alguma coisa errada, não precisa ter medo de mencioná-la."

Mary também se queixava de que Mrs. Musgrove não era muito afeita a dar a precedência que lhe era devida quando jantavam na Casa Principal com outras famílias; ela não via nenhuma razão para não ser tratada à altura. Certa ocasião, quando Anne estava caminhando apenas com as Musgrove, em meio a uma conversa sobre nível social, prestígio e inveja, uma delas admitiu:

— Não tenho vergonha de comentar com você o fato de que algumas pessoas não têm noção de seu nível social, porque todo o mundo sabe como você é indiferente a respeito disso. Entretanto, eu gostaria que alguém desse a Mary uma dica de que seria muito melhor se ela não fosse tão arredia, especialmente se ela não estivesse sempre tentando tomar o lugar de mamãe. Ninguém duvida do direito dela de ter precedência sobre a mamãe, mas seria menos indigesto se ela não insistisse nisso o tempo todo. Não é que a mamãe se preocupe com isso, mas sei que muitas pessoas reparam.

Como poderia Anne colocar todos esses assuntos em ordem? Ela pouco mais podia fazer do que ouvir pacientemente, suavizar cada reclamação e tentar arranjar desculpas pela conduta dos outros. Ela então aconselhava a todos sobre a paciência necessária na convivência entre vizinhos tão próximos, e tornava mais contundentes as sugestões que serviriam para o benefício de sua irmã.

Em todos os outros aspectos, sua visita começou e decorreu muito bem. Seu próprio ânimo melhorou com a mudança de lugar e de assuntos ao se afastar de Kellynch; as enfermidades de Mary diminuíram por ter uma companhia constante; e as relações diárias com a outra família, uma vez que não havia afazeres ou confidências a serem interrompidas, eram uma vantagem. Certamente esse contato aumentava a cada dia, pois se encontravam todas as manhãs, e quase nunca passavam uma noite sem se ver; mas Anne tinha certeza de que tudo não poderia transcorrer tão bem se não fosse a presença das respeitáveis figuras de Mr. e Mrs. Musgrove, ou sem a conversa, o riso e o canto de suas filhas.

Anne tocava piano muito melhor do que qualquer uma das senhoritas Musgrove, mas sem uma boa voz, sem conhecimento da harpa e sem pais afeiçoados para se deleitarem e se derreterem em elogios, sua performance era pouco apreciada, sendo aturada apenas por cordialidade ou quando as demais estavam cansadas, e ela estava ciente. Sabia que, quando tocava, estava entretendo apenas a si mesma, mas isso não era uma sensação nova. Excetuando um curto período de sua vida, ela nunca, desde os 14 anos – desde a perda de sua querida mãe – conheceu a felicidade de ser ouvida ou encorajada por qualquer apreciação justa ou bom gosto verdadeiro. Quando o assunto era música, estava acostumada a sentir-se sozinha no mundo. A parcialidade carinhosa do casal Musgrove pelo desempenho de suas próprias filhas, e a total indiferença que demonstrariam a qualquer outra pessoa, dava-lhe mais alegria pela sorte das moças do que angústia por si mesma.

Os encontros na Casa Principal eram, por vezes, enriquecidos por outras companhias. A vizinhança não era grande, mas os Musgrove eram visitados por todos. Eles ofereciam mais jantares e recebiam mais visitas e hóspedes, tanto convidados quanto surpresa, do que qualquer outra família. Eram muito populares.

As moças adoravam dançar, e as noites terminavam, ocasionalmente, em pequenos bailes não premeditados. Havia uma família de primos perto de Uppercross, de circunstâncias menos prósperas, que dependiam dos Musgrove para todas as diversões: eles iam até lá a qualquer hora e ajudavam a tocar qualquer instrumento ou dançar qualquer música. Anne, preferindo o ofício de pianista a um posto mais ativo, tocava por horas a fio – uma gentileza que sempre fazia Mr. e Mrs. Musgrove darem atenção a seus dotes musicais mais do que a qualquer outra coisa, e, muitas vezes, arrancava elogios. "Muito bem, Miss Anne! Muito bem executado, de fato! É uma bênção divina! Como esses seus dedinhos voam!", era o que diziam.

Assim ela passou as primeiras três semanas. O Dia de São Miguel chegou, e o coração de Anne voltou-se novamente para Kellynch. Um lar amado, entregue a terceiros. Todos os preciosos quartos e móveis, os bosques e as paisagens começando a receber outros olhares e companhias! Ela não conseguia pensar em nada além disso no dia 29 de setembro e, à noite, recebeu este simpático consolo de Mary, que, ao notar o dia do mês, exclamou:

– Santo Deus, não é este o dia em que os Croft se mudarão para Kellynch? Estou feliz por não ter pensado nisso antes. Como isso me deprime!

A notícia da posse dos Croft foi um verdadeiro alerta naval, e era preciso visitá-los. Mary lamentou a necessidade de precisar ir até lá. De acordo com ela, ninguém sabia o quanto sofreria por conta dessa obrigação, e adiaria o máximo que pudesse. No entanto, não descansou até convencer Charles a levá-la até lá um dia bem cedo e, quando retornou da visita, demonstrou um estado muito animado e confortável de agitação.

Anne se alegrara muito sinceramente por não ter podido ir. Ela desejava, contudo, ver os Croft, e ficou satisfeita por estar em casa quando a visita foi retribuída pelo casal. Eles vieram, e, embora o dono da casa estivesse ausente, as duas irmãs os receberam. Mrs. Croft ficou perto de Anne, enquanto o Almirante se sentou ao lado de Mary e se mostrou muito agradável por seus comentários bem-humorados sobre as crianças. Anne teve a chance de perscrutar enquanto isso e buscar semelhanças entre Mrs. Croft e seu ex-pretendente, fossem nas feições, na voz, no modo de se portar ou de se expressar.

Mrs. Croft, mesmo não sendo alta nem rechonchuda, tinha uma postura respeitável que lhe dava imponência. Tinha olhos escuros e brilhantes, bons dentes e um rosto agradável no geral, embora sua tez avermelhada e um tanto enrugada pela exposição ao sol, consequência de ter estado em mar aberto tanto quanto o marido, fizesse com que parecesse ter vivido alguns anos mais do que os seus 38. Seus modos eram leves e decididos, demonstração típica de quem é segura de si mesma, mas sem qualquer traço de grosseria ou ausência de bom humor. Anne deu-lhe crédito por seus sentimentos relacionados a Kellynch, e o que mais lhe agradou foi ter percebido, logo no primeiro meio minuto, que não havia o menor sintoma de qualquer conhecimento ou suspeita do lado de Mrs. Croft acerca do passado.

Assim, Anne ficou bem à vontade e, consequentemente, nem um pouco intimidada, até que foi por um momento surpreendida pela repentina fala de Mrs. Croft:

– Foi a senhorita, e não sua irmã, suponho, que meu irmão teve o prazer de conhecer, quando esteve nesta região.

Anne esperava ter ultrapassado a idade do rubor àquela altura. A idade da agitação interna, porém, certamente não tinha.

– Ouviu falar sobre ele ter se casado? – acrescentou Mrs. Croft.

Ela não foi capaz de responder como deveria, mas ficou satisfeita em perceber, quando Mrs. Croft emendou que era de Mr. Wentworth de quem estava falando, que ela não tinha dito nada que pudesse identificar especificamente um dos dois irmãos. Era razoável que Mrs. Croft estivesse se referindo a Edward e não a Frederick.

Constrangida com seu próprio esquecimento, Anne fez perguntas sobre o estado atual de seu antigo vizinho com o devido interesse.

O resto do encontro correu bem até que, próximo ao fim, ela ouviu o Almirante dizer a Mary:

— Estamos esperando a visita de um irmão de Mrs. Croft em breve; ouso dizer que o conhece pelo nome.

Ele foi interrompido pelos ataques ávidos dos meninos, que pularam nele como se fosse um velho amigo e se recusaram a deixá-lo ir; e estando muito absorvido pelas propostas de levá-los no bolso do casaco etc., o Almirante não conseguiu concluir ou recordar o que tinha começado a falar. Assim, Anne tentou persuadir a si mesma de que o referido irmão ainda se tratava de Edward. Ela não conseguiu, porém, alcançar um grau de certeza a ponto de não ficar ansiosa para saber se algo havia sido dito sobre o assunto na outra casa, onde os Croft estiveram anteriormente.

Os moradores da Casa Principal passariam a noite na casa de Mary. Era uma época do ano em que as visitas a pé já se tornavam inviáveis, e logo os cavalos foram ouvidos, quando a mais jovem Miss Musgrove entrou. Pensaram que ela estava ali antecipadamente para pedir desculpas e dizer que eles desfrutariam a noite sozinhos. Mary estava pronta para se sentir ofendida, quando Louisa se prontificou a remediar tal preocupação e disse que só tinha vindo a pé para deixar mais espaço para a harpa, pois o instrumento estava sendo trazido na carruagem.

— E vou lhes contar qual a razão disso — acrescentou ela. — Vim explicar que papai e mamãe estão deprimidos esta noite, especialmente a mamãe. Ela tem pensado muito no pobre Richard! Concordamos que seria melhor ter a harpa conosco, pois é algo que parece diverti-la mais do que o piano. Eu lhes conto por que está desanimada. Quando os Croft nos visitaram esta manhã... e vieram visitá-los em seguida, não foi? Enfim. Por acaso disseram que o irmão de Mrs. Croft, o Capitão Wentworth, acabou de regressar à Inglaterra, ou entrou para a reserva, ou algo assim, e está vindo visitá-los muito em breve. Infelizmente, após se despedirem, mamãe se lembrou que Wentworth, ou algo muito parecido, era o nome do comandante da expedição do pobre Richard em algum momento. Não sei quando ou onde, mas antes de ele morrer, o pobre homem! E então mamãe foi olhar os objetos e cartas antigas, e descobriu que era mesmo o caso. Sua cabeça está cheia, pensando no pobre Richard! Portanto, devemos agir com a maior leveza e alegria que pudermos, para que ela não se detenha nessas ideias tão sombrias.

As verdadeiras circunstâncias deste patético fragmento da história familiar podiam ser resumidas assim: os Musgrove tiveram a má sorte de ter um filho muito problemático e incorrigível, e tinham tido a boa sorte de perdê-lo antes que chegasse ao seu vigésimo ano; ele tinha sido enviado ao mar porque era estúpido e incontrolável em terra e, no geral, recebia pouca atenção da família, embora tenha recebido mais do que merecia. Raramente se ouvia falar do rapaz, e quase nem se lembravam mais dele, quando a notícia de sua morte no exterior chegara em Uppercross, dois anos antes.

Na verdade, embora suas irmãs fizessem mais do que podiam por ele ao chamá-lo de "pobre Richard", ele não passava de um tal Dick Musgrove, cabeça-dura, insensível e inútil, que nunca tinha feito nada de relevante e que não merecia sequer o esforço de ser chamado por algo além do que a abreviação de seu nome, vivo ou morto.

Ele tinha passado vários anos no mar e, em meio às transferências pelas quais todos os aspirantes da Marinha passam, especialmente os aspirantes de que todos os capitães desejam se livrar, fora parar por seis meses na fragata do Capitão Frederick Wentworth, a Lacônia. Sob a influência do Capitão, enquanto esteve a bordo, ele escrevera as duas únicas cartas que seu pai e sua mãe receberam dele durante toda a sua ausência (isto é, as duas únicas cartas desinteressadas – todas as outras tinham sido meramente motivadas por pedidos de dinheiro).

Nas duas cartas, ele havia falado bem do Capitão. No entanto, seus pais não tinham o hábito de se atentar para tais assuntos. Não estavam interessados nem sentiam curiosidade em relação aos nomes dos homens ou dos navios, portanto, isso não causou nenhuma impressão na época. O fato de Mrs. Musgrove ter repentinamente se lembrado de que o nome de Wentworth estava distantemente ligado a seu filho parecia uma daquelas extraordinárias ocasiões de lapsos de memória.

Ela pegou as cartas e descobriu que estava certa. A releitura dessas cartas, após um intervalo tão longo, tendo o filho partido para sempre e todas as suas falhas sido esquecidas, tinha afetado excessivamente o seu ânimo e provocado uma dor ainda maior do que sentira quando soube da morte dele. Mr. Musgrove também fora, em menor grau, afetado. Quando chegaram à casa de Mary, estavam evidentemente carentes, primeiro, de serem ouvidos de novo sobre este assunto, e, depois, de todo o consolo que suas alegres companhias poderiam fornecer.

Ouvi-los falar tanto do Capitão Wentworth, repetindo seu nome com tanta frequência, foi um novo tipo de desafio para os nervos de Anne. Eles se perguntavam onde teria passado os últimos anos e debatiam que ele poderia ser – que provavelmente seria – o mesmo Capitão Wentworth que eles se lembravam de ter encontrado uma ou duas vezes depois de terem voltado de Clifton (por sinal, um jovem muito agradável), embora não soubessem dizer se isso havia ocorrido sete ou oito anos antes.

Ela descobriu, no entanto, que teria de se acostumar com o assunto. Conforme a visita dele era esperada, Anne teria de disciplinar a si mesma a ficar imune a tais menções; pois além de ele ser esperado muito em breve, também estava clara a intenção dos Musgrove de se apresentarem assim que o Capitão chegasse. Eles gostariam de expressar sua calorosa gratidão pela bondade que Wentworth tinha demonstrado ao pobre Dick e seu grande respeito pelo caráter do Capitão, que manteve o pobre Dick seis meses sob seus cuidados, período durante o qual o jovem o descrevera de forma muito elogiosa, embora repleto de deslizes ortográficos, tal como "um ótimo companheiro, *gentiu*, só que muito *ezigente*".

A resolução de cumprimentar Wentworth ajudou a confortá-los naquela noite.

Capítulo VII

Mais alguns dias se passaram e logo chegou a notícia de que o Capitão Wentworth estava em Kellynch, que Mr. Musgrove o tinha visitado e que voltara entusiasmado, se derretendo em elogios. Marcaram um jantar com os Croft em Uppercross ao final da semana seguinte. Foi uma grande decepção para Mr. Musgrove saber que o encontro não poderia acontecer antes disso. Ele estava muito impaciente para demonstrar sua gratidão, recebendo o Capitão sob seu próprio teto com o que tivesse de melhor em suas adegas. Uma semana passa rápido, no entanto. Apenas uma semana, pensou Anne, e então, supunha, eles se encontrariam. Ela começou a desejar que pudesse se sentir segura ao menos por uma semana.

Ocorreu que o Capitão Wentworth respondeu muito cedo à cortesia de Mr. Musgrove e por pouco Anne não foi até lá na mesma meia hora. Ela e Mary estavam se preparando para ir à Casa Principal, onde, como soube depois, iriam inevitavelmente encontrá-lo, quando seus planos foram interrompidos por causa de uma queda do menino mais velho. A situação da criança colocou a hipótese da visita completamente de lado, mas Anne não ficou indiferente ao saber do que escapara, mesmo em meio à séria ansiedade por causa do acidente.

O menino teve a clavícula deslocada e uma forte lesão nas costas que despertou as preocupações mais alarmantes. Foi uma tarde de angústia, e Anne teve de fazer tudo rapidamente: chamar o farmacêutico, localizar o pai do menino e mandar informá-lo, consolar a mãe e evitar sua histeria, administrar os criados, afastar o filho mais novo do irmão, cuidar do pobrezinho que caíra e acalmá-lo, além de mandar, logo que se lembrou, um aviso adequado para a outra casa (o que trouxe um acréscimo de mais companhias assustadas e inquisidoras, uma assistência pouco útil).

O retorno de seu cunhado foi o primeiro conforto, pois ele poderia se encarregar de cuidar melhor da esposa; e a segunda bênção foi a chegada do farmacêutico. Até a vinda do especialista, suas apreensões foram as piores possíveis. Suspeitavam de grandes ferimentos, mas não sabiam exatamente onde poderiam estar. Logo a clavícula foi recolocada no lugar, e depois de Mr. Robinson passar um longo tempo procurando por lesões com um semblante muito sério, e conversar em voz baixa com o pai e com a tia, todos foram avisados de que poderiam esperar pelo melhor e jantar naquela noite com tolerável paz de espírito.

Então, pouco antes de se separarem, as duas tias mais jovens puderam desviar o assunto do estado do sobrinho e contar a respeito da visita do Capitão Wentworth. Elas ficaram na casa cinco minutos depois da partida do pai e da mãe para tentar expressar o quanto estavam perfeitamente encantadas com o cavalheiro, o quão mais bonito e mais agradável ele era do que qualquer indivíduo entre os seus conhecidos a quem já tinham admirado um dia, o quão felizes tinham ficado em ouvir o pai convidá-lo para jantar, o quanto se lamentaram ao ouvir que isso estava fora de questão, o quão felizes ficaram novamente quando ele havia prometido, em resposta aos convites insistentes de Mr. e Mrs. Musgrove, jantar com eles no dia seguinte (no dia seguinte!), e o quão agradavelmente ele havia feito tal promessa, como se estivesse honrado com toda a atenção deles, exatamente como deveria. Em resumo, ele havia se portado e dito tudo com uma graça muito requintada, e elas podiam assegurar que estavam com a cabeça virada por ele. Em seguida, as moças partiram, tão cheias de alegria quanto de amor, aparentemente mais impressionadas com o Capitão Wentworth do que com a situação do pequeno Charles.

A mesma história e os mesmos êxtases repetiram-se quando as duas jovens foram com o pai, ao cair da noite escura, saber do estado do menino. Mr. Musgrove, não mais sob o primeiro efeito do mal-estar provocado pela situação de seu herdeiro, pôde corroborar com os elogios e declarar que esperava que não houvesse mais nenhuma ocasião para afastar o Capitão Wentworth. No entanto, lamentava que os moradores dali provavelmente não deixariam de dar atenção ao rapazinho para comparecer ao encontro.

– Oh, não! Não podemos deixar o menino!

Tanto o pai quanto a mãe estavam muito alarmados devido ao susto recente para suportar tal pensamento; e Anne, alegre por poder escapar do compromisso, reiterou seus calorosos protestos.

Contudo, Charles Musgrove posteriormente mostrou mais inclinação em participar. A criança estava melhorando, e ele desejava tanto ser apresentado ao Capitão Wentworth, que, talvez, pudesse se juntar a eles à noite; não jantaria lá, mas poderia ficar por meia hora. Foi avidamente contrariado por sua esposa:

– Oh, não, Charles! Não posso suportar que você saia. E se alguma coisa acontecer?

A criança teve uma noite tranquila e passou bem no dia seguinte. Seria uma questão de tempo a certeza de que nenhuma lesão havia ocorrido à coluna vertebral. Mr. Robinson não encontrou nenhum sinal de que deveriam se preocupar mais, e Charles Musgrove logo percebeu que não precisava mais ficar confinado. O menino teria de ser mantido na cama e entretido do modo mais tranquilo possível. Mas o que havia para um pai fazer ali? Este era um caso para as mulheres resolverem, e seria um absurdo para ele, que não poderia ser útil em casa, permanecer trancado. Seu pai desejava muito que ele se encontrasse com o Capitão Wentworth, e não havendo motivo suficiente contra isso, ele deveria ir. Assim, o marido de Mary tomou coragem e anunciou, quando chegou de uma caçada, que tinha o intuito de se aprontar e ir jantar na outra casa.

— Não há outro assunto além da criança, que já está melhor — avaliou ele. — Então eu disse ao meu pai agora mesmo que iria, e ele concordou que é o certo. Sua irmã ficará com você, meu amor, portanto, não tenho nenhuma preocupação. Você não gostaria de deixá-lo, mas pode ver por si própria que não tenho nenhuma utilidade aqui. Anne mandará me chamar se houver algum problema.

Em geral, maridos e esposas entendem os momentos em que oferecer resistência será em vão. Mary sabia, pelo modo de falar de Charles, que ele estava bastante determinado a ir e que não valeria a pena discutir. Assim, não disse nada até ele sair do cômodo, esperando que apenas Anne pudesse ouvi-la:

— Então nós duas temos de ficar sozinhas com esta pobre criança doente, sem que uma criatura se aproxime de nós a noite toda! Eu sabia que seria assim. Esta é sempre a minha sorte. Se há algo desagradável acontecendo, os homens sempre vão se esquivar do problema, e Charles é tão ruim quanto qualquer um. Muito insensível! Devo dizer que é muito insensível da parte dele deixar seu pobre rapazinho dessa maneira. Ora, falar que o menino está melhorando! Como ele sabe que está melhorando? Ou que não haverá uma mudança repentina daqui a meia hora? Não pensei que Charles fosse tão insensível. E lá vai ele, prestes a sair e se divertir, e porque eu sou a mãe não me é permitido sair. Ainda que eu esteja certa de que sou mais inútil do que qualquer outra pessoa para estar com a criança. O fato de eu ser a mãe é a própria razão pela qual os meus sentimentos não devem ser testados assim. Não tenho estrutura para isso. Você viu como eu estava histérica ontem.

— Mas aquilo foi apenas o efeito súbito do desespero, do choque. Você não vai ficar histérica de novo. Atrevo-me a dizer que não teremos nada para nos angustiar. Entendi perfeitamente as instruções de Mr. Robinson e não vejo razão para que tenhamos medo. E, de fato, Mary, não me admiro com seu marido. Os cuidados desse tipo não são típicos de um homem. Uma criança doente é sempre responsabilidade da mãe: os seus próprios sentimentos geralmente fazem com que o seja.

— Acredito que gosto tanto do meu filho quanto qualquer mãe, mas não sei se sou mais útil em cuidar de um pequeno adoentado do que Charles, pois não posso repreender a pobre criança enquanto ela está de cama. E você viu esta manhã que, quando eu lhe dizia para ficar quieto, ele começava a reclamar e a se debater. Não tenho paciência para esse tipo de coisa.

— Mas você ficaria confortável em passar a noite longe do pobre menino?

— Sim. Se o pai dele pode, por que eu não deveria? Jemima é tão cuidadosa; ela poderia perfeitamente nos mandar notícias sobre o estado do menino. Com toda franqueza, acho que Charles poderia muito bem ter dito ao pai dele que todos nós iríamos. Não estou mais alarmada com o pequeno Charles do que ele está. Fiquei terrivelmente assustada ontem, mas a situação da criança está muito diferente hoje.

— Bem, se não acha que é tarde demais para avisar que vai, você deveria ir, assim como seu marido. Deixe o pequeno Charles aos meus cuidados. Mr. e Mrs. Musgrove não podem levar a mal, desde que eu fique com ele.

— Está falando sério? — exclamou Mary, com brilho nos olhos. — Meu Deus! Esta é uma ótima ideia. Boa, muito boa, de fato. Com certeza, será melhor eu ir, pois não sirvo para nada em casa... e isso só me incomoda. Você, que não tem sensibilidade de mãe, é a pessoa mais indicada para cuidar dele. Você consegue fazer com que o pequeno Charles faça qualquer coisa; ele sempre lhe dá ouvidos. Será muito melhor do que deixá-lo apenas com Jemima. Ah! Eu certamente irei. Tenho certeza de que devo ir se eu puder, tanto quanto Charles, pois eles querem muito que eu conheça o Capitão Wentworth, e sei que não se importa de ser deixada sozinha. Essa foi uma excelente ideia, de verdade, Anne. Vou contar ao Charles e me arrumarei em seguida. Pode mandar nos chamar a qualquer momento, se houver algum problema. Mas ouso dizer que não acontecerá nada que a preocupe. Eu não iria, pode ter certeza, se sentisse que meu querido filho não está bem.

No momento seguinte, ela bateu à porta do quarto de vestir do marido e, como Anne a seguiu escada acima, chegou a tempo de ouvir toda a conversa, que começou com a declaração de Mary, num tom de grande exultação:

– Quero ir com você, Charles, pois não tenho mais utilidade em casa do que você. Mesmo se eu ficasse trancada para sempre com o menino, não conseguiria persuadi-lo a fazer algo que ele não quisesse. Anne vai ficar. Ela se comprometeu a ficar em casa e cuidar dele. Foi sugestão da própria, inclusive, e por isso irei com você, o que será muito melhor, pois não janto na outra casa desde terça-feira.

– Isso é muito gentil da parte de Anne – foi a resposta do marido –, e eu ficaria muito feliz se você fosse comigo. Contudo, parece bastante injusto deixá-la em casa sozinha, para cuidar de nosso filho doente.

Anne estava próximo o suficiente para assumir sua própria causa, e sua sinceridade foi o bastante para convencê-lo, uma vez que já estava predisposto a ser convencido. Desse modo, ele não viu mais problemas quanto a deixá-la sozinha durante o jantar, embora ainda desejasse que ela se juntasse a eles quando a criança estivesse deitada para dormir, e gentilmente insistiu para que Anne o deixasse ir buscá-la, mas ela foi bastante irredutível quanto a isso. Assim sendo, ela teve o prazer de vê-los partir bem-humorados. Esperava que eles se divertissem e ficassem felizes durante o jantar na Casa Principal, por mais estranha que a origem de tal felicidade pudesse parecer. Anne foi deixada com a mais satisfatória sensação de conforto. Ela sabia que seria mais útil para a criança, e o que lhe importava se Frederick Wentworth estava apenas a meia milha de distância, sendo agradável com os demais?

Teria gostado de saber, no entanto, como ele se portaria se a encontrasse. Talvez se mostraria indiferente, se indiferença pudesse existir em tais circunstâncias. Provavelmente agiria de modo desinteressado. Se ele desejasse reencontrá-la, não precisaria ter esperado até aquele momento; teria feito o que ela acreditava que faria em seu lugar muito tempo antes.

Seu cunhado e sua irmã voltaram encantados com o novo conhecido e com a visita em geral. Houve música, canto, conversas, risadas, em suma, tudo de mais agradável. Os modos do Capitão Wentworth eram cativantes, sem timidez ou reserva; todos pareciam conhecer-se perfeitamente, e ele iria até lá na manhã seguinte para caçar com Charles. Ele iria a Uppercross para o café da manhã, mas não para a casa de Mary e Charles, embora isso tivesse sido proposto no início; depois, foi convencido a ir para a Casa Principal. De todo modo, o cavalheiro temia incomodar Mrs. Charles Musgrove por causa da criança enferma e, portanto, de alguma forma, eles mal sabiam dizer como, acabou sendo combinado que Charles iria encontrá-lo para o café da manhã na casa dos pais.

Anne prontamente entendeu. Ele queria evitar vê-la. Soube que Wentworth havia perguntado por ela, por alto, como se perguntasse casualmente sobre a saúde de uma velha conhecida, movido, talvez, pela ideia de escapar de uma apresentação quando se encontrassem.

A rotina matinal na casa menor era sempre mais tardia do que na outra casa, e, no dia seguinte, a diferença foi tão grande que Mary e Anne estavam apenas começando o café da manhã quando Charles chegou para dizer que estavam saindo para a caça, que retornara apenas para buscar os cães e para avisar que suas irmãs estavam seguindo com o Capitão Wentworth. As moças queriam visitar Mary e a criança, e o Capitão Wentworth propunha-se também a entrar por alguns minutos e cumprimentar a senhora, se não fosse inconveniente. Charles respondeu que a criança não estava tão mal, de modo que a visita não seria nenhum inconveniente, mas o Capitão Wentworth assegurou-lhe que não ficaria satisfeito se ele não fosse na frente, para anunciar sua chegada.

Mary, bastante grata por essa atenção, ficou encantada em recebê-lo, enquanto mil sentimentos inundavam Anne, dos quais o mais consolador era a esperança de que logo terminaria. E logo terminou. Dois minutos depois de Charles ter anunciado a chegada dos demais, eles apareceram e se acomodaram na sala de visitas.

O olhar dela encontrou o do Capitão Wentworth. Os dois trocaram uma inclinação de cabeça e uma reverência. Ela ouviu a voz dele falando com Mary, dizendo tudo o que era conveniente. Depois, disse algo às senhoritas Musgrove, o suficiente para estabelecer a casualidade do encontro. A sala parecia cheia – cheia de pessoas, cheia de vozes. Alguns minutos depois, já havia acabado. Charles apareceu na janela e avisou que tudo estava pronto. O visitante se despediu e as senhoritas Musgrove também se foram de repente, resolvendo caminhar até o final da vila com os cavalheiros. A sala ficou vazia, e Anne poderia enfim terminar seu café da manhã de modo adequado.

"Acabou! Acabou!", repetia para si mesma, em uma gratidão inquieta. "O pior já passou!"

Mary puxava conversa, mas ela não conseguia interagir. Ela o tinha visto. Tinham se encontrado. Tinham mais uma vez estado no mesmo cômodo.

Logo, porém, ela começou a raciocinar consigo mesma e a tentar ponderar suas emoções. Oito anos, quase oito anos tinham se passado desde que tudo tinha sido desfeito. Era absurdo retomar a agitação que tal intervalo havia banido para a insignificância! O que oito anos não poderiam resolver? Acontecimentos de todo tipo, mudanças, despedidas – tudo, tudo pode ser incluído, especialmente o esquecimento do passado – nada seria mais natural e mais garantido! Era quase um terço da sua própria vida.

Infelizmente, mesmo com todo seu raciocínio lógico, ela descobriu que, para sentimentos guardados, oito anos significavam quase nada.

E como estariam os sentimentos dele quanto a ela? Será que desejava evitá-la? Ela se odiou no momento seguinte por se fazer tal pergunta.

Contudo, foi poupada de todo suspense acerca de outra pergunta, que mesmo seu melhor juízo não conseguiu evitar. Depois que as jovens Musgrove voltaram para terminar sua visita, Anne recebeu a seguinte informação espontânea de Mary:

– O Capitão Wentworth não foi muito galante com você, Anne, embora tenha sido tão atencioso comigo. Henrietta perguntou-lhe o que ele achava de você quando partiram juntos, e ele respondeu: "Ela está tão mudada que quase não a reconheci."

Mary não tinha sensibilidade para respeitar os sentimentos da irmã em seu trato comum, mas, naquela ocasião, sequer desconfiava que lhe infligira qualquer sofrimento em particular.

"Muito mais mudada do que ele imaginaria." Anne admitiu para si mesma, por fim, que estava profundamente magoada. Sem dúvida estava. E ela não poderia se vingar, pois ele não tinha mudado, ao menos não para pior. Ela já tinha reconhecido isso, e não acreditou que ele de fato pudesse pensar outra coisa dela. Não: os mesmos anos que destruíram sua juventude e seu vigor tinham dado a ele uma aparência mais radiante, viril, segura, sem, de maneira nenhuma, diminuir sua beleza física. Ela tinha visto o mesmo Frederick Wentworth.

Tão mudada que ele quase não a reconhecera! Eram palavras que ela não podia deixar de pensar. Eventualmente, porém, Anne começou a se regozijar por tê-las ouvido. Eram palavras que poderiam deixá-la sóbria; acalmavam sua inquietação; apaziguavam seus ânimos e, por consequência, deveriam servir para deixá-la mais feliz.

Frederick Wentworth tinha usado tais palavras, ou algo parecido, sem ter ideia de que elas seriam levadas até Anne. Ele pensava que ela tinha mudado lamentavelmente e, no primeiro momento de apelo, tinha expressado como se sentia. Ele não tinha perdoado Anne Elliot. Ela o fizera sofrer, o abandonara e decepcionara. Pior ainda, ela tinha demonstrado uma fraqueza de caráter que o seu próprio temperamento decidido e confiante não podia suportar. Ela desistiu dele para agradar outros. Tinha sucumbido ao efeito da persuasão excessiva. Por fraqueza e insegurança.

Wentworth se apegara e se dedicara à Anne e, desde então, não conhecera uma mulher que se assemelhasse a ela. Entretanto, exceto por alguma sensação natural de curiosidade, ele não tivera até ali nenhum desejo de encontrá-la novamente. O poder que ela exercia sobre ele havia desaparecido para sempre.

O objetivo dele àquela altura era se casar. Estava rico e, tendo regressado do mar, tinha a plena intenção de se casar assim que fosse possível. Estava pronto para se apaixonar com toda a velocidade que uma mente esclarecida e um apego rápido pudessem permitir. Poderia nutrir sentimentos por qualquer uma das jovens Musgrove, por exemplo, se conseguissem conquistá-lo. Em suma, teria inclinação para qualquer jovem agradável que aparecesse em seu caminho, exceto para Anne Elliot. Esta era sua única exceção secreta quando disse à irmã dele, em resposta às suposições dela:

— Sim, aqui estou eu, Sophia, pronto para tomar uma decisão tola. Qualquer jovem entre 15 e 30 anos está sujeita a receber minha proposta de casamento. Bastará um pouco de beleza, alguns sorrisos e alguns elogios à Marinha, e eu serei um homem perdido. Não seria isso mais do que suficiente para um marinheiro que esteve longe do convívio com mulheres as quais poderiam tê-lo tornado um sujeito agradável?

Mrs. Croft sabia que Frederick declarava tais absurdos para ser contestado. Seu olhar brilhante e orgulhoso demonstrava sua convicção de que era agradável, e Anne Elliot não estava fora de seus pensamentos quando descreveu mais seriamente a mulher que ele desejava encontrar. "Uma mente forte e um jeito doce", foi sua primeira e última definição.

– Essa é a mulher que eu quero – confessou. – Alguém um pouco inferior, claro, posso tolerar, mas não deve ser muito. Se eu tiver que ser um tolo, realmente serei um tolo, pois já pensei mais sobre o assunto do que a maioria dos homens.

Capítulo VIII

Desde então, o Capitão Wentworth e Anne Elliot estiveram repetidamente na presença um do outro. Os jantares na casa de Mr. Musgrove foram retomados com a presença de todos, pois o estado de saúde do menino não podia mais fornecer à sua tia um motivo para se ausentar; e logo se seguiram outros jantares e eventos.

Os sentimentos antigos seriam postos à prova; os tempos antigos, sem dúvida, seriam trazidos à memória de cada um. Não tinha como ser diferente. O ano do seu noivado não podia deixar de ser mencionado por ele, nas pequenas narrativas ou descrições que as conversas suscitavam. Sua profissão o qualificava, sua disposição o levava a falar. "Isso foi em 1806", "Isso aconteceu antes de eu ir para o mar, em 1806" foi o tipo de ocorrência que Anne ouviu logo no decorrer da primeira noite que passaram juntos. Embora a voz dele não vacilasse, e embora ela não tivesse motivos para supor que seu olhar vagueasse em direção a ela enquanto falava, Anne sentiu a total impossibilidade, pelo conhecimento que tinha de sua mente, de que ele não estivesse sendo invadido pelas recordações tanto quanto ela mesma. Devia haver a mesma associação imediata de pensamento, ainda que ela soubesse que tais lembranças não doíam nele da mesma forma.

Eles não tiveram nenhuma conversa sozinhos, nem nenhuma interação além do que a civilidade comum exigia. E pensar que significaram tanto um para o outro em outra época! E nada restara! Houve um tempo em que, mesmo na presença de um grupo grande de pessoas, tal como o que naquele momento enchia a sala de visitas de Uppercross, eles teriam tido dificuldade em deixar de falar exclusivamente um com o outro. Com a exceção, talvez, do Almirante e de Mrs. Croft, que pareciam particularmente afeiçoados e felizes (Anne não concebia outras exceções mesmo entre os casais ali presentes), não poderia ter havido dois corações mais dedicados, duas personalidades mais parecidas, dois sentimentos mais harmônicos, dois semblantes mais apaixonados do que um dia foram os de Anne e Wentworth um pelo outro. Mas passaram a ser estranhos; não, algo pior do que estranhos, pois nunca mais poderiam se conhecer. Era um afastamento perpétuo.

Quando ele falava, ela ouvia a mesma voz e discernia a mesma perspicácia de mente. Havia uma ignorância geral sobre assuntos navais naquele grupo, de modo que ele foi muito interrogado, especialmente pelas jovens senhoritas Musgrove. As moças pareciam não ter olhos para mais ninguém além dele e queriam saber tudo sobre o modo de viver a bordo, os regulamentos diários, a comida, os horários etc., e a surpresa delas diante de seus relatos, sobre os alojamentos e o cotidiano em geral, fez com que Wentworth as provocasse de modo agradável. Aquilo lembrou Anne dos primeiros dias, quando ela também era ignorante quanto a esses assuntos e também tinha sido acusada de supor que marinheiros viviam a bordo sem nada para comer, sem cozinheiro para preparar a comida, se houvesse comida, e sem sequer um garfo ou faca para usar.

Estava imersa nesse pensamento quando foi despertada por um sussurro de Mrs. Musgrove que, tomada por lamento, declarou:

– Oh, Miss Anne, se os céus tivessem poupado meu pobre filho, atrevo-me a dizer que ele seria outro a esta altura.

Anne reprimiu um sorriso e ouviu gentilmente enquanto Mrs. Musgrove aliviava um pouco mais seu coração. Por alguns minutos, não conseguiu acompanhar a conversa dos outros.

Quando deixou sua atenção tomar o curso natural novamente, observou as moças Musgrove abrindo o *Almanaque Náutico*[7] (um volume que existia na biblioteca de Uppercross) e sentando-se juntas para descobrir os navios que o Capitão Wentworth tinha comandado.

– Seu primeiro navio foi o Asp, eu me lembro de ouvi-lo comentar; vamos procurá-lo.

– Não o encontrará. Essa embarcação se desgastou e hoje não passa de destroços. Fui o último homem a comandá-la. Naquela época, já era pouco adequada para o serviço. Ainda esteve em funcionamento para missões nacionais durante um ano ou dois, e, logo depois fui enviado nele para as Índias Ocidentais.

As moças pareciam surpresas.

– O Almirantado Britânico – continuou ele – se entretêm de vez em quando enviando algumas centenas de homens para o mar num navio inadequado. Mas eles têm muitos homens sob seu comando que precisam de embarcações e, em meio às milhares que podem tanto afundar quanto não afundar, é impossível para eles distinguir com exatidão.

– Ei! Ei! – exclamou o Almirante. – Mas quanta tolice falam estes jovens! Não havia melhor navio do que o Asp naquele tempo. Não havia outro que chegasse aos pés daquele modelo. Sorte de quem o comandasse! Ele sabe que deve ter havido vinte homens melhores do que ele candidatando-se àquela vaga ao mesmo tempo. Teve sorte de obter um navio tão rápido.

---

7 Trata-se de um compilado com o registro de oficiais que serviram na Marinha e informações acerca do estado dos barcos etc. Dois dos irmãos de Jane Austen, Francis e Charles, estavam na marinha. É muito provável que Austen tenha usado o *Almanaque Náutico* para saber notícias deles. [N. E.]

— Reconheço a minha sorte, Almirante, asseguro-lhe — respondeu o Capitão Wentworth com seriedade. — Eu estava tão satisfeito com minha nomeação quanto possa imaginar. Era um grande objetivo meu naquela época estar no mar; um anseio muito grande. Eu precisava me ocupar com algo.

— Tenho certeza que sim. O que um jovem poderia fazer em terra durante meio ano? Se um homem não tem uma esposa, logo quer voltar a navegar.

— Mas, Capitão Wentworth — interpelou Louisa —, como deve ter ficado irritado quando chegou ao Asp e descobriu o que lhe tinham dado.

— Eu sabia muito bem como ele era antes daquele dia — disse ele, sorrindo. — Fiquei tão pouco surpreso quanto a senhorita ficaria ao receber emprestado em um dia chuvoso um sobretudo velho que passou de mão em mão durante anos. Ele era o querido e velho Asp para mim. Fazia tudo o que eu queria. Eu sabia que faria. Sabia que ou afundaríamos juntos, ou ele seria a minha salvação; e nunca passei sequer dois dias de mau tempo durante todo o período em que estive no mar com ele. Depois de subjugar navios piratas suficientes para nos divertirmos, tive a boa sorte, ao retornar para casa no outono seguinte, de me juntar à fragata francesa que eu queria. Trouxe-a para Plymouth, e aqui tive outro golpe de sorte. Estávamos há menos de seis horas no Estreito, quando veio um vendaval que durou quatro dias e quatro noites, e que teria destruído o pobre velho Asp em metade do tempo. Nosso contato com a Grande Nação não ajudou. Se tivesse durado mais 24 horas, eu seria apenas um galante Capitão Wentworth numa nota trágica no canto do jornal. Ninguém se lembraria muito de mim.

Anne disfarçou um tremor. As senhoritas Musgrove foram tão espontâneas quanto sinceras em suas exclamações de horror.

— E foi assim, suponho — disse Mrs. Musgrove, em voz baixa, como se pensasse em voz alta —, que ele foi parar no Lacônia, onde conheceu nosso pobre rapaz. Charles, meu querido, pergunte ao Capitão Wentworth onde ele se encontrou pela primeira vez com seu pobre irmão. Eu sempre me esqueço.

— Foi em Gibraltar, mãe, eu sei. Dick ficou doente e foi deixado em Gibraltar, com uma recomendação do capitão anterior ao Capitão Wentworth.

— Oh, sim! Mas, Charles, diga ao Capitão Wentworth que ele não precisa ter medo de mencionar o pobre Dick na minha presença, pois seria um prazer ouvir falar dele por meio de um amigo tão bom.

Charles, atento às probabilidades de aquilo não dar certo, apenas acenou com a cabeça em resposta e se retirou.

As moças passaram então a procurar o Lacônia no *Almanaque*. O Capitão Wentworth tomou o precioso volume em suas próprias mãos para poupar-lhes o trabalho e leu em voz alta a pequena referência ao nome e à classe do navio, além dos nomes de sua presente tripulação, observando que aquela embarcação tinha sido uma das melhores amigas que um homem poderia ter.

— Passei dias muito agradáveis no Lacônia! Como ganhei dinheiro rápido com ele. Um amigo e eu fizemos uma viagem tão maravilhosa ao longo das ilhas ocidentais. Pobre Harville, minha irmã! Você sabe o quanto ele precisava de dinheiro, mais do que eu. Ele tinha uma esposa. Excelente companheiro. Nunca esquecerei a felicidade dele. Tudo o que fazia era pelo bem dela. Desejei que ele viesse novamente no verão seguinte, quando continuei tendo a mesma sorte no Mediterrâneo.

— E tenho certeza, senhor — disse Mrs. Musgrove —, que foi um dia de sorte para nós, quando o senhor foi colocado como capitão naquele navio. Nunca esqueceremos o que o senhor fez.

Seus sentimentos a fizeram falar baixo, e o Capitão Wentworth, ouvindo apenas em parte, e provavelmente não tendo Dick Musgrove em canto algum de seus pensamentos, parecia ter sido deixado em suspense, esperando por mais informação.

– Meu irmão – sussurrou uma das moças. – Mamãe está pensando no pobre Richard.

– Pobrezinho! – continuou Mrs. Musgrove. – Ele amadureceu tanto e se tornou tão excelente correspondente enquanto esteve sob os seus cuidados! Ah! Teria sido maravilhoso se ele nunca o tivesse deixado. Asseguro-lhe, Capitão Wentworth, lamentamos muito que ele o tenha deixado.

Houve uma expressão momentânea no rosto do Capitão Wentworth, certo brilho em seu olhar e uma ondulação breve de sua bela boca, que convenceu Anne de que, em vez de compartilhar dos amáveis desejos de Mrs. Musgrove quanto ao filho, o Capitão provavelmente tivesse enfrentado alguma dificuldade para conseguir se livrar do rapaz. Mas foi tudo rápido demais para ser detectado por qualquer outro que não o entendesse tanto quanto ela. Um segundo depois, ele estava perfeitamente sério e prontamente se sentou ao lado de Mrs. Musgrove para conversar com ela, em voz baixa, sobre seu filho, fazendo-o com simpatia e graça natural, demonstrando a mais bondosa consideração pelos sentimentos dos pais.

Anne e o Capitão estavam no mesmo sofá, separados apenas por Mrs. Musgrove. Não era uma barreira insignificante, pois ela era de um tamanho considerável, substancial, infinitamente mais ajustada pela natureza para expressar boa disposição e bom humor do que sentimentalismo. Enquanto as agitações da forma esbelta e do rosto reflexivo de Anne podiam ser consideradas sob total controle, o Capitão Wentworth merece crédito pelo equilíbrio com o qual lidou com os suspiros profundos e pesarosos sobre o destino de um filho com o qual ninguém se importava.

A compleição física e a melancolia por certo não são diretamente proporcionais. Uma figura grande e volumosa tem o direito de estar em profunda aflição tanto quanto alguém mais esbelto. Mas, justo ou injusto, há conjunções inconvenientes em que a razão tentará em vão condescender – conjunções que o bom gosto não pode tolerar, e das quais o ridículo vai se apropriar.

O Almirante, depois de dar duas ou três voltas na sala com as mãos nas costas, voltou sua atenção para a esposa e o Capitão Wentworth. Sem se preocupar com o que poderia estar interrompendo, começou:

– Se tivesse ficado mais uma semana em Lisboa na primavera passada, Frederick, teria sido convidado a dar uma carona para Lady Mary Grierson e as filhas.

– Teria? Ainda bem que não fiquei mais uma semana, então.

O Almirante censurou-o por sua falta de galanteria. O Capitão se defendeu, embora tenha afirmado que jamais admitiria de bom grado nenhuma senhora a bordo de um navio seu, exceto por ocasião de um baile ou de uma visita que durasse apenas algumas horas.

– Mas, se bem me conheço – continuou ele –, isto não se deve à falta de cavalheirismo. Deve-se à impossibilidade, mesmo com todos os esforços e todos os sacrifícios, de oferecer a bordo as acomodações apropriadas para uma dama. Não pode haver negligência, Almirante, na concessão de todas as reivindicações femininas quanto ao conforto, e é isso o que eu faço. Detesto ouvir falar de senhoras a bordo, ou vê-las a bordo; e nenhum navio sob meu comando jamais transportará uma família de senhoras a qualquer lugar, no que depender de mim.

Isso causou a indignação da irmã dele:

– Ah, Frederick! Não posso acreditar no que você está falando... Todo esse refinamento fútil! As mulheres podem ficar tão confortáveis a bordo quanto na melhor casa da Inglaterra. Creio ter passado tanto tempo a bordo quanto qualquer homem, e nunca vi nada superior às acomodações de um navio de guerra. Declaro que não estou mais cercada de conforto e indulgência, mesmo em Kellynch Hall – disse, com uma gentil inclinação de cabeça para Anne –, do que sempre estive na maioria dos navios em que vivi; e foram cinco no total.

— Não vem ao caso — respondeu o irmão dela. — Vivia com seu marido e era a única mulher a bordo.

— Mas você mesmo trouxe Mrs. Harville, a irmã dela, a prima e três filhos de Portsmouth para Plymouth. Onde estava então esse seu fino e extraordinário cavalheirismo?

— Tudo em nome da amizade, Sophia. Eu ajudaria a esposa de qualquer camarada oficial que eu pudesse, e traria qualquer coisa para Mr. Harville do fim do mundo se ele quisesse. Mas não pense que não me senti mal com isso.

— Acredite: estavam todos perfeitamente confortáveis.

— E talvez essa família perca um pouco da minha estima por isso. Um número tão grande de mulheres e crianças não têm o direito de se sentirem confortáveis a bordo.

— Meu caro Frederick, está falando bobagens. O que seria de nós, pobres esposas de marinheiros, que muitas vezes precisam ser levadas para um ou outro porto, acompanhando o marido, se todos pensassem igual a você?

— Os meus sentimentos não me impediram de levar Mrs. Harville e toda a família a Plymouth.

— Mas odeio ouvi-lo falar como um refinado cavalheiro, como se as mulheres fossem todas refinadas senhoras, em vez de criaturas racionais. Nenhuma de nós espera estar em águas calmas durante todos os nossos dias.

— Minha querida — disse o Almirante —, quando ele tiver uma esposa, pensará diferente. Quando for casado, se tivermos a sorte de viver para ver outra guerra, vamos vê-lo agir da maneira como você, eu e muitos outros fizemos. Vamos vê-lo agradecer muito a qualquer um que lhe traga a esposa.

— Sim, veremos.

— Este é o fim dos meus argumentos! — exclamou o Capitão Wentworth. — Quando as pessoas casadas começam a atacar-me com

"Ah! Vai pensar muito diferente quando se casar", só posso dizer: "Não, não o farei"; e depois voltam a dizer "Sim, você mudará de opinião", e nada mais pode derivar disso.

Ele se levantou e mudou de lugar.

– Que grande viajante a senhora deve ter sido! – comentou Mrs. Musgrove com Mrs. Croft.

– Com certeza, senhora, durante os 15 anos de meu casamento, embora muitas mulheres tenham viajado bem mais. Atravessei o Atlântico quatro vezes e já estive nas Índias Orientais, além de ter visitado diferentes lugares perto de casa: Cork, Lisboa e Gibraltar. Mas nunca fui além dos Estreitos e nunca estive nas Índias Ocidentais, exceto por Bermudas ou Bahamas, que, como sabe, não são consideradas parte das Índias Ocidentais.

Mrs. Musgrove não discordou, pois nunca parara para pensar se considerava aqueles lugares como qualquer coisa.

– E eu lhe asseguro, senhora – prosseguiu Mrs. Croft –, que nada pode ser superior às acomodações de um navio de guerra de qualidade. Uma fragata, é claro, vai deixá-la mais confinada, mas qualquer mulher sensata fica perfeitamente feliz em uma delas. Posso dizer com segurança que a parte mais feliz da minha vida foi ao mar. Enquanto estávamos juntos, não havia nada a temer. Graças a Deus! Sempre fui abençoada com excelente saúde e nunca tive problemas quanto às mudanças de clima. Ficava sempre um pouco indisposta nas primeiras 24 horas no mar, mas não sabia o que era mal-estar depois disso. A única vez que realmente sofri de corpo ou mente, a única vez que posso afirmar ter estado doente, ou ter tido alguma ideia do que é o perigo, foi durante o inverno que passei sozinha no Deal, quando o Almirante, à época Capitão Croft, estava no mar do Norte. Vivi em permanente pânico naquele período e tive todo tipo de queixa imaginária por não saber o que fazer ou quando teria notícias dele. Contudo, quando podíamos estar juntos, nada me incomodava, e nunca passei o menor inconveniente.

– Sem dúvida. Sim, de fato. Concordo plenamente com sua opinião, Mrs. Croft – foi a resposta sincera de Mrs. Musgrove. – Não há nada tão ruim quanto a separação física. Concordo com a senhora. Sei o que é isso, pois Mr. Musgrove sempre vai às sessões jurídicas, e fico muito feliz quando ele volta, são e salvo.

A noite terminou com dança. Ao ser convidada a tocar, Anne ofereceu seus préstimos, como de costume. Embora seus olhos tenham se enchido d'água algumas vezes enquanto estava sentada ao instrumento, ficou extremamente feliz por estar ocupada, e não desejava nada em troca a não ser fugir de qualquer atenção.

Foi um encontro alegre, e ninguém parecia estar mais entusiasmado do que o Capitão Wentworth. Ela percebeu que ele tinha tudo para estar animado devido à atenção geral e à deferência de todos, em especial a de todas as jovens mulheres. As jovens Hayter, da família de primos antes mencionada, foram aparentemente agraciadas com a honra de estarem apaixonadas por ele; quanto a Henrietta e Louisa, ambas pareciam tão inteiramente ocupadas com ele que nada além da aparência inabalável da mais perfeita boa vontade entre elas poderia ter tornado crível que não eram decididamente rivais. Quem ficaria surpreso por ele se sentir envaidecido com toda aquela admiração?

Esses foram alguns dos pensamentos que passaram pela cabeça de Anne enquanto seus dedos mecanicamente tocavam o piano ao longo de meia hora, sem erros e sem consciência. Em determinado momento, sentiu que ele a estava olhando, observando suas características mudadas, talvez tentando traçar nelas as ruínas do rosto que um dia o encantara. Em outro momento, notou que ele havia comentado algo sobre ela; não teve a certeza até ouvir a resposta. Ele tinha perguntado à sua parceira de dança se Miss Elliot nunca dançava, e a resposta foi:

– Oh, não, nunca. Ela nunca dança. Ela prefere tocar. Nunca se cansa de tocar.

Uma vez, também, ele se dirigiu a ela. Anne tinha deixado o instrumento ao fim da dança e ele se sentara ao piano para tentar dedilhar algo para as senhoritas Musgrove. Sem pensar, ela voltou para aquela parte da sala, e, quando ele a viu, instantaneamente levantou-se e disse, com uma cortesia calculada:

– Peço desculpa, senhorita, este lugar é seu.

E, embora ela tenha retrucado de imediato com uma negativa, ele não foi impelido a sentar-se novamente.

Anne não desejava mais ter esses olhares e essas conversas. A cordialidade fria e a graça cerimoniosa dele eram piores do que tudo.

Capítulo IX

O Capitão Wentworth se instalara em Kellynch como se estivesse na própria casa, para ficar pelo tempo que quisesse, pois era tão fraternalmente querido pelo Almirante quanto por sua esposa. Ele tinha a intenção, ao chegar, de prosseguir para Shropshire em seguida, de modo a visitar o outro irmão lá estabelecido, mas as atrações de Uppercross o induziram a adiar tais planos. Houve muita simpatia, bajulação e tudo de mais encantador em sua recepção; os mais velhos eram extremamente hospitaleiros, os mais jovens, extremamente agradáveis. Ele não teve opção a não ser permanecer onde estava e adiar o convívio com todos os encantos e as perfeições da esposa de Edward por um pouco mais de tempo.

Uppercross recebia a visita dele quase todos os dias. Os Musgrove estavam sempre tão dispostos a convidá-lo quanto ele estava disposto a ir, particularmente de manhã, quando não tinha companhia em casa, pois o Almirante e Mrs. Croft geralmente saíam juntos para admirar seus novos bens, jardins e ovelhas, ou para dar uma volta em sua nova carruagem, o tipo de exercício matinal que não permitia a companhia de um terceiro.

Até então só havia uma opinião a respeito do Capitão Wentworth entre os Musgrove e os demais que frequentavam a região: admiração invariável e calorosa por toda parte. Mas esse consenso amistoso foi abalado quando um certo Charles Hayter voltou ao convívio local e ficou incomodado, acreditando que o Capitão Wentworth estava muito achegado a todos.

Charles Hayter era o mais velho de todos os primos e um jovem muito amável e agradável. Havia entre ele e Henrietta uma considerável aparência de afeto antes da chegada do Capitão Wentworth. Ele tinha se ordenado e, conforme a paróquia da vizinhança não exigia residência, morava na casa de seu pai, a apenas duas milhas de Uppercross. Uma curta ausência de casa tinha deixado sua donzela desprotegida de suas atenções em um período crítico, e, quando voltou, teve o infortúnio de encontrá-la muito mudada, e de conhecer o Capitão Wentworth.

Mrs. Musgrove e Mrs. Hayter eram irmãs. Ambas detinham riquezas próprias, mas seus casamentos provocaram uma diferença substancial em suas posições sociais. Mr. Hayter possuía algumas propriedades, mas eram insignificantes em comparação com o patrimônio de Mr. Musgrove. Ao passo que os Musgrove estavam na primeira classe da sociedade rural, os filhos do casal Hayter, devido ao estilo de vida inferior e pouco requintado de seus pais e à sua própria educação precária, basicamente não estariam em classe nenhuma não fosse sua conexão com Uppercross – com exceção do filho mais velho, que tinha escolhido ser um estudioso e um cavalheiro, e superava toda a sua família em modos e instrução.

As duas famílias sempre tiveram excelente relacionamento, não havendo orgulho de um lado e nenhuma inveja do outro, somente certa consciência de superioridade por parte das senhoritas Musgrove que as deixava felizes em ajudar os primos. As atenções de Charles a Henrietta tinham sido observadas por seu pai e sua mãe, sem qualquer desaprovação. Pensavam que, de fato, não seria um grande casamento para ela, mas se Henrietta gostasse dele... e Henrietta parecia gostar dele.

Henrietta, por sua vez, estava convicta de seu afeto pelo rapaz, até a chegada do Capitão Wentworth. A partir daquele momento, o primo Charles tinha sido quase esquecido.

Qual das duas irmãs era a preferida do Capitão Wentworth era ainda uma grande dúvida, até onde Anne pôde observar. Henrietta era talvez a mais bonita, Louisa era mais alegre, e Anne não saberia dizer se uma personalidade mais gentil ou uma mais animada tinha mais probabilidade de atraí-lo.

Mr. e Mrs. Musgrove, fosse por serem pouco observadores, fosse por terem total confiança na discrição de ambas as filhas e de todos os jovens que se aproximavam delas, pareciam deixar tudo por conta do acaso. Não havia o menor sinal de ansiedade quando estavam todos na Casa Principal, mas na casa de Mary e Charles era diferente: o jovem casal de lá estava mais disposto a especular. O Capitão Wentworth não tinha estado mais do que quatro ou cinco vezes na companhia das moças Musgrove, e Charles Hayter tinha reaparecido havia pouco tempo, quando Anne teve que ouvir as opiniões de seu cunhado e sua irmã sobre qual era a preferida do Capitão. Charles opinou ser Louisa, Mary achava que era Henrietta, mas ambos concordavam que se casar com ele seria extremamente encantador para qualquer uma das duas.

Charles disse que nunca conhecera um homem mais agradável em toda a sua vida, e, pelo que ele mesmo tinha ouvido o Capitão Wentworth dizer, estava muito certo de que o homem não havia lucrado menos do que vinte mil libras com a guerra. Isso já era uma fortuna, e havia sempre a possibilidade de ele ganhar mais em qualquer guerra futura; Charles estava certo de que o Capitão Wentworth tinha tudo para se distinguir na Marinha. Sim, seria um bom partido para qualquer uma de suas irmãs.

– Certamente – respondeu Mary. – Santo Deus! Se ele viesse a receber uma grande honraria ou se tornasse um baronete! "Lady Wentworth" soa muito bem. Seria uma coisa muito nobre, de fato, para Henrietta! Ela ocuparia meu posto, e não iria desgostar disso. Sir Frederick e Lady Wentworth! Seria apenas a criação de um novo título, no entanto, e nunca penso muito nesses novos títulos.

Agradava mais a Mary pensar em Henrietta como sendo a preferida por conta de Charles Hayter, cujas pretensões ela desejava ver acabadas. Ela olhava para os Hayter como pessoas inferiores e pensava que seria uma grande infelicidade ter a ligação existente entre as famílias renovada – muito desagradável para ela e seus filhos.

– Sabe – opinou ela –, não acho que Charles seja um par adequado para Henrietta; e considerando as alianças que os Musgrove fizeram, ela não tem o direito de se jogar fora assim. Não creio que nenhuma jovem tenha o direito de fazer uma escolha que possa ser desagradável e inconveniente para a maior parte de sua família e criar maus parentescos para aqueles que não estão acostumados com isso. Por Deus! Quem é Charles Hayter? Nada além de um pároco do campo. Um par muito impróprio para Miss Musgrove de Uppercross.

O marido dela, porém, não concordava com ela nesse ponto, pois, além de ter consideração pelo primo, Charles Hayter era um filho mais velho, e ele mesmo enxergava as coisas da perspectiva de filho mais velho.

– Agora está falando besteira, Mary – foi, portanto, a resposta dele. – Não seria um excelente partido para Henrietta, mas Charles tem uma chance muito justa, por intermédio dos Spicer, de conseguir algo do bispo no decorrer de um ano ou dois; e você tem de se lembrar de que ele é o filho mais velho. Assim que meu tio morrer, Charles herdará uma propriedade muito bonita. A propriedade em Winthrop não tem menos de duzentos e cinquenta acres, além da fazenda perto de Taunton, que é uma das melhores terras da região. Concordo com você que qualquer outro primo, exceto Charles, seria um partido escandaloso para Henrietta, de fato. Pode ser o único da família com tais qualidades, mas é, sem dúvida, um homem muito bom, de boa natureza, e um bom companheiro. A partir do momento em que ele assumir Winthrop, transformará o lugar e viverá de uma forma muito diferente. Com essa propriedade, ele nunca será considerado um homem desprezível. É uma boa propriedade, de caráter vitalício. Não. Henrietta poderia fazer coisa muito pior do que casar-se com Charles Hayter. E se ela o aceitar, e Louisa se casar com o Capitão Wentworth, ficarei muito satisfeito.

– Charles pode dizer o que quiser – comentou Mary com Anne, assim que ele saiu da sala –, mas seria um desastre ver Henrietta casada com Charles Hayter. Uma coisa muito ruim para ela, e ainda pior para mim. Portanto, é muito desejável que o Capitão Wentworth logo a faça esquecer-se de Charles, e acredito que isso já tenha acontecido. Ela quase não reparou na presença de Charles Hayter ontem. Gostaria que você tivesse estado lá para avaliar o comportamento dela. E quanto a dizer que o Capitão Wentworth gosta de Louisa como gosta de Henrietta: é um disparate. Ele certamente gosta muito mais de Henrietta. Mas Charles é tão positivo! Gostaria que tivesse estado conosco ontem, pois então poderia decidir quem de nós está certo. Tenho certeza de que pensaria como eu, a menos que estivesse determinada a ficar contra mim.

Um jantar na casa dos Musgrove teria sido a ocasião adequada para Anne reparar em todas essas coisas, porém ela ficou em casa, sob o apelo misto de uma dor de cabeça e o retorno de alguma indisposição do pequeno Charles. A princípio pensara apenas em evitar o Capitão Wentworth, mas poder fugir do impasse de ser requisitada como árbitro para o embate de Mary e Charles foi acrescentado às vantagens de uma noite tranquila.

Quanto ao ponto de vista do Capitão Wentworth, ela considerou que seria mais importante que ele conhecesse de vez a vontade do próprio coração, cedo o suficiente para não pôr em perigo a felicidade de nenhuma das irmãs, ou macular sua própria honra. Pouco importava se seria Louisa ou Henrietta; qualquer uma delas seria para ele, muito provavelmente, uma esposa afetuosa e bem-humorada.

Em relação a Charles Hayter, Anne tinha uma delicadeza de sentimentos que poderia ser ferida por qualquer conduta equivocada, ainda que bem-intencionada, e um coração inclinado a simpatizar com qualquer sofrimento ocasionado por tal conduta. Se Henrietta estava confusa quanto à natureza de seus sentimentos, suas dúvidas deveriam ser compreendidas o quanto antes.

Charles Hayter tinha muito com que se inquietar e se preocupar em relação ao comportamento da prima. Ela tinha um afeto consideravelmente antigo por ele que não poderia ser completamente extinto em apenas alguns encontros com o Capitão, a ponto de não lhe deixar opção a não ser afastar-se de Uppercross. Contudo, houve uma mudança muito alarmante na postura de Henrietta, e o Capitão devia ser considerado como a causa provável desse afastamento. Charles se ausentara apenas dois domingos e, antes de se separarem, havia uma perspectiva de que ele abandonasse sua paróquia para assumir a de Uppercross.

O Dr. Shirley, que por mais de quarenta anos desempenhara zelosamente todas as funções de seu ofício na paróquia, estava bastante enfermo para dar conta de todos os afazeres e desejava arrumar um pároco. Pareceu a Charles que este era o desejo mais ardente do coração de Henrietta: que fosse ele a assumir tal cargo. A vantagem de estar perto, em vez de a uma distância de seis milhas; de ter, em todos os aspectos, uma paróquia melhor; de servir ao querido Dr. Shirley e de liberá-lo do dever que estava se tornando prejudicial significava muito, até mesmo para Louisa, e para Henrietta mais ainda. Quando ele voltou, infelizmente, o interesse pelo assunto havia desaparecido. Louisa sequer queria ouvir seu relato de uma conversa que tivera com o Dr. Shirley: precisava ficar na janela, esperando a chegada do Capitão Wentworth. Henrietta tinha, na melhor das hipóteses, apenas uma atenção dividida a dar e parecia ter esquecido tudo relacionado à negociação.

— Bem, realmente estou muito contente, mas sempre pensei que você conseguiria. Sempre achei que estava certo quanto a isso. Não me pareceu que... em resumo, o Dr. Shirley precisa de um pároco, e você se comprometeu com ele. Ele está vindo, Louisa?

Uma manhã, no dia seguinte a um jantar no qual Anne não tinha estado presente, o Capitão Wentworth entrou na sala de visitas da casa menor, onde estavam apenas ela e o pequeno Charles, ainda se recuperando, deitado no sofá.

A surpresa de ficar quase sozinho com Anne Elliot privou-o de sua compostura habitual. Ele só conseguiu dizer:

– Pensei que as senhoritas Musgrove estivessem aqui. Mrs. Musgrove disse-me que eu as encontraria aqui.

Ele caminhou até a janela para se lembrar de como deveria se comportar.

– Elas estão lá em cima com minha irmã. Descerão em alguns instantes, creio – foi a resposta de Anne, em meio à confusão mental. Se a criança não a tivesse chamado para alguma finalidade, ela teria saído da sala no momento seguinte.

Ele continuou na janela e ficou em silêncio após dizer de forma calma e educada:

– Espero que o rapazinho esteja melhor.

Ela ajoelhou-se junto ao sofá e ali permaneceu para satisfazer a vontade de seu paciente. Assim ficaram alguns minutos, quando, para sua grande satisfação, ouviram outra pessoa atravessar o pequeno vestíbulo. Ela esperava, ao virar a cabeça, ver o dono da casa. Entretanto, a visita era de alguém muito menos adequado para facilitar as coisas: Charles Hayter, que provavelmente ficou tão insatisfeito com a visão do Capitão Wentworth, quanto o Capitão Wentworth tinha ficado com a visão de Anne. Ela disse apenas:

– Como está? Não quer se sentar? Os outros logo chegarão.

O Capitão Wentworth se afastou da janela, aparentemente disposto a iniciar uma conversa, mas Charles Hayter logo pôs um fim à sua tentativa, sentando-se perto da mesa e pegando o jornal. O Capitão Wentworth voltou para a janela.

Um tempo depois, outra pessoa apareceu. O menino mais novo, um garoto notável e robusto de dois anos de idade. Ele impôs sua presença ali após alguém lhe abrir a porta, querendo saber o que estava acontecendo e se havia algo de bom para comer.

Não havendo nada para comer, ele só podia brincar e, como sua tia não o deixava provocar o irmão doente, começou a pular nela, que estava ajoelhada. Ocupada com Charles, Anne não conseguia se livrar das traquinagens do mais novo. Ela falou, ordenou, pediu e insistiu em vão. Em um momento, conseguiu afastá-lo, mas a criança teve o maior prazer em voltar diretamente para cima dela.

– Walter – disse ela –, desça neste momento. Você é extremamente desobediente. Estou muito zangada com você.

– Walter – gritou Charles Hayter –, por que não obedece? Não ouviu sua tia falar? Venha aqui, Walter, venha até o primo Charles.

Ao que Walter ignorou.

Porém, no instante seguinte, ela se viu libertada. Alguém o estava tirando de cima dela, desatando as mãozinhas robustas ao redor de seu pescoço. Quando levantou a cabeça, viu que o Capitão Wentworth era o responsável.

Ela ficou sem palavras. Não conseguiu nem mesmo agradecer-lhe. Debruçou-se sobre o pequeno Charles, com as emoções desordenadas. A bondade dele em aliviá-la, a maneira silenciosa como o tinha feito, os pequenos detalhes da circunstância, junto com a convicção – a qual ela foi forçada a reconhecer pela quantidade de barulho que ele estava fazendo propositalmente com a criança – de que ele queria evitar ouvi-la agradecer e que conversar com ela era a última de suas vontades produziram uma confusão muito dolorosa de sentimentos. Ela só conseguiu se recuperar com a entrada de Mary e das jovens Musgrove, que lhe permitiram deixar o pequeno Charles e sair da sala. Ela não conseguiria ficar. Poderia ter sido uma oportunidade de observar os amores e os ciúmes dos quatro – estavam todos juntos no mesmo cômodo –, mas ela não conseguiria ficar. Era evidente que Charles Hayter não simpatizava com o Capitão Wentworth. Ela teve a impressão de que ele dissera, em um tom de voz veemente, depois da interferência do Capitão Wentworth: "Você deveria ter me obedecido, Walter; eu lhe disse para não provocar sua tia"; e compreendia seu pesar pelo fato de o Capitão ter resolvido o que ele mesmo deveria ter feito. Mas nem os sentimentos de Charles Hayter, nem os de mais ninguém a interessavam, até que ela pusesse os seus próprios em ordem. Estava com vergonha de si mesma, muita vergonha de estar tão nervosa, tão dominada por uma coisa tão insignificante. Ainda assim, seus sentimentos estavam incontroláveis, e isso exigia um longo tempo de solidão e reflexão para se recuperar.

Capítulo X

Outras oportunidades de fazer as suas observações não deixaram de ocorrer. Anne esteve na companhia de todos os quatro por vezes suficientes para formar uma opinião, embora sábia demais para compartilhá-la em casa, onde sabia que não teria agradado nem marido, nem esposa. Ainda que considerasse Louisa como a favorita, pensava, atrevendo-se a julgar por sua memória e experiência prévia, que o Capitão Wentworth não estava apaixonado por nenhuma das duas. Elas estavam mais apaixonadas por ele; no entanto, aquilo não era amor. Era uma pequena febre de admiração, que poderia, e provavelmente iria, terminar em amor. Charles Hayter parecia estar consciente de que era desprezado. Henrietta por vezes parecia dividida entre os rapazes. Anne desejava poder revelar a todos o que eles mesmos sentiam e apontar alguns dos males a que estavam se expondo. Ela não atribuía má-fé a nenhum deles. Era gratificante para ela acreditar que o Capitão Wentworth não estava nem um pouco consciente da dor que estava ocasionando. Não havia nenhum ar de triunfo em sua maneira. Ele provavelmente nunca tinha ouvido e nunca tinha pensado em nenhuma reivindicação de Charles Hayter. Só estava errado em aceitar as atenções (pois *aceitar* é a palavra) de duas jovens ao mesmo tempo.

Depois de sofrer por um tempo, Charles Hayter parecia ter desistido. Três dias se passaram sem que ele fosse sequer uma vez a Uppercross – uma mudança muito decidida. Ele tinha até recusado um convite habitual para jantar, e tendo sido encontrado na mesma ocasião por Mr. Musgrove com uma pilha de grandes livros diante de si, Mr. e Mrs. Musgrove estavam certos de que o rapaz não estava bem e comentaram seriamente que seus estudos ainda o matariam. Mary tinha a esperança e a crença de que ele tinha recebido uma negativa decisiva de Henrietta, e seu marido vivia sob a constante expectativa de vê-lo no dia seguinte. Anne achava apenas que Charles Hayter era sábio.

Certa manhã, mais ou menos pela hora em que Charles Musgrove e o Capitão Wentworth saíram para caçar, Mary e Anne estavam entretidas em silêncio com as tarefas domésticas quando receberam a visita, pela janela, das irmãs da Casa Principal.

Era um belo dia de novembro. As jovens Musgrove atravessaram o terreno e pararam ali com o único propósito de dizer que fariam uma longa caminhada e, portanto, concluíram que Mary não gostaria de ir com elas; ao que Mary imediatamente respondeu, com um pouco de ressentimento por suporem que ela não seria uma boa companhia na caminhada:

– Oh, sim, eu gostaria muito de me juntar a vocês, gosto muito de uma longa caminhada.

Anne percebeu, pelo olhar das duas moças, que aquilo era precisamente o que elas não desejavam, e voltou a se admirar com o tipo de necessidade que os hábitos familiares pareciam produzir, de tudo ser comunicado, compartilhado e feito em conjunto, por mais indesejado e inconveniente que fosse. Ela tentou dissuadir Mary de ir, mas em vão. Sendo assim, achou melhor aceitar o convite muito mais cordial feito pelas Musgrove a ela própria, pois poderia ser útil e trazer Mary de volta mais rapidamente, de modo a diminuir a interferência dela em qualquer plano das cunhadas.

— Não consigo imaginar por que elas supunham que eu não gostaria de uma longa caminhada — disse Mary, enquanto subia as escadas. — Todos estão sempre supondo que não gosto de caminhadas. E ainda por cima teriam ficado insatisfeitas se tivéssemos nos recusado a ir com elas. Quando as pessoas vêm desta maneira, com propósito de nos convidar, como se pode dizer não?

No momento em que estavam saindo, os cavalheiros voltaram. Eles tinham levado um cão filhote, que tinha estragado a atividade deles, e então voltaram mais cedo. Estavam, portanto, com tempo, disposição e ânimo prontos para uma caminhada, e resolveram participar com prazer. Se Anne tivesse previsto tal junção, teria ficado em casa. Contudo, para não causar comoção e curiosidade, ela imaginou que era tarde demais para desistir, e os seis se puseram na direção escolhida pelas senhoritas Musgrove, que evidentemente consideravam-se as guias da tal caminhada.

O objetivo de Anne era não atrapalhar o caminho de ninguém e, quando tivesse de passar pelos trechos estreitos dos bosques, manter-se próximo ao seu cunhado e sua irmã. Seu prazer na caminhada surgiria naturalmente do exercício, da beleza do dia, da apreciação dos últimos sorrisos do ano para as folhas amareladas e de repetir para si mesma algumas das mil descrições poéticas do outono, aquela estação de peculiar e inesgotável influência sobre a mente humana; aquela estação que havia arrancado de cada poeta digno de ser lido alguma tentativa de descrição, ou provocado alguns versos sobre os sentimentos que ela desperta. Anne queria ocupar a mente tanto quanto possível com tais meditações, mas não conseguia. Estava a uma distância que lhe permitia ouvir a conversa do Capitão Wentworth com as senhoritas Musgrove, e involuntariamente se esforçou para ouvi-los. No entanto, não apreendeu nada de notável. Era apenas uma conversa animada, do tipo que qualquer jovem participa durante uma caminhada.

Ele interagia mais com Louisa do que com Henrietta. Louisa, certamente, se empenhava mais em despertar seu interesse do que a irmã. Esta distinção parecia aumentar gradualmente, e houve algo na fala de Louisa que surpreendeu Anne. Depois de um dos muitos elogios sobre o dia, o Capitão Wentworth acrescentou:

– Que tempo glorioso para o Almirante e para minha irmã! Eles queriam fazer um longo passeio de carruagem esta manhã. Talvez os encontremos em algumas dessas colinas. Eles falaram em vir por aqui. Pergunto-me onde capotarão hoje. Acontece com muita frequência, asseguro, mas minha irmã não liga para isso. Diverte-se, até.

– Ah, o senhor está exagerando, tenho certeza! – riu Louisa. – Entretanto, se assim realmente fosse, eu faria o mesmo no lugar dela. Se eu amasse um homem como ela ama o Almirante, estaria sempre com ele, nada poderia nos separar, e eu preferiria ser derrubada por ele, a ser conduzida com segurança por qualquer outra pessoa.

Isso foi dito com entusiasmo.

– É mesmo? – questionou ele, usando o mesmo tom. – Dou-lhe os parabéns por tamanha lealdade!

Um silêncio pairou entre eles por um momento.

Anne não conseguia mais pensar em qualquer citação. As doces cenas do outono foram deixadas de lado, a menos que algum soneto melancólico, repleto de analogias adequadas entre o declínio do ano e o declínio da felicidade, da juventude e da esperança abençoasse sua memória. Ela se obrigou a dizer, enquanto eles se esgueiravam em fila por outro caminho:

– Este não é um dos caminhos para Winthrop?

Mas ninguém ouviu, ou, pelo menos, ninguém lhe respondeu.

Winthrop, ou seus arredores – pois os jovens estão, às vezes, passeando perto de casa – tornou-se o destino do grupo. Depois de mais meia milha de subida gradual, onde os arados em atividade e o caminho recém-criado revelavam a ação do agricultor contra o doce desânimo poético e a favor da esperança trazida pela primavera, alcançaram o cume da colina que separava Uppercross e Winthrop. Avistaram a vizinhança, no sopé da colina.

Winthrop, sem beleza e sem dignidade, estendia-se diante deles: uma casa indiferente, acachapada, rodeada pelos celeiros e construções de uma fazenda agrícola.

Mary exclamou:

– Santo Deus! Aqui está Winthrop. Confesso que não fazia ideia de como era! Bem, agora, acho melhor voltarmos. Estou excessivamente cansada.

Henrietta, constrangida, vasculhando os arredores para ver se o primo Charles estaria caminhando por ali ou encostado em algum portão, estava pronta para fazer o que Mary desejava. Até que...

– Não! – bradou Charles Musgrove.

– Não, não! – gritou Louisa mais ansiosamente e, levando sua irmã para o lado, pareceu discutir o assunto energicamente.

Charles, nesse ínterim, declarou muito decididamente sua resolução de visitar a tia, agora que estava tão perto. Embora um pouco temeroso, tentou persuadir a esposa a ir também. Ela, no entanto, bateu o pé e, quando ele argumentou sobre a vantagem de descansar por 15 minutos em Winthrop, já que estava tão cansada, ela resolutamente respondeu:

– Ah, não! Não mesmo! Subir aquela colina outra vez faria mais mal do que qualquer descanso poderia fazer bem.

Em resumo, seu olhar e sua atitude declararam que ela não iria.

Após uma pequena sucessão de debates e ponderações quanto a isso, ficou decidido entre Charles e suas duas irmãs que ele e Henrietta deveriam descer e fazer uma visita de alguns minutos, para ver a tia e os primos, enquanto o restante do grupo esperaria por eles no topo da colina. Louisa foi basicamente a principal organizadora do plano e, enquanto ela acompanhava os irmãos por mais alguns metros, Mary aproveitou a oportunidade para revirar os olhos e dizer ao Capitão Wentworth:

— É muito desagradável ter tais conexões! Mas, garanto-lhe, não estive na casa deles mais do que duas vezes na vida.

Ela não recebeu nenhuma resposta, a não ser um sorriso artificial e um olhar de desdém, que Anne sabia perfeitamente o significado.

O cume da colina, onde eles permaneceram, era um lugar alegre: Louisa voltou, e Mary, encontrando um lugar confortável para si em um degrau próximo, sentia-se muito satisfeita, desde que os outros a rodeassem. Quando Louisa afastou-se com o Capitão Wentworth para tentar encontrar nozes numa sebe próxima e eles desapareceram aos poucos, Mary logo se aborreceu. Reclamou do lugar onde se assentara, estava certa de que Louisa tinha conseguido um lugar melhor e nada a impediria de procurar um melhor também. Ela atravessou o mesmo portão, mas não conseguia vê-los. Anne encontrou um bom lugar em um banco seco e ensolarado sob a sebe e tinha certeza de que os desaparecidos não estariam muito longe. Mary se sentou por um momento, mas não adiantou; ela estava certa de que Louisa tinha encontrado um lugar melhor e continuaria a procurá-los.

Anne, muito cansada, ficou feliz por simplesmente se sentar, e logo ouviu o Capitão Wentworth e Louisa próximos à sebe, atrás dela, conversando enquanto voltavam em meio à vegetação que margeava um canal. A voz de Louisa foi a primeira a ser distinguida. Ela parecia estar no meio de um discurso ávido. O que Anne ouviu foi:

— E, assim, fiz com que ela fosse. Eu não suportaria que ela desistisse da visita por tais disparates. Imagine se eu deixaria de fazer uma coisa para a qual estava determinada, sabendo que é a coisa certa, por conta da interferência de tal pessoa, ou de quem quer que fosse? Não, eu jamais seria tão facilmente persuadida. Quando me decido sobre algo, nada me faz mudar de ideia. Henrietta parecia estar decidida a visitar Winthrop hoje e, mesmo assim, quase desistiu por uma complacência sem sentido!

– Ela teria voltado atrás então, se não fosse pela senhorita?

– De fato, teria. Tenho quase vergonha de admitir.

– Sorte a dela por ter uma mente como a sua por perto! Sua interferência confirmou minhas próprias suspeitas, que tenho desde a última vez em que estive em companhia dele; posso ver facilmente o que está acontecendo. Percebi que esta era mais do que uma mera visita matinal à sua tia. Ele, e ela também, estarão condenados quando precisarem tratar de questões mais grandiosas, ou quando estiverem diante de circunstâncias que requerem autoconfiança e força de vontade, se ela não teve sequer resolução suficiente para resistir a interferências tolas em uma coisa tão insignificante como esta. Sua irmã é uma criatura amável, mas a senhorita é quem tem a personalidade determinada e segura de si, me parece. Se a senhorita valoriza a felicidade dela, tente influenciá-la ao máximo com sua própria personalidade. Mas, sem dúvida, acredito que sempre tenha tentado fazê-lo. O pior mal de um caráter que tende a ser demasiado indeciso é que nenhuma influência perdura. Nunca se tem a certeza de que uma boa impressão será duradoura; todos podem influenciá-la. Aqueles que são firmes têm mais chances de serem felizes. Aqui está uma noz – disse ele, alcançando um ramo superior – para exemplificar: uma linda noz brilhante, que, abençoada com força original, sobreviveu a todas as tempestades do outono. Nem um furo, nem um ponto fraco em qualquer lugar. Esta noz – continuou, com solenidade divertida –, enquanto tantas outras iguais a ela caíram e foram pisadas, ainda está na posse de toda a felicidade que uma noz poderia sonhar em ter.

Depois, voltando ao seu tom de seriedade anterior, completou:

– O meu primeiro desejo para todos aqueles que me interessam de alguma forma é que eles sejam firmes. Se Louisa Musgrove quiser

ser bela e feliz em seus melhores anos, ela deve valorizar toda a força de caráter que tem.

Ele terminou e não obteve resposta. Anne teria se surpreendido se Louisa fosse capaz de responder prontamente a tal discurso: palavras de tanto interesse, proferidas com tanto ardor! Ela podia imaginar o que Louisa estava sentindo. Quanto a si mesma, temia se mover, pois não queria ser vista. Permaneceu parada, encoberta por um arbusto de azevinhos, e eles seguiram em frente. Antes, porém, que estivessem além de sua audição, Louisa falou novamente.

– Mary é bondosa em muitos aspectos – observou –, mas às vezes ela me provoca excessivamente com suas bobagens e seu orgulho; o orgulho por ser uma Elliot. Ela tem muito desse orgulho. Nós desejávamos que Charles tivesse se casado com Anne. Suponho que sabia que ele queria casar-se com Anne?

Depois de um momento de pausa, o Capitão Wentworth quis saber:

– Quer dizer que ela o recusou?

– Oh, sim; certamente.

– Quando isso aconteceu?

– Não sei ao certo, pois Henrietta e eu estávamos na escola na época; mas acredito que cerca de um ano antes de ele se casar com Mary. Eu gostaria que ela o tivesse aceitado. Todos nós teríamos gostado muito mais dela. Papai e mamãe sempre acharam que tal recusa foi obra de sua grande amiga, Lady Russell. Eles acreditam que Charles talvez não seja instruído o suficiente para agradar Lady Russell e que por isso ela convenceu Anne a não aceitar a proposta.

Os sons distanciaram-se, e Anne não distinguiu mais conversa alguma. Suas próprias emoções ainda a mantinham imóvel. Ela tinha muito do que se recuperar antes de poder se mexer. O destino proverbial do ouvinte não requisitado não foi exatamente o dela naquela ocasião: ela não tinha ouvido nada maldoso sobre si mesma, mas ouviu muitas coisas dolorosas. Anne percebeu como o seu próprio caráter era considerado pelo Capitão Wentworth e denotou traços de emoção e curiosidade na voz dele ao perguntar sobre ela, o que lhe provocou extrema inquietação.

Assim que pôde, foi atrás de Mary. Encontrou-a, e as duas caminharam de volta ao local de encontro. Logo sentiu o conforto de ter todo o grupo reunido e pondo-se a caminhar novamente. Seu espírito queria a solidão e o silêncio que só um grande número de pessoas podia proporcionar.

Charles e Henrietta voltaram, trazendo, previsivelmente, Charles Hayter com eles. As minúcias dos assuntos, Anne não conseguia adivinhar. Nem mesmo o Capitão Wentworth parecia saber por completo. O fato é que houve uma mudança de postura, e Charles Hayter e Henrietta pareciam agora muito contentes por estarem juntos outra vez, não havia dúvida. A dama parecia um pouco envergonhada, mas muito satisfeita, e o cavalheiro, excessivamente feliz. Eles se dedicaram um ao outro quase desde o primeiro instante da caminhada de volta para Uppercross.

Tudo agora indicava que Louisa estava destinada ao Capitão Wentworth. Nada poderia ser mais claro. Nos locais em que era necessário se separar, e especialmente onde não era, andavam lado a lado, tão próximos quanto o outro par. Em um trecho amplo, onde havia espaço para todos, eles estavam assim divididos, formando três subgrupos distintos. Ao trio que menos se gabava de animação e complacência, pertencia Anne. Ela se juntou a Charles e Mary e estava cansada o suficiente para ficar muito satisfeita em poder tomar um dos braços do cunhado. Charles, embora gozando de muito bom humor com ela, estava irritado com a esposa. Mary havia sido descortês com ele e agora estava sofrendo as consequências, que se resumia a não dar o braço a ela para podar o topo de algumas urtigas nas sebes. Quando Mary começou a reclamar disso e a lamentar que estava sendo prejudicada por estar do lado da sebe, ao passo que Anne, do outro lado, não sofria nenhum incômodo, ele soltou o braço de ambas para caçar uma doninha, a qual tinha visto de relance, e elas quase não conseguiram trazê-lo de volta para o lado delas.

O longo prado margeava uma alameda, que seria atravessada pelo grupo. Quando chegaram aos limites do prado, descobriram que a carruagem que ouviam estava sendo conduzida pelo Almirante Croft. Ele e sua esposa tinham concluído seu passeio e voltavam para casa. Ao tomarem conhecimento da longa caminhada que os jovens tinham feito, ofereceram, em um gesto de gentileza, um lugar a qualquer senhora que pudesse estar particularmente cansada; isso lhe pouparia uma milha inteira, e eles passariam por Uppercross de qualquer maneira. O convite foi geral e, de modo geral, foi recusado. As senhoritas Musgrove não estavam nada cansadas, e Mary ou estava ofendida por não ser convidada antes que os outros, ou o que Louisa chamava de "orgulho Elliot" tornou insuportável para ela a ideia de se sentar com mais duas pessoas em uma carruagem de um só cavalo.

O grupo atravessou a alameda e estava subindo os degraus ao final dela, e o Almirante já estava colocando seu cavalo em movimento novamente, quando o Capitão Wentworth se apressou em direção à carruagem para dizer algo à sua irmã. O assunto pôde ser adivinhado pelo desfecho da conversa.

— Miss Elliot, tenho certeza de que está cansada — sugeriu Mrs. Croft. — Deixe-nos ter o prazer de levá-la para casa. Há espaço mais que suficiente para nós três, garanto-lhe. Se fôssemos todos esbeltos como a senhorita, creio que poderíamos levar até quatro. Aceite nosso convite.

Anne ainda estava na alameda e, embora instintivamente começasse a declinar da oferta, não teve permissão para concluir. A amável insistência do Almirante veio em apoio à sua esposa; eles não aceitariam uma recusa. Assim, o casal se comprimiu no menor espaço possível para acomodá-la, e o Capitão Wentworth, sem dizer uma palavra, voltou-se para ela e calmamente a ajudou a subir na carruagem.

Sim, ele tinha feito aquilo. Ela estava na carruagem e sentiu que ele a tinha colocado lá, que a sua boa vontade e as suas mãos o tinham feito, devido à percepção que ele teve de seu cansaço e à resolução de lhe dar descanso. Ela ficou extremamente afetada pela impressão que aquilo lhe causou. Essa pequena circunstância parecia a conclusão de tudo o que tinha acontecido antes. Ela o compreendeu. Wentworth não conseguiria perdoar, mas não era insensível. Mesmo condenando-a pelo passado e alimentando um enorme e injusto ressentimento, e embora estivesse perfeitamente indiferente a ela e se apegando a outra, ele não podia vê-la sofrer sem sentir necessidade de lhe dar alívio. Era algo remanescente do sentimento anterior; era um impulso de amizade pura, embora não reconhecida; era uma prova do seu próprio coração caloroso e amável que ela não podia contemplar sem emoções mistas de prazer e dor, e ela não sabia qual prevalecia.

Suas respostas às gentilezas e observações de seus companheiros de viagem foram, a princípio, proferidas de modo inconsciente. Eles tinham percorrido metade do caminho antes que ela se desse conta do que diziam. Ela então percebeu que estavam falando de Frederick.

— Ele certamente se interessa por uma dessas duas meninas, Sophy — comentou o Almirante —, mas não se sabe qual delas. Ele tem corrido atrás delas há tempo suficiente, julgo, para tomar uma decisão. Sim, isso é fruto da paz. Se estivéssemos em guerra agora, ele já teria resolvido isso há muito tempo. Nós, marinheiros, Miss Elliot, não podemos nos dar ao luxo de oferecer longas cortesias em tempo de guerra. Quantos dias se passaram, minha querida, entre a primeira vez em que a vi e o nosso encontro em North Yarmouth?

— É melhor não falarmos sobre isso, querido — respondeu Mrs. Croft, agradavelmente —, pois, se Miss Elliot soubesse quão cedo chegamos a um entendimento, nunca se convenceria de que somos felizes juntos. Mas eu já tinha ouvido falar de seu caráter muito antes, meu bem.

– E eu tinha ouvido falar que você era uma jovem muito bonita. O que se pode esperar além disso? Não gosto que tais coisas se estendam por tanto tempo. Gostaria que Frederick se preocupasse menos com navios e trouxesse uma dessas jovens para Kellynch. Assim, haveria sempre companhia. E ambas as jovens são muito simpáticas; mal posso distinguir uma da outra.

– São meninas muito bem-humoradas, de fato – opinou Mrs. Croft, num tom de elogio mais contido, o que fez Anne suspeitar que ela talvez não considerasse nenhuma das duas como digna de seu irmão –, e a família é muito respeitável. Não se poderia estar ligado a pessoas melhores. Meu caro Almirante, olhe o poste! Vamos acertar o poste!

Tomando ela mesma as rédeas, felizmente escaparam do perigo; e depois, sua intervenção também evitou que caíssem numa pequena vala e batessem em um carrinho de esterco; e Anne, com algum divertimento por causa do jeito que conduziam a carruagem, o qual ela imaginava ser uma representação geral do modo como lidavam com os demais assuntos, foi deixada por eles em casa sem nenhum arranhão.

Capítulo XI

A VOLTA de Lady Russell se aproximava. O dia estava marcado, e Anne, tendo se comprometido a se juntar a ela assim que retornasse a Kellynch, estava ansiosa para ir embora, e começava a pensar como seu próprio conforto poderia ser afetado por isso.

Estaria na mesma propriedade que o Capitão Wentworth, a meia milha de distância. Eles teriam que frequentar a mesma igreja, e haveria relações entre as duas famílias. Isso não lhe era favorável; mas, por outro lado, ele passava tanto tempo em Uppercross que, ao mudar-se dali, seria possível dizer que, na verdade, estaria se afastando dele, e não se aproximando. No fim das contas, acreditava que estaria no lucro, até mesmo pela mudança de convivência doméstica, ao deixar a pobre Mary por Lady Russell.

Ela desejava evitar ver o Capitão Wentworth em sua antiga propriedade: aqueles cômodos tinham testemunhado encontros anteriores que trariam lembranças dolorosas a ela. Entretanto, estava ainda mais ansiosa para que Lady Russell e o Capitão Wentworth nunca se encontrassem em lugar algum. Eles não gostavam um do outro, e nenhum reencontro poderia trazer qualquer benefício. Se Lady Russell os visse juntos, ela poderia pensar que ele tinha muita autoconfiança, e ela, muito pouca.

Esses pontos influenciaram sua dedicação em organizar a mudança antecipada de Uppercross, onde ela sentia que permanecera tempo suficiente. Sua ajuda ao pequeno Charles daria sempre alguma doçura à memória daquela estadia de dois meses e, como ele estava ganhando força rapidamente, ela não tinha mais nada que a prendesse lá.

A conclusão de sua visita, no entanto, foi diversificada de uma forma que ela não tinha imaginado. O Capitão Wentworth, depois de não ter sido visto e ouvido em Uppercross durante dois dias inteiros, apareceu novamente entre eles para se justificar com um relato do que o tinha afastado.

Uma carta de seu amigo, o Capitão Harville, tendo-o localizado, tinha trazido a informação de que Harville estava se instalando com a família em Lyme para o inverno. Estavam, portanto, sem que soubessem, a vinte milhas um do outro. O Capitão Harville nunca havia voltado a ter boa saúde desde uma ferida grave que sofrera dois anos antes, e a ansiedade do Capitão Wentworth em vê-lo fez com que partisse imediatamente para Lyme. Ele esteve lá por 24 horas. Sua absolvição foi completa, sua amizade, calorosamente enaltecida, e um interesse animado por notícias do amigo e por sua descrição do belo condado de Lyme, tão sentido pelo grupo, que um desejo sincero de ver Lyme e um planejamento para tal viagem foi o resultado.

Os jovens estavam loucos para ver Lyme. O próprio Capitão Wentworth falou em ir lá novamente. Ficava a apenas dezessete milhas de Uppercross, e, embora fosse novembro, o tempo não estava de modo algum ruim. Em resumo, Louisa, que era a mais entusiasmada de todos, estando resoluta de seu desejo de ir (e retendo grande prazer em ter as coisas como queria, armada com a ideia de que havia mérito em bater o pé para qualquer coisa), ignorou todos os argumentos do pai e da mãe para adiar a viagem até o verão. Assim, ficou decidido que iriam para Lyme – Charles, Mary, Anne, Henrietta, Louisa e o Capitão Wentworth.

O planejamento era ir de manhã e voltar à noite, mas Mr. Musgrove não consentiu de modo algum, pois assim sobrecarregariam os cavalos. Além disso, pensando racionalmente, um dia em meados de novembro não deixaria muito tempo para conhecer e explorar um novo lugar, depois de deduzir sete horas de viagem, como a natureza do local exigia, para ir e voltar. Por conseguinte, deveriam passar a noite lá, e não voltariam até o jantar do dia seguinte. Consideraram que era uma boa solução. Ainda assim, embora todos tenham se encontrado na Casa Principal bem cedo para o café da manhã, e não passasse muito de meio-dia quando as duas carruagens – a de Mr. Musgrove com as quatro damas e a outra, levando Charles e o Capitão Wentworth – desceram a longa colina até Lyme e entraram na cidade, ficou evidente que não teriam tempo suficiente para ver muita coisa antes que a luz e o calor do dia desaparecessem.

Depois de conseguir alojamento e encomendar um jantar numa das estalagens, a próxima coisa a fazer era, inquestionavelmente, ir ver o mar. Aquela era uma época do ano sem qualquer diversão ou atividade que Lyme, como qualquer lugar público, pudesse oferecer. Os salões estavam fechados, os inquilinos quase todos haviam ido embora, quase nenhuma família permanecera na região além dos moradores fixos. Como não havia nada para se admirar nas construções, os visitantes procuraram contemplar a notável localização da cidade, a rua principal quase se precipitando na água, a caminhada até o Cobb,[8] contornando a agradável pequena baía – que, em alta temporada, recebe muitos visitantes e é animada com plataformas de mergulho –, o próprio Cobb, suas antigas maravilhas e as novas melhorias, com a belíssima linha de falésias que se estende ao leste da cidade. Seriam maus visitantes, também, se não reparassem nos encantos dos arredores de Lyme, que faziam qualquer um desejar conhecê-la melhor, tal como as paisagens da cidade vizinha, Charmouth, com seus terrenos elevados, seus extensos campos ver-

8 O Cobb é um quebra-mar de pedra em formato curvo que data do século XIII. É uma das atrações mais famosas de Lyme. [N.E.]

dejantes e sua formosa baía, ladeada por penhascos escuros. Abaixo, destacando-se entre a areia, os fragmentos de rocha baixa fazem do local o mais favorável para observar o fluxo da maré, para sentar-se em contemplação despreocupada; as variedades de madeira de Up Lyme; e, sobretudo, Pinny, com os seus penhascos verdes entre penedos românticos, onde a profusão de árvores florestais e os pomares luxuriantes declaram que muitas gerações devem ter se passado desde que o primeiro deslizamento parcial do penhasco preparou o terreno. São cenários tão maravilhosos e tão belos que competem com a famosa Ilha de Wight. É uma região que deve ser visitada e revisitada, para que o valor de Lyme seja compreendido.

O grupo de Uppercross, passando pelos salões agora desertos e melancólicos, e ainda descendo a rua, logo chegaram à beira-mar e se detiveram por um momento, pois todos devem se deter e contemplar a primeira visão do mar — só assim é possível fazer jus à sua vista. Em seguida, prosseguiram em direção ao Cobb, objetivo central de todos e, principalmente, do Capitão Wentworth. Ali, em uma pequena casa, perto de um antigo cais de data desconhecida, moravam os Harville. O Capitão Wentworth entrou para chamar seu amigo; os outros seguiram em frente, e logo se reencontrariam no Cobb.

Eles não estavam de modo algum cansados de maravilhar-se com a vista. Nem mesmo Louisa parecia sentir que eles tinham se separado do Capitão Wentworth por tempo considerável quando o notaram retornar com três companheiros, já bem conhecidos por descrição: o Capitão e Mrs. Harville, e seu amigo, o Capitão Benwick, que estava com eles.

O Capitão Benwick tinha sido, havia algum tempo, o primeiro tenente do Lacônia; e o relato feito pelo Capitão Wentworth a respeito dele, depois de seu regresso de Lyme, seus calorosos elogios sobre como Benwick era um excelente jovem e oficial, afirmações que seriam suficientes para ganhar a estima dos ouvintes, foi seguido por uma pequena história de sua vida privada, o que o tornou perfeitamente interessante aos olhos de todas as damas. Ele tinha sido noivo da irmã do Capitão Harville, e estava de luto pela perda. Tinham ficado um ou dois anos à espera de condições para melhorarem sua fortuna e posição. A fortuna chegou, pois seu soldo como tenente era bem generoso; também subiu rapidamente na hierarquia, tendo sido promovido. Porém, Fanny Harville não viveu para ver isso. Ela tinha morrido no verão anterior, enquanto ele estava no mar. O Capitão Wentworth acreditava ser impossível um homem ser mais apegado a uma mulher do que o pobre Benwick tinha sido à Fanny Harville, ou mais profundamente afligido por uma terrível morte. Era o tipo que está fadado a sofrer muito, unindo sentimentos muito fortes com modos calmos, sérios e introspectivos, um forte gosto pela leitura e hábitos domésticos. A amizade entre ele e os Harville parecia ter sido, se possível, aumentada pelo evento, que selou todas as suas alianças de parentesco: o Capitão Benwick vivia com os Harville. O Capitão Harville havia alugado sua casa atual por meio ano; seu gosto, sua saúde e suas condições o levaram a adquirir uma residência barata à beira-mar; e a grandiosidade do condado, somada à tranquilidade de Lyme no inverno, pareciam ideais para o estado de espírito do Capitão Benwick. A simpatia e a boa vontade dispensadas ao Capitão Benwick eram consideráveis.

"No entanto", pensou Anne consigo mesma, ao avançarem para conhecer o grupo, "ele não tem, talvez, um coração mais sofrido do que o meu. Não acredito que as suas perspectivas estejam tão arruinadas para sempre. Ele é mais jovem do que eu; mais jovem em espírito, se não em idade; mais jovem como homem. Ele irá se recuperar e será feliz com outra pessoa".

Todos foram apresentados. O Capitão Harville era um homem alto e moreno, com um semblante sensível e benevolente, um pouco manco e, devido aos traços fortes e à saúde debilitada, parecia muito mais velho do que o Capitão Wentworth. O Capitão Benwick parecia, e de fato era, o mais jovem dos três e, comparado com eles, era um homem baixinho. Ele tinha um rosto agradável e um ar melancólico, exatamente como esperado, e evitava conversa.

O Capitão Harville, embora não se equiparasse ao Capitão Wentworth nas boas maneiras, era um perfeito cavalheiro, nada afetado, além de caloroso e prestativo. Mrs. Harville, embora tivesse um grau a menos no quesito polidez em relação a seu marido, parecia ter os mesmos bons sentimentos; e nada poderia ser mais agradável do que seu desejo de considerar todo o grupo como amigos por serem amigos do Capitão Wentworth, ou mais gentilmente hospitaleiro do que suas súplicas para que todos fossem jantar com eles. O jantar encomendado na pousada foi, por fim, ainda que a contragosto, aceito como desculpa. O casal pareceu quase magoado pelo Capitão Wentworth levar quem quer que fosse a Lyme sem considerar como certo que deveriam jantar em sua casa.

Havia tanto afeto pelo Capitão Wentworth em tudo isso, e um encanto tão fascinante naquele grau de hospitalidade incomum, diferente do estilo habitual dos convites feitos por educação e jantares dados por formalidade e exibição, que Anne sentiu que era improvável que seus ânimos não fossem beneficiados por uma relação mais próxima com os irmãos-oficiais dele. "Eles teriam sido todos meus amigos", foi o pensamento dela. Foi preciso lutar contra a grande tendência a se sentir deprimida.

Ao deixarem o Cobb, todos foram à casa dos novos amigos. Depararam-se com cômodos tão pequenos que somente aqueles que convidam de coração acreditariam ser o suficiente para acomodar tantas pessoas. Anne teve um momento de espanto quanto a isso, mas logo se perdeu nos sentimentos mais agradáveis que brotaram da visão de todos os engenhosos artifícios e arranjos simpáticos feitos pelo Capitão Harville para obter o melhor proveito do espaço, de modo a suprir as deficiências de mobília e proteger as janelas e portas contra as tempestades de inverno. A variedade na composição dos cômodos se revelou extremamente agradável para Anne. Os objetos mais necessários contrastavam com alguns poucos artigos de uma espécie rara de madeira, muito bem trabalhados, e com artigos valiosos de todos os países distantes que o Capitão Harville tinha visitado. O modo como tudo estava relacionado com sua profissão, fruto de seu trabalho, a influência disso sobre seus hábitos, o panorama de repouso e de felicidade doméstica eram aspectos que causavam nela um sentimento de grata satisfação.

O Capitão Harville não era um leitor assíduo, mas tinha idealizado excelentes acomodações e prateleiras muito bonitas para uma coleção considerável de volumes bem encadernados, de propriedade do Capitão Benwick. O fato de ser manco impedia-o de fazer muito exercício, porém, uma mente prestativa e engenhosa deixava-o ocupado. Ele desenhava, envernizava, moldava, colava, fazia brinquedos para as crianças, criava agulhas e alfinetes aprimorados e, se não havia mais nada a fazer, trabalhava em sua grande rede de pesca em um canto da sala.

Anne saiu da casa com a impressão de que havia ali grande felicidade; e Louisa, com quem estava caminhando, irrompeu em êxtase de admiração e deleite em relação à Marinha; a simpatia, a fraternidade que demonstravam, o quão hospitaleiros eram, a retidão de seus oficiais. Estava convencida de que os marinheiros tinham mais valor do que qualquer outro tipo de homem na Inglaterra, que só eles sabiam como viver a melhor vida e somente eles mereciam ser respeitados e amados.

Eles se recolheram para se trocar e jantar. O arranjo corria tão bem que nada pareceu-lhes fora dos conformes, assim, até mesmo os lamentos dos funcionários da estalagem sobre eles estarem "tão completamente fora de época" e "as ruas de Lyme estarem vazias" não surtiram nenhum efeito negativo.

Àquela altura, Anne se sentia muito mais segura para estar na companhia do Capitão Wentworth do que imaginava no início. Não poderia prever que sentar-se à mesma mesa com ele e trocar cordialidades comuns (e nunca foram além disso) se tornariam rotinas indiferentes.

Para as damas, estava tarde para um novo encontro, mas o Capitão Harville tinha prometido uma visita à noite. Ele de fato compareceu, levando também seu amigo, o que foi uma surpresa, pois haviam constatado que o Capitão Benwick aparentara certo desconforto pela presença de tantos estranhos. Ainda assim, ele se aventurou a estar em meio ao grupo mais uma vez, embora seu ânimo certamente não parecesse apto para o clima de celebração que os demais compartilhavam.

Enquanto os Capitães Wentworth e Harville lideravam a conversa de um lado da sala e, recorrendo aos velhos tempos, contavam anedotas em abundância para ocupar e entreter os outros, coube à Anne sentar-se a parte com o Capitão Benwick. Um impulso de sua natureza benevolente a obrigou a tentar conhecê-lo melhor. Ele era tímido e distraído, mas a doçura envolvente do semblante de Anne e a gentileza de seus modos logo surtiram efeito. Anne foi recompensada por fazer o primeiro esforço. Ele era evidentemente um jovem de considerável gosto pela leitura, em especial pela poesia; e além da indulgência de discutir assuntos pelos quais seus companheiros habituais provavelmente não tinham nenhum interesse, ela tinha a esperança de ser verdadeiramente útil para ele, debatendo questões sobre o dever e o benefício de lutar contra a aflição, que naturalmente surgiram durante a conversa.

Embora tímido, ele não parecia reservado. Na verdade, pareceu feliz por deixar seus sentimentos irromperem de suas habituais restrições. Benwick falou de poesia, da riqueza intelectual da época em que viviam, e teceu uma breve comparação de opiniões quanto a quais seriam os poetas de primeira categoria. Discutiram sobre qual era o melhor: *Marmion* ou *A dama do lago* e sobre como classificariam *Giaour* e *A noiva de Abydos* – além disso, entrou em pormenores sobre como o *Giaour* deveria ser recitado e se mostrou intimamente familiarizado com todas as canções mais ternas de um poeta, e todas as descrições apaixonadas da agonia sem esperança do outro. Ele declamou, com tremenda emoção, os vários versos que falavam sobre corações partidos e mentes torturadas, e o fazia como se quisesse ser compreendido. Anne torceu para que ele não lesse apenas poesia e disse que considerava uma infelicidade o fato de a poesia raramente ser desfrutada com segurança por aqueles que a apreciavam de verdade, e que os sentimentos fortes, os quais só poderiam ser compreendidos de verdade por meio da poesia, eram os mesmos sentimentos que deveriam ser saboreados com parcimônia.

A expressão dele não exibiu ofensa, mas sim satisfação com essa alusão à sua situação, de modo que ela se animou a continuar falando; e sentindo-se empoderada por ser a pessoa mais velha naquela conversa, arriscou-se a recomendar uma pitada a mais de prosa nas leituras diárias do rapaz; e ao ser solicitada a citar nomes de livros, mencionou obras dos nossos melhores moralistas e coleções das melhores cartas, cujas memórias dos personagens, cheias de valor e sofrimento, poderiam despertar e fortificar a mente para os mais altos preceitos e os exemplos mais fortes de resistência moral e religiosa – sugestões propositalmente calculadas.

O Capitão Benwick ouviu atentamente e pareceu grato pelo interesse implícito. Ainda que tenha abanado a cabeça e suspirado, gestos que declararam sua pouca fé na eficácia de qualquer livro de prosa sobre uma dor como a sua, ele anotou os nomes dos autores que ela recomendou e prometeu procurá-los e lê-los.

Quando a noite terminou, Anne se divertiu com a ideia de ir a Lyme para falar de paciência e resignação a um jovem que ela nunca havia visto antes. Em uma reflexão mais séria, no entanto, temeu que, como muitos outros grandes moralistas, ela tivesse se tornado alguém eloquente em pontos que sua própria conduta não suportaria questionamentos.

Capítulo XII

Anne e Henrietta, tendo acordado mais cedo que o restante do grupo na manhã seguinte, concordaram em dar uma caminhada até o mar antes do café da manhã. Foram para a areia, a fim de observar a dança das ondas que, impelidas por uma fina brisa vinda do sudeste, quebravam com toda a grandeza que uma costa tão plana admitia. Elas elogiaram a manhã, enalteceram o mar, desfrutaram da brisa fresca e ficaram em silêncio. De repente, Henrietta começou:

– Ah! Estou bastante convencida que, salvo poucas exceções, o ar marítimo sempre faz bem. Não há dúvida de que fez muito bem para o Dr. Shirley e o caso de sua doença na primavera do ano passado. Ele declara que vir a Lyme por um mês lhe fez mais bem do que todos os remédios que tomou e que estar junto ao mar sempre o faz sentir-se jovem novamente. Não deixo de pensar que é uma pena ele não poder viver permanentemente junto ao mar. Acho que seria melhor se ele deixasse Uppercross e se fixasse em Lyme. Não acha, Anne? Não concorda comigo que seria a melhor coisa a ser feita, tanto para ele como para Mrs. Shirley? Ela tem primos aqui e muitos conhecidos, assim, a companhia deles a deixaria alegre, e tenho certeza de que ela ficaria feliz em estabelecer-se em um lugar onde teria assistência médica acessível, no caso de ele ter outro episódio grave. Na verdade, acho bastante melancólico que pessoas tão excelentes como o Dr. e Mrs. Shirley, que têm feito o bem toda a vida, tenham que passar seus últimos dias em um lugar como Uppercross, onde, exceto por nossa família, eles parecem estar fechados para o resto do mundo. Quem me dera que os amigos deles lhes propusessem essa resolução. Eu realmente acho que eles deveriam ficar aqui. E quanto a conseguir uma dispensa, não poderia haver dificuldades a esta altura de sua vida, na situação em que se encontra. A minha única dúvida é se alguma coisa poderia persuadi-lo a deixar sua paróquia. Ele é tão rigoroso e escrupuloso em sua maneira de ser; escrupuloso ao extremo, devo dizer. Você não acha, Anne, que ele está sendo escrupuloso demais? Não acha que é um erro de consciência quando um clérigo sacrifica sua saúde por causa dos deveres, que podem ser igualmente bem executados por outra pessoa? E também em Lyme, a apenas dezessete milhas de distância, ele estaria perto o suficiente para ficar sabendo, caso as pessoas tivessem algum motivo de queixa.

Anne sorriu mais de uma vez para si mesma durante essa conversa e entrou de cabeça no assunto, pronta para levar em conta os sentimentos de todos os envolvidos, demonstrando concordância com os pontos de vista de Henrietta. Ela disse tudo que seria razoável e apropriado; refletiu sobre as necessidades de descanso do Dr. Shirley; vislumbrou como seria desejável que ele contratasse algum jovem ativo e respeitável como pároco residente; e foi até suficientemente cortês para insinuar a vantagem de tal pároco residente ser casado.

— Gostaria — expôs Henrietta, muito satisfeita com sua companheira de conversa — que Lady Russell morasse em Uppercross e fosse íntima do Dr. Shirley. Sempre ouvi falar de Lady Russell como uma mulher de grande influência! Vejo que ela conseguiria persuadir uma pessoa a qualquer coisa! Tenho até um certo receio dela, como já afirmei antes, porque é muito inteligente; mas a respeito enormemente, e desejaria que tivéssemos uma vizinha assim em Uppercross.

Anne se divertiu com a maneira de Henrietta demonstrar gratidão, e também com o modo como os acontecimentos e os novos interesses de Henrietta colocaram sua amiga em uma posição favorável na visão de todos os membros da família Musgrove; no entanto, ela teve tempo apenas para dar uma resposta geral e desejar que houvesse alguém como Lady Russell em Uppercross, antes que todos os assuntos cessassem de repente com a aproximação de Louisa e do Capitão Wentworth. Eles também saíram para um passeio até que o café da manhã estivesse pronto; mas Louisa, lembrando-se logo em seguida de que precisava comprar algo em uma loja, convidou todos eles a acompanhá-la até a cidade. Todos concordaram.

Quando chegaram aos degraus para sair da praia, um cavalheiro, no mesmo instante em que se preparava para descer, educadamente se afastou para dar passagem a eles. O grupo subiu e passou pelo rapaz. O rosto de Anne chamou a atenção do indivíduo, e ele olhou para ela com certa admiração sincera, a qual ela não deixou de perceber. Ela estava com um aspecto notável; suas feições harmônicas e bonitas tiveram o vigor e o frescor da juventude restaurados pelo vento suave que lhe soprava a tez, e pela animação do olhar que este tinha produzido também. Era evidente que o refinado cavalheiro a admirava excessivamente. O Capitão Wentworth olhou para ela instantaneamente de uma forma que se fez notar. Aquele olhar de relance, intenso, parecia dizer: "O sujeito se interessou por você, e até eu, neste momento, vejo algo como a Anne Elliot que conheci."

Depois de auxiliarem Louisa com seus afazeres e caminharem um pouco mais, eles voltaram para a estalagem. Anne passara rapidamente pelo seu quarto e se dirigia para a sala de jantar quando quase esbarrou no mesmo cavalheiro, que saía de um apartamento adjacente. Ela já havia conjecturado que ele também era um visitante, e adivinhou que um outro rapaz de boa aparência, que estava passeando perto da estalagem, deveria ser seu criado. A evidência era que ambos estavam com trajes de luto. Ficou provado, portanto, que estavam instalados no mesmo local; e este segundo encontro, breve como foi, provou também, novamente pelo olhar do cavalheiro, que ele a achava adorável, e a prontidão efusiva de suas desculpas, que era um homem de modos muito refinados. Ele parecia ter uns trinta anos e, embora não fosse bonito, tinha uma aparência agradável. Anne se deu conta de que gostaria de saber quem ele era.

O grupo de Anne tinha quase terminado o café da manhã, quando o som de uma carruagem (uma das poucas que tinham ouvido desde que chegaram em Lyme) atraiu a atenção deles para a janela. Era a carruagem de um cavalheiro, que vinha do estábulo para a porta da frente. Alguém devia estar indo embora. Era conduzida por um criado em trajes de luto.

A palavra carruagem fez Charles Musgrove saltar para que ele pudesse compará-la com a sua; o criado despertou a curiosidade de Anne, e os demais puseram-se a observar quando o dono do transporte estava para sair pela porta em meio aos cumprimentos e às cordialidades da estalagem.

– Ah! – exclamou o Capitão Wentworth instantaneamente e, lançando um olhar de relance para Anne, disse: – É o mesmo homem por quem passamos na praia.

As moças Musgrove concordaram. Depois de acompanhar a partida do rapaz colina acima, voltaram para a mesa do café da manhã. O garçom entrou logo em seguida.

– Por gentileza – disse o Capitão Wentworth –, pode nos dizer o nome do cavalheiro que acabou de ir embora?

– Sim, senhor, trata-se de Mr. Elliot, um cavalheiro de grande fortuna, que chegou ontem à noite de Sidmouth. Atrevo-me a dizer que ouviram a carruagem, senhor, enquanto jantavam; ele está indo para Crewkherne, rumo a Bath e Londres.

– Elliot!

Entreolharam-se e repetiram o nome antes mesmo que o garçom terminasse de responder.

— Santo Deus! — agitou-se Mary. — Deve ser nosso primo; deve ser o nosso Mr. Elliot. De fato! Charles, Anne, acham que pode ser ele? Enlutado, como deve estar o nosso Mr. Elliot. Que extraordinário! Na mesma estalagem que nós! Anne, não deve ser o nosso Mr. Elliot? O herdeiro próximo de meu pai? Por Deus, senhor! — Ela se virou para o garçom. — Porventura não ouviu o criado dele mencionar se ele pertencia à família de Kellynch?

— Não, senhora, ele não mencionou nenhuma família em particular; mas contou que seu patrão era um cavalheiro muito rico e que um dia seria um barão.

— É isso! Viram? — exclamou Mary, em êxtase. — Exatamente como eu tinha falado! O herdeiro de Sir Walter Elliot! Eu tinha certeza de que isso viria a público. Essa é uma circunstância que os criados dele fazem questão de comunicar, aonde quer que ele vá. Mas, Anne, apenas conceba o quão extraordinário foi isso! Queria ter prestado mais atenção nele. Quem me dera tivéssemos sabido a tempo de quem se tratava, para que ele pudesse ter sido apresentado a nós. É uma pena que não tenhamos sido apresentados! Você acha que ele tem a aparência de um Elliot? Eu mal olhei para ele, estava olhando para os cavalos; mas acho que ele tinha algo do semblante típico de um Elliot. Pergunto-me por que não reparei no brasão! Ah! O brasão devia estar escondido, foi isso; caso contrário, estou certa, eu teria notado, e a libré também. Se o criado não estivesse em trajes de luto, teria reconhecido a libré.

— Colocando todas essas circunstâncias muito extraordinárias juntas — ponderou o Capitão Wentworth —, devemos considerar como um arranjo da providência divina a senhora não ter sido apresentada ao seu primo.

Quando conseguiu a atenção de Mary, Anne tentou convencê-la calmamente de que seu pai e Mr. Elliot não estavam, há muitos anos, em condições favoráveis, de maneira que uma apresentação assim não seria muito desejável.

Ao mesmo tempo, porém, sentiu uma satisfação secreta por ter visto o primo e saber que o futuro dono de Kellynch era sem dúvida um cavalheiro, com ar de grande bom senso. Ela não quis mencionar que havia esbarrado com ele uma segunda vez; por sorte, Mary não se atentou muito ao fato de terem passado perto dele na caminhada, mas ficaria extremamente aborrecida por Anne ter tido um encontro com ele no corredor, e ter recebido suas desculpas muito educadas, enquanto ela própria não esteve perto dele. Aquele pequeno diálogo no corredor deveria permanecer um segredo absoluto.

— É claro — completou Mary — que você vai mencionar nosso encontro com Mr. Elliot na próxima vez que escrever para Bath. Acho que meu pai certamente deveria ouvir falar disso; conte tudo sobre ele.

Anne evitou uma resposta direta. Aquela era justamente uma circunstância que ela considerava não só desnecessária de ser comunicada, como algo que deveria ser suprimido de propósito. Ela conhecia a ofensa que havia sido feita ao seu pai muitos anos antes. Sabia que Elizabeth tinha parte nisso e que Mr. Elliot era motivo de inquietação para ambos. Mary nunca escrevia para Bath; todo o trabalho de manter uma correspondência lenta e insatisfatória com Elizabeth recaiu sobre Anne.

Pouco depois do café da manhã, o Capitão e Mrs. Harville, seguidos pelo Capitão Benwick, se juntaram a eles. Haviam combinado de dar uma última caminhada por Lyme na companhia deles. Partiriam para Uppercross a uma da tarde e, até lá, deveriam ficar todos juntos e ao ar livre o máximo de tempo que pudessem.

Anne percebeu que o Capitão Benwick se aproximou dela assim que todos estavam na rua. A conversa deles na noite anterior não o desanimou de procurá-la novamente. Eles caminharam juntos algum tempo, falando, como no dia anterior, sobre Sir Scott e Lord Byron, ainda impossibilitados, como qualquer outro par de leitores, de pensar exatamente da mesma forma sobre os méritos de cada um. De repente, algo ocasionou uma mudança quase total na disposição do grupo, e em vez do Capitão Benwick, ela passou a ser acompanhada pelo Capitão Harville.

— Miss Elliot — interpelou ele, quase sussurrando —, a senhorita fez uma boa ação ao instigar aquele pobre sujeito a falar tanto. Quem me dera ele pudesse ter sua companhia mais vezes. É ruim para ele, creio, ficar calado como costuma ficar. Mas o que podemos fazer? Não podemos nos separar.

— Concordo — disse Anne — que não podem se separar. Mas com o tempo, talvez... Sabemos o que o tempo faz em todos os casos de aflição, e o senhor deve se lembrar, Capitão Harville, que o luto de seu amigo ainda pode ser considerado bastante recente. O incidente foi no último verão, pelo que entendi.

— Sim, é verdade. Foi em junho — disse o Capitão, com um suspiro profundo.

— E talvez ele não tenha sabido do acontecimento logo.

— Somente na primeira semana de agosto, quando voltou do Cabo. Tinha acabado de assumir o comando do navio Grappler. Eu estava em Plymouth, ansioso para receber notícias. Ele enviou cartas, mas o Grappler estava designado para Portsmouth. As notícias deveriam ter chegado lá, mas quem iria contar? Eu não iria. Teria me pendurado no mastro antes de fazer tal coisa. Ninguém conseguiu fazê-lo, a não ser aquele bom sujeito. — Harville apontou para o Capitão Wentworth. — O Lacônia tinha chegado a Plymouth na semana anterior e não seria enviada de novo para o mar. Ele não descansou: escreveu um pedido de licença, sequer esperou o retorno, viajou noite e dia até chegar a Portsmouth, remou para o Grappler e não deixou Benwick sozinho por uma semana. Foi o que ele fez, e ninguém mais poderia ter salvado o pobre James. A senhorita pode imaginar, Miss Elliot, como ele é querido por nós!

Anne tinha uma opinião bem decidida acerca da questão, mas respondeu conforme seus próprios sentimentos permitiram, ou como Harville parecia conseguir suportar, pois ele estava deveras emocionado para continuar no assunto, e quando voltou a falar, foi sobre algo totalmente diferente.

Mrs. Harville concluiu que seu marido teria caminhado o suficiente quando chegassem em casa e determinou a direção de todo o grupo para a última caminhada. Todos acompanhariam o casal Harville até a porta de sua residência, e então retornariam e seguiriam viagem. Pelos cálculos, só havia tempo para isso; mas, ao se aproximarem do Cobb, havia um desejo tão unânime de caminhar pelo quebra-mar mais uma vez, todos estavam tão inclinados, e Louisa se mostrou tão determinada a isso, que a diferença de 15 minutos não foi considerada problema algum. Assim, com todas as gentilezas, todas as trocas de convites e promessas que se possa imaginar, eles se separaram do Capitão e de Mrs. Harville e, ainda acompanhados pelo Capitão Benwick, que parecia ter se apegado a eles, procederam rumo ao Cobb para se despedir adequadamente da região.

Anne percebeu que o Capitão Benwick se aproximou dela novamente. Os "escuros mares azuis" da poesia de Lord Byron não podiam deixar de ser trazidos à tona pela visão diante deles, e ela dedicou ao rapaz toda a sua atenção de bom grado. Entretanto, algo inevitavelmente desviou seu olhar.

Havia muito vento na parte alta do Cobb, tornando o lugar desagradável para as senhoras, e elas concordaram em descer os degraus para a parte inferior. Todas se contentavam em descer calma e cuidadosamente pelo lance íngreme, exceto Louisa; ela gostava de ser ajudada pelo Capitão Wentworth a pular para baixo. Em todas as suas caminhadas, ele a ajudava a pular os degraus. A sensação era de grande deleite para ela. Naquela ocasião, a dureza do pavimento para os sapatos dela fez com que ele se sentisse menos disposto a fazê-lo; contudo, ainda assim, ele o fez. Ela já estava a salvo na parte de baixo, mas, em seguida, para mostrar seu divertimento, subiu os degraus para ser ajudada a pular de novo. Ele a desaconselhou, pois achava a altura grande demais. Tentou dissuadi-la em vão, ao que ela sorriu e disse:

— Estou determinada a pular.

Ele estendeu as mãos. Ela se precipitou por meio segundo ao saltar e caiu direto no pavimento da parte inferior do Cobb. Foi rapidamente levada para a parte de cima, mas estava desacordada! Não havia ferida, nem sangue, nem hematoma visível; seus olhos, porém, estavam fechados, ela não respirava e seu rosto parecia o de uma pessoa morta. O horror daquele momento foi demais para todos.

O Capitão Wentworth, que a tinha apanhado, ajoelhou-se com ela nos braços, olhando-a com um rosto tão pálido quanto o dela, numa agonia silenciosa.

— Ela está morta! Ela está morta! — exasperou-se Mary, agarrando-se ao marido e contribuindo para aumentar o horror paralisante do cavalheiro.

Em outro momento, Henrietta, convicta daquele diagnóstico, também perdeu os sentidos, e teria caído nas escadas se não fossem o Capitão Benwick e Anne, que a seguraram e a apoiaram entre eles.

— Alguém pode me ajudar? — foram as primeiras palavras que o Capitão Wentworth conseguiu verbalizar, num tom de completo desespero, como se todas as suas próprias forças tivessem desaparecido.

— Vá ajudá-lo, vá ajudá-lo — gritou Anne para Benwick. — Pelo amor de Deus, vá ajudá-lo. Eu consigo segurar a Henrietta. Deixe-me, e vá até ele. Esfregue as mãos dela, esfregue-lhe as têmporas. Tome um pouco de sal.

O Capitão Benwick obedeceu, e Charles, ao mesmo tempo, afastou-se da esposa e se uniu a eles. Louisa foi levantada e apoiada mais firmemente entre eles, e tudo foi feito conforme Anne tinha orientado, mas em vão. O Capitão Wentworth, cambaleando contra a parede em busca de apoio, exclamou na mais amarga agonia:

— Oh, Deus! O pai e a mãe dela!

– Um médico! – disse Anne.

Ele ouviu aquela palavra e pareceu ser despertado imediatamente, e apenas concordou:

– Verdade, verdade, um médico, agora!

Ele estava se afastando, quando Anne sugeriu de forma impaciente:

– Não seria melhor que o Capitão Benwick fosse? Ele sabe onde um médico pode ser encontrado.

Todos que ainda conseguiam pensar com clareza vislumbraram a vantagem da ideia, e, em um momento (tudo se passou em instantes), o Capitão Benwick havia deixado a pobre moça desfalecida inteiramente aos cuidados do irmão dela e partido para a cidade com a máxima rapidez.

Quanto ao grupo devastado que ficou para trás, dificilmente se poderia dizer qual dos três que se mantinham completamente racionais estava sofrendo mais: o Capitão Wentworth, Anne, ou Charles, que era realmente um irmão muito afetuoso. Ele olhava para Louisa, soluçando de dor, e só desviava a atenção para observar a outra irmã, inconsolável, ou testemunhar as agitações históricas de sua esposa, pedindo-lhe a ajuda que ele não podia dar.

Anne tentava reconfortar Henrietta com toda a força e todo o zelo que o instinto podia fornecer. Ainda tentava, em intervalos, confortar os demais, acalmar Mary, animar Charles e amenizar os sentimentos do Capitão Wentworth. Ambos pareciam olhar para ela em busca de orientações.

– Anne, Anne – gritou Charles –, o que vai ser feito a seguir? O que, em nome dos céus, faremos agora?

Os olhos do Capitão Wentworth também estavam voltados para ela.

– Não teria sido melhor levá-la para a estalagem? Sim, tenho certeza: levá-la com cuidado para a estalagem.

– Sim, sim, para a estalagem – repetiu o Capitão Wentworth, relativamente consciente e ansioso por fazer algo. – Eu mesmo a carregarei. Musgrove, cuide dos outros.

Àquela altura, a notícia do acidente já tinha se espalhado entre os trabalhadores do Cobb. Muitos foram até eles para oferecer ajuda, outros, para desfrutar da visão de uma jovem morta; não, duas jovens mortas, o que era duas vezes melhor do que o primeiro relato. Henrietta foi entregue ao cuidado de algumas daquelas pessoas solícitas, pois, embora parcialmente reanimada, estava bastante enfraquecida. Assim, com Anne caminhando ao seu lado e Charles cuidando da esposa, eles avançaram, deixando para trás com sentimentos indizíveis aquele local pelo qual, com corações leves, tinham passeado juntos.

Ainda estavam no Cobb quando encontraram os Harville. O Capitão Benwick fora avistado rondando a casa deles, com um semblante que mostrava que havia algo de errado. O casal partiu imediatamente ao ser informado. Mesmo chocado como estava o Capitão Harville, ele trouxe sensatez ao grupo, provando-se imediatamente útil, e, trocando um olhar com sua esposa, decidiu o que deveria ser feito. A moça seria levada para a casa deles. Todos iriam para lá e esperariam a chegada do médico. Eles não quiseram ouvir falar em escrúpulos. O grupo obedeceu aos comandos do Capitão e logo estava sob o seu teto. Enquanto Louisa, sob a direção de Mrs. Harville, era conduzida escada acima e colocada na cama do quarto principal, Mr. Harville dava assistência ao grupo e, com muita cordialidade, oferecia tudo que pudesse acalmá-los.

Louisa abrira os olhos uma vez, mas logo os fechou novamente, sem ter recobrado a consciência. No entanto, esta tinha sido uma prova de vida útil para sua irmã. Henrietta, embora sem nenhuma condição de permanecer no mesmo quarto que Louisa, foi poupada de um novo desmaio causado pela inquietação advinda da esperança misturada ao medo. Mary também estava se acalmando.

O médico foi até eles o mais rápido que pôde. Todos estavam tomados de horror enquanto Louisa era examinada, mas o doutor não demonstrou desesperança. A cabeça da moça tinha sofrido uma contusão grave, de fato; porém, ele já havia testemunhado lesões piores serem recuperadas. Assim, não estava, de forma alguma, sem esperanças, e comunicou aos parentes da moça as notícias animadoras.

O fato de o especialista não considerar o caso como desesperador ou fatal foi processado com grande alívio, superando as expectativas dos presentes. Eles foram tomados de êxtase pela boa-nova, e sentiram o regozijo, profundo e silencioso, depois de algumas fervorosas demonstrações de gratidão aos céus.

Anne nunca esqueceria o tom e o olhar com que um "Graças a Deus!" foi pronunciado pelo Capitão Wentworth. Também não esqueceria a visão dele sentado perto de uma mesa, inclinado sobre ela com os braços dobrados e o rosto escondido, como se estivesse dominado pelos vários sentimentos de sua alma e tentasse, por meio da oração e da reflexão, acalmá-los.

Os membros de Louisa não tinham sido afetados. Não havia ferimentos, a não ser na cabeça.

A partir de então, tornou-se necessário que o grupo considerasse qual seria a melhor resolução a ser tomada quanto à sua situação geral. Passada uma fração do susto, conseguiram consultar uns aos outros e avaliar o assunto. Ponderaram que Louisa deveria permanecer onde estava, por mais angustiante que fosse para seus amigos envolver os Harville em tais problemas. A remoção era impossível. Os Harville silenciaram mais uma vez todos os escrúpulos e, tanto quanto conseguiram, todos os agradecimentos. Eles deram início aos arranjos antes mesmo que os outros começassem a refletir sobre toda a questão. O Capitão Benwick cederia seu quarto e passaria um tempo em outro lugar, e assim tudo estava resolvido. Eles estavam apenas preocupados que a casa não pudesse acomodar todos;

ainda assim, talvez "colocando as crianças no quarto da criada, ou colocando um berço em algum lugar", pensavam que poderiam, sim, encontrar espaço para mais dois ou três, supondo que desejassem ficar. No entanto, no que dizia respeito a qualquer assistência à Miss Musgrove, não precisava haver o mínimo constrangimento em deixá-la inteiramente aos cuidados de Mrs. Harville. Ela era uma enfermeira muito experiente, bem como sua dama de companhia, que já a acompanhava havia muito tempo. Assim, a moça receberia todo o cuidado possível e não lhe faltaria nada, de dia ou de noite, e tudo isso foi dito com sinceridade irresistível.

Charles, Henrietta e o Capitão Wentworth conversavam e, durante algum tempo, houve apenas uma troca de perplexidade e terror. Uppercross; a necessidade de alguém ir a Uppercross; a transmissão da notícia; o modo como Mr. e Mrs. Musgrove receberiam a notícia; o atraso da manhã; uma hora da tarde já deveria ter passado; a impossibilidade de chegar em tempo hábil. No início, eles não conseguiam fazer nada além de proferir tais exclamações. Depois de um tempo, o Capitão Wentworth, num esforço, declarou:

– Temos de nos decidir, e sem perder nem mais um minuto. Cada minuto é valioso. Alguém tem de ir a Uppercross imediatamente. Musgrove, um de nós dois deve seguir viagem.

Charles concordou, mas declarou sua resolução de não ir embora. Ele tentaria causar o menor incômodo possível para o Capitão e Mrs. Harville. Porém, deixar sua irmã em tal estado era algo que ele não deveria e nem faria. Até aquele momento, estava assim decidido; e Henrietta a princípio declarou o mesmo. Ela, no entanto, logo foi persuadida a pensar diferente. Qual seria a utilidade de permanecer ali? Ela, que não conseguia ficar no quarto com Louisa, ou sequer olhar para a irmã, sem sofrer um mal que a deixava completamente indefesa! Foi obrigada a reconhecer que não poderia ser útil, mas ainda assim não estava disposta a ficar longe. Até que, tocada pelo pensamento de seu pai e de sua mãe, ela desistiu e consentiu em partir, ansiosa para estar em casa.

O plano tinha chegado a este ponto quando Anne, descendo calmamente do quarto de Louisa, ouviu o que se seguia, pois a porta da sala estava aberta.

— Então está decidido, Musgrove — exclamou o Capitão Wentworth. — Você fica, e eu cuidarei para que sua outra irmã chegue em casa. Mas quanto ao resto, quanto aos outros, se alguém precisa ficar para ajudar Mrs. Harville, creio que basta uma pessoa. Mrs. Charles Musgrove desejará, é claro, voltar para os seus filhos; mas se Anne ficar... Ninguém é tão adequado e tão capaz quanto Anne.

Ela parou um momento para se recuperar da emoção de ouvi-lo falar assim dela. Os outros dois concordaram calorosamente com o argumento do Capitão, e ela então apareceu.

— A senhorita ficará, tenho certeza; ficará e cuidará dela — exclamou ele, voltando-se para Anne e falando com um ardor e uma gentileza que quase pareciam restaurar o passado.

Um rubor tomou a face dela, e Wentworth, ao se lembrar do passado, se afastou. Ela expressou que estava muito disposta, pronta e feliz por permanecer. Era o que ela própria tinha pensado e desejava ser autorizada a fazer. Uma cama no quarto de Louisa seria suficiente para ela, se Mrs. Harville concordasse.

Mais um detalhe e tudo estaria combinado. Embora fosse bastante previsível que Mr. e Mrs. Musgrove ficariam previamente alarmados pelo atraso, o tempo necessário para que os cavalos de Uppercross os levassem de volta seria um terrível prolongamento do suspense. Por isso, o Capitão Wentworth propôs, e Charles Musgrove concordou, que seria muito melhor se ele tomasse o cabriolé da estalagem. Assim, a carruagem e os cavalos de Mr. Musgrove poderiam ser levados para casa na manhã seguinte bem cedo, quando haveria a vantagem adicional de enviar um relato de como Louisa havia passado a noite.

Depois disso, o Capitão Wentworth saiu apressado para preparar tudo, para que ele e as duas senhoras pudessem partir. Quando o plano foi informado à Mary, porém, toda a paz se desvaneceu. Ela ficou miseravelmente devastada, queixou-se de modo veemente de tanta injustiça por decidirem que ela deveria ir embora em vez de Anne; logo Anne, que não era nada para Louisa, ao passo que ela era sua cunhada, ou seja, tinha muito mais direito de ficar no lugar de Henrietta! Por que ela não poderia ser tão útil quanto Anne? E ir para casa sem Charles, sem seu marido! Não, aquilo foi muito indelicado. Em resumo, ela reclamou mais do que o marido poderia suportar, e como nenhum dos outros se opôs quando ele cedeu, não houve mais o que fazer. A troca de Mary por Anne era inevitável.

Anne nunca havia se submetido com tanta relutância às reivindicações ciumentas e maldosas de Mary; mas assim deveria ser, e eles partiram rumo à estalagem. Charles cuidando de Henrietta, e o Capitão Benwick cuidando dela. Ela repassou na mente, enquanto se apressavam, as pequenas circunstâncias do início da manhã. Ela havia escutado os desígnios de Henrietta para que o Dr. Shirley deixasse Uppercross; mais adiante, havia visto Mr. Elliot pela primeira vez; tudo agora parecia girar em torno de Louisa e seu bem-estar.

O Capitão Benwick demonstrou-se muito atencioso e solícito. Unidos como todos pareciam estar pela angústia do dia, Anne sentiu uma crescente estima em relação a ele e um prazer em pensar que talvez tivessem oportunidade para se conhecerem melhor.

O Capitão Wentworth os aguardava junto a um cabriolé de quatro assentos, estacionado na parte mais baixa da rua para maior comodidade. Sua evidente surpresa e aborrecimento com a substituição de uma irmã pela outra, a mudança em seu semblante, o espanto, as expressões que irrompiam e eram logo suprimidas enquanto ouvia Charles fizeram daquela uma recepção terrível para Anne, ou ao menos a convenceram de que ela era valorizada apenas porque podia ser útil a Louisa.

Ela tentou ser controlada e justa. Sem emular os sentimentos de uma Emma[9] diante de seu Henry, ela teria cuidado de Louisa com um zelo acima do que recomenda a consideração. Sim, ela o faria por causa dele; e esperava que ele não fosse tão injusto a ponto de supor que ela se esquivaria sem nenhum motivo aparente de sua responsabilidade como amiga.

Enquanto isso, ela se instalava no cabriolé. Ele as ajudou a subir e se sentou entre elas; assim, nestas circunstâncias, cheia de espanto e emoção, Anne deixou Lyme. Como passariam a viagem, como seus modos seriam afetados, ela não podia prever. Porém, tudo transcorreu muito naturalmente. Ele dedicou sua atenção a Henrietta, sempre se voltando para ela; quando falava, era sempre com o objetivo de sustentar suas esperanças e elevar seu ânimo. Em geral, sua voz e seus modos eram deliberadamente calmos. Poupar Henrietta da agitação parecia o principal objetivo. Apenas uma vez, quando ela estava lastimando pela última caminhada inconveniente e infeliz até o Cobb, lamentando amargamente que se tivessem pensado nisso… ele interrompeu, como se tivesse sido vencido por completo:

— Não fale isso, não fale isso — pediu. — Oh, meu Deus! Eu não consegui segurá-la no momento fatal! Se eu tivesse feito o que devia! Mas como ela foi resoluta! Querida, doce Louisa!

Anne se perguntava se alguma vez ocorreu a ele questionar a justiça de sua própria opinião anteriormente emitida quanto à felicidade e à vantagem universal da firmeza de caráter; e se não poderia lhe ocorrer que, como todas as outras qualidades da mente, essa também deveria ter suas proporções e seus limites. Anne achava que dificilmente poderia escapar-lhe a sensação de que um temperamento

---

9 *Henry and Emma* é um poema escrito em 1709, por Matthew Prior, no qual Emma, a protagonista, demonstra afeição a uma suposta rival, para provar seu amor a Henry. O paralelo deixa claro que, embora não esteja apaixonada como Emma por "seu Henry", Anne teria feito tudo o que pudesse por Louisa, a quem Wentworth parece amar. [N. E.]

aberto à persuasão poderia às vezes ser tão favorável à felicidade quanto um caráter muito resoluto.

Eles viajaram em excelente ritmo. Anne ficou surpresa por reconhecer as mesmas colinas e os mesmos elementos tão rapidamente. A velocidade real, aumentada por algum pavor do momento em que chegariam, fez a distância percorrida no dia anterior parecer levar apenas metade do tempo. No entanto, o crepúsculo já havia escurecido os arredores antes de chegarem na vizinhança de Uppercross, e um silêncio total perdurou entre eles por um longo tempo. Henrietta se encostou no canto com um xale sobre o rosto, parecendo ter chorado até adormecer. Enquanto subiam a última colina, Anne foi abordada pelo Capitão Wentworth. Numa voz baixa e cautelosa, ele disse:

– Tenho refletido sobre a melhor maneira de agirmos. Henrietta não deve entrar de imediato. Ela não aguentará. Estive pensando se não seria melhor a senhorita ficar na carruagem com ela, enquanto eu entro e conto tudo para Mr. e Mrs. Musgrove. Acha que é um bom plano?

Ela assentiu. Ele ficou satisfeito e não disse mais nada. Aquele apelo gerou algum prazer para ela, como prova de amizade e de deferência ao seu julgamento. Aquele gesto indicava uma espécie de constatação da despedida de seu antigo relacionamento, mas seu valor, ainda assim, não diminuiu.

Quando a angustiante comunicação das notícias em Uppercross terminou, Wentworth esperou o pai e a mãe se recomporem tanto quanto se podia esperar e, vendo a filha melhor por estar com eles, anunciou sua intenção de voltar no mesmo cabriolé para Lyme. Assim que os cavalos estavam alimentados, partiu.

Capítulo XIII

O RESTANTE do tempo de Anne em Uppercross, compreendendo apenas dois dias, foi passado inteiramente na Casa Principal. Ela teve a satisfação de ter sido extremamente útil lá, tanto como companhia quanto como auxiliar em todos os preparativos para o futuro, pois, no estado de espírito angustiado em que estavam Mr. e Mrs. Musgrove, teriam tido dificuldades em fazê-los.

Receberam um relato de Lyme na manhã seguinte. Louisa estava basicamente na mesma situação. Nenhum sintoma pior tinha aparecido. Charles chegou algumas horas depois, para trazer outro relato mais detalhado. Estava confiante, dentro do possível. Uma cura rápida não deveria ser esperada, mas tudo estava acontecendo do modo como a natureza do caso admitia. Ao falar dos Harville, ele parecia incapaz de traduzir a noção de sua bondade, especialmente dos esforços de Mrs. Harville como enfermeira. De acordo com ele, a boa senhora realmente não deixou nada para Mary fazer. Ele e Mary tinham sido convencidos a voltar cedo para a hospedaria na noite anterior. Mary tinha ficado histérica novamente naquela manhã. Quando Charles estava para sair, ela acompanhou o Capitão Benwick em uma caminhada, e o marido esperava que isso lhe fizesse bem. Ele quase desejava que ela tivesse sido convencida a voltar para casa no dia anterior. Mrs. Harville realmente não deixava nada para ninguém fazer.

Charles deveria retornar a Lyme na mesma tarde, e seu pai, a princípio, tivera a ideia de ir com ele, mas as senhoras não concordaram. Sua ida apenas multiplicaria os problemas para os outros e aumentaria sua própria angústia. Um esquema muito melhor foi feito: enviaram uma carruagem a Crewkherne para buscar uma pessoa muito mais útil – a antiga babá da família. Tendo criado todas as crianças e visto o caçula, o persistente e longilíneo Mr. Harry, ser enviado à escola depois de seus irmãos, estava agora vivendo sozinha, consertando meias e vestidos e cuidando de todos os hematomas e arranhões que estivessem ao alcance dela. Por conseguinte, estava simplesmente muito feliz em poder ajudar a cuidar da querida Miss Louisa. Um desejo vago de conseguir Sarah para a função ocorrera antes à Mrs. Musgrove e a Henrietta, mas, sem Anne, dificilmente teriam se resolvido e tornado praticável.

Eles passaram a estar em dívida com Charles Hayter, por todos os relatos detalhados sobre o estado de Louisa, que ele fazia a cada 24 horas e lhes era tão essencial. Ele fez questão de ir a Lyme, e suas notícias eram sempre encorajadoras. Acreditava-se que os intervalos de percepção e consciência da moça estavam mais frequentes. Todos os relatórios davam a ideia de que o Capitão Wentworth parecia ter se instalado em Lyme.

Anne iria deixá-los no dia seguinte, um acontecimento temido por todos. O que fariam sem ela? Eram péssimos em confortar uns aos outros. E tanto foi dito a esse respeito que Anne pensou que não podia fazer nada melhor do que transmitir entre eles sua opinião e persuadi-los a irem todos para Lyme de uma só vez. Ela teve pouca dificuldade para convencê-los, e logo foi determinado que iriam. Partiriam no dia seguinte e se instalariam na hospedaria ou alugariam uma propriedade, conforme fosse, e lá ficariam até que a querida Louisa pudesse ser transferida. Eles queriam diminuir a carga daquelas boas pessoas com quem ela estava; poderiam ao menos aliviar Mrs. Harville. Em resumo, estavam muito felizes com a decisão, e Anne ficou encantada com sua própria sugestão. A moça sentiu que não poderia passar sua última manhã em Uppercross de maneira melhor do que ajudando-os nos preparativos e enviando-os bem cedo para a viagem, embora, como consequência, tenha sido deixada sozinha na casa deserta.

Ela era a última a permanecer ali, com exceção das crianças; a única que restou de todas as pessoas que encheram e animaram as duas casas, que deram a Uppercross seu caráter alegre. Alguns dias tinham provocado uma grande mudança!

Se Louisa se recuperasse, tudo ficaria bem novamente. Mais do que a felicidade anterior seria restaurada. Não havia dúvida para Anne do que viria depois de sua recuperação. Levariam alguns meses, mas a sala agora tão deserta, ocupada apenas pelo seu eu silencioso e pensativo, seria novamente preenchida com tudo o que era feliz e alegre, tudo o que brilhava e reluzia no amor próspero, tudo o que era diferente de Anne Elliot.

Uma hora dedicada a reflexões como estas, num dia escuro de novembro, sob uma chuva espessa que embaçou os poucos objetos a serem discernidos do lado de fora das janelas foi o suficiente para fazer o som da carruagem de Lady Russell ser extremamente bem-vindo. Mesmo assim, embora desejasse ir embora, ela não pôde deixar a Casa Principal, nem lançar um olhar de adeus na direção da casa de Mary, com sua varanda escura, úmida e desconfortável, ou, ainda, reparar, através dos vidros nebulosos, as residências mais humildes da região sem sentir tristeza em seu coração. Tinha vivido vários momentos em Uppercross que a tornaram preciosa. Tivera muitas sensações de dor, outrora severas, mas agora suavizadas; e vivera momentos intensos, sopros de amizade e reconciliações que nunca mais viveria, e que jamais deixariam de ser queridos. Ela deixou tudo para trás – menos as lembranças.

Anne não havia voltado a Kellynch desde que deixara a casa de Lady Russell em setembro. Não tinha sido necessário, e as poucas ocasiões em que ela poderia ir até lá, encontrou uma desculpa para escapar. Quando regressou, ela retomou seu lugar nas acomodações modernas e elegantes do Lodge, para alegrar os olhos de sua proprietária.

Havia um misto de ansiedade e alegria em Lady Russell ao reencontrá-la. Ela sabia quem andara frequentando Uppercross. No entanto, felizmente, Anne estava com a aparência melhor, ou Lady Russell teve a impressão de que estava. Anne, ao receber seus cumprimentos, teve a diversão de conectá-los com a admiração silenciosa de seu primo, e torceu para que tivesse sido abençoada com o poder de propagar juventude e beleza.

Quando começaram a conversar, ela logo percebeu mudanças em seu modo de pensar. Os assuntos que preenchiam seu coração ao deixar Kellynch e que a torturavam, os quais foi obrigada a sufocar enquanto esteve entre os Musgrove, tornaram-se algo de interesse secundário. Anne parara de pensar até mesmo em seu pai, sua irmã e Bath. Suas preocupações tinham sido infundidas com as de Uppercross. Quando Lady Russell voltou a tocar em suas antigas esperanças e medos, e falou de sua satisfação na casa em Camden Place e de seu pesar por Mrs. Clay ainda estar com eles, Anne teria tido vergonha de expor o quanto ela estava pensando muito mais em Lyme, em Louisa Musgrove e em todos os seus conhecidos de lá, e o quão mais interessante era para ela a casa e a amizade dos Harville e do Capitão Benwick do que a casa de seu próprio pai em Camden Place, ou a intimidade da sua própria irmã com Mrs. Clay. Na verdade, ela teve de se esforçar para transparecer à Lady Russell o interesse nesses assuntos que, por natureza, deveriam ter maior relevância para ela.

Houve certo constrangimento quando começaram a falar de outros assuntos. Elas precisariam comentar sobre o acidente em Lyme. Na véspera, Lady Russell tinha chegado havia menos de cinco minutos quando um relato completo de todo o ocorrido lhe foi dado. Aquilo precisava ser conversado, ela faria perguntas, lamentaria a imprudência e se entristeceria com o resultado, e o nome do Capitão Wentworth seria mencionado por ambas. Anne estava consciente de não o ter feito tão bem quanto Lady Russell. Ela não conseguiu tocar no nome do rapaz e olhar diretamente nos olhos da senhora até fazer um breve relato sobre o que ela pensava da ligação entre ele e Louisa. Depois disso, o nome dele já não a perturbava mais.

Lady Russell ouviu com compostura e desejou-lhes felicidade, mas por dentro seu coração se deleitava em prazer rancoroso, em desprezo satisfeito, porque o homem, aos 23 anos, parecia entender um pouco do valor de uma Anne Elliot, mas, oito anos depois, estava encantado por uma Louisa Musgrove.

Os primeiros três ou quatro dias se passaram calmamente, sem nenhuma circunstância para marcá-los, exceto pelo recebimento de um ou dois recados de Lyme, que chegaram até Anne, ela não sabia como, e trouxeram um relato um pouco melhor de Louisa. Ao final desse período, a delicadeza de Lady Russell já não podia mais se sustentar, e as ameaças do passado voltaram num tom decidido:

— Preciso ir à casa de Mrs. Croft; tenho mesmo de visitá-la em breve. Anne, você teria coragem de ir comigo e fazer uma visita àquela casa? Será uma provação para nós duas.

Anne não se afetou. Pelo contrário, ela realmente sentia o que declarou:

— Acho muito provável que a senhora sofra mais do que eu; seus sentimentos estão menos suscetíveis à mudança do que os meus. Ao permanecer nessa vizinhança, acostumei-me a isso.

Ela poderia ter dito mais sobre o assunto, pois tinha, de fato, uma opinião muito elevada sobre os Croft. Considerava seu pai afortunado por ter tais indivíduos como seus inquilinos, e sentia que a paróquia estava segura diante de seus bons exemplos, e os mais necessitados, bem assistidos. Assim, por mais tristes e envergonhados que pudessem estar pela necessidade da mudança, ela própria, de modo consciente, não podia deixar de sentir que sua família não merecia ficar e que Kellynch Hall estava em mãos melhores do que as de seus proprietários. Essas convicções continham em si, inquestionavelmente, sua própria dor, severas como eram. Porém, impediriam Anne de sentir aquela dor que Lady Russell sofreria ao entrar novamente na casa e retornar aos conhecidos aposentos.

Anne não tinha o poder de dizer a si mesma: "Estes cômodos deveriam pertencer somente a nós. Oh, como caíram em destino maldito! Quão indignamente ocupados! Uma família tradicional expulsa desse modo! Estranhos ocupando o seu lugar!" Não. Exceto quando pensava na mãe e lembrava-se do lugar onde ela costumava se sentar e do modo como dirigia a casa, ela não tinha nenhum suspiro desse tipo que lhe causasse alguma comoção.

Mrs. Croft sempre a tratava com uma gentileza que lhe dava o prazer de se imaginar como favorita, e, naquela ocasião, recebendo-a na casa, sua atenção foi ainda mais especial.

O triste acidente em Lyme foi logo o tema predominante e, comparando os últimos relatos sobre Louisa, parecia que obtiveram as mesmas informações na mesma hora da manhã anterior: o Capitão Wentworth tinha estado em Kellynch (pela primeira vez desde o acidente), levado um bilhete para Anne, cujo remetente ela não tinha identificado, permanecido algumas horas e depois voltado para Lyme, sem qualquer intenção de sair de lá. Ele tinha perguntado por Anne em especial e expressara sua esperança de que Miss Elliot não estivesse muito sobrecarregada por causa de seus esforços, os quais ele considerava grandiosos. Anne ficou muito satisfeita em ouvir aquilo, mais do que teria ficado em ouvir qualquer outra coisa.

O assunto da triste catástrofe em si foi analisado da única maneira possível ao ser discutido por mulheres estáveis e sensatas, cujo julgamento sobre os acontecimentos só poderia ser muito apurado.

Estavam perfeitamente de acordo que o evento fora consequência de muita insensatez e imprudência, que seus efeitos eram muito alarmantes e que era assustador pensar quanto tempo a recuperação de Miss Musgrove ainda levaria, e como ela ainda continuaria a sofrer com as sequelas da concussão! O Almirante encerrou sumariamente a conversa, exclamando:

– Sim, um acontecimento muito ruim, de fato. Uma maneira totalmente inusitada de um jovem cortejar uma senhorita, quebrando a cabeça da sua amada, não concorda, Miss Elliot? Partiu a cabeça dela e deixou-a de cama, que loucura!

Os modos do Almirante Croft não estavam no tom adequado para Lady Russell, mas encantaram Anne. A bondade de seu coração e a simplicidade de seu caráter eram encantadores.

– Mas deve ser muito ruim para a senhorita – emendou, depois de um pequeno devaneio –, vir aqui e nos encontrar. Eu não tinha me lembrado antes, confesso, mas deve ser muito ruim. Mas, agora, não façam cerimônia. Levantem-se e vasculhem todos os quartos da casa se quiserem.

– Outra hora, senhor. Agradeço-lhe, mas agora não poderemos.

– Bem, faça-o quando achar conveniente. A senhorita pode entrar no bosque a qualquer momento. Vai descobrir que mantemos nossos guarda-chuvas pendurados na porta traseira. Um bom lugar, não é? Mas, pensando bem, a senhorita não vai achar um bom lugar, pois os seus eram sempre guardados no quarto do mordomo. Sim, era assim, creio eu. Os caminhos de um homem podem ser tão bons quanto os de outro, porém todos gostamos de fazer do nosso próprio jeito. E por isso a senhorita julgará por si mesma se gostaria de andar pela casa ou não.

Anne, achando que poderia recusar, assim o fez, muito agradecida.

– Também fizemos muito poucas mudanças – continuou o Almirante, depois de pensar um momento. – Muito poucas. Contamos sobre a porta da lavanderia, em Uppercross. Aquilo foi uma grande melhoria. Nós ficamos intrigados, pensando em como qualquer família na Terra poderia suportar o inconveniente daquela porta por tanto tempo! Fale a Sir Walter o que fizemos e diga-lhe que Mr. Shepherd acha que foi a maior melhoria feita na casa. Na verdade, devo fazer justiça a nós mesmos e dizer que as poucas alterações que fizemos foram todas para muito melhor. Minha esposa merece o mérito por elas, no entanto. Fiz muito pouco, além de tirar alguns dos grandes espelhos do meu vestiário, que eram do seu pai. Um homem muito bom, e muito cavalheiro, tenho certeza, mas penso, Miss Elliot, que ele deve ser um homem bastante vaidoso para a idade dele. Quantos espelhos! Oh, Deus! Não tinha como fugir de si mesmo ali dentro. Então pedi à Sophy que me desse uma mão, e logo os transportamos para outros aposentos. Agora estou bastante confortável com o meu pequeno espelho para barbear num canto e outro enorme do qual nunca me aproximo.

Anne, embora estivesse se divertindo, estava muito angustiada para dar uma resposta, e o Almirante, temendo não ter sido civilizado o suficiente, retomou o assunto, dizendo:

— Da próxima vez que escrever ao seu bom pai, Miss Elliot, por favor, dê-lhe meus cumprimentos e os de Mrs. Croft. Diga-lhe que estamos muito satisfeitos por estarmos instalados aqui e que não encontramos nada de errado. A chaminé da sala de café da manhã faz um pouco de fumaça, admito, mas só quando o vento está para o norte e sopra forte, o que não acontece mais do que três vezes por inverno. E, ao todo, após termos visitado a maioria das casas da região, podemos julgar: não há uma que nos agrade mais do que esta. Por Deus, dê-lhe meus cumprimentos. Ele vai ficar feliz em ouvir isso.

Lady Russell e Mrs. Croft ficaram muito satisfeitas uma com a outra, mas a relação começada naquela visita não iria longe. Quando os Croft retribuíram a visita, anunciaram que iriam viajar por algumas semanas para encontrar os parentes no norte do condado e, provavelmente, não estariam em casa antes que Lady Russell se mudasse para Bath.

Assim, terminou todo o perigo de Anne encontrar o Capitão Wentworth em Kellynch Hall, ou de vê-lo na companhia de sua amiga. Tudo estava suficientemente seguro, e ela sorriu ao pensar em toda ansiedade que desperdiçara com o assunto.

Capítulo XIV

Embora Charles e Mary tivessem permanecido em Lyme muito mais tempo depois da ida de Mr. e Mrs. Musgrove do que Anne concebeu, eles foram os primeiros a voltar para casa novamente. Assim que possível, após seu retorno a Uppercross, eles foram até Kellynch Lodge. Quando deixaram Louisa, ela já estava conseguindo se sentar; mas sua cabeça, embora consciente, estava extremamente fraca, e seus nervos, vulneráveis ao extremo. Embora fosse possível dizer que ela estava bem, no geral, ainda era impossível dizer quando poderia suportar a mudança para casa; e seu pai e sua mãe, que deviam retornar a tempo de receber os filhos mais novos para o Natal, não tinham muita esperança de poder trazê-la com eles.

Eles tinham alugado quartos em uma residência local. Mrs. Musgrove tinha afastado os filhos de Mrs. Harville, para preservá-los da situação o máximo que podia, e todas as provisões possíveis de Uppercross tinham sido fornecidas para aliviar os inconvenientes causados aos Harville, ainda que os Harville insistissem em convidá-los para jantar todos os dias. Em resumo, parecia uma luta em que cada lado tentava provar ser o mais desinteressado e hospitaleiro.

Mary tinha tido seus maus momentos, porém, no conjunto, como ficou evidenciado por sua longa permanência, ela tinha encontrado mais para desfrutar do que para sofrer. Charles Hayter ia a Lyme com mais frequência do que lhe convinha, e quando jantavam com os Harville, só havia uma criada para servir. No início, Mrs. Harville tinha sempre dado precedência à Mrs. Musgrove; mas, depois, Mary recebeu um pedido de desculpas tão bonito dela quando Mrs. Harville descobriu de quem ela era filha, e havia tanta coisa acontecendo todos os dias, tantos passeios entre suas acomodações e a casa dos Harville, além dos livros da biblioteca, que a vantagem tinha sido certamente muito a favor de Lyme. Ela também tinha sido levada para Charmouth e tomado banho de mar, e ido à igreja – e havia muito mais gente para ver na igreja de Lyme do que em Uppercross – e tudo isso, unido ao sentimento de ser tão útil, tornara aquela quinzena realmente agradável.

Anne perguntou pelo Capitão Benwick. A cara de Mary se fechou no mesmo instante. Charles riu.

– Ah! O Capitão Benwick está muito bem, creio eu, mas é um jovem muito estranho. Eu não sei onde ele poderia estar. Nós lhe pedimos para vir para casa conosco por um dia ou dois: Charles comprometeu-se a caçar com ele, e ele pareceu muito encantado pela ideia. Para mim parecia que tudo estava resolvido. Eis que, na terça-feira à noite, ele deu uma desculpa muito estranha: "nunca havia caçado", "foi um mal-entendido", e ele "tinha prometido isto e tinha prometido aquilo", e, ao fim, percebi que ele não queria vir. Suponho que estava com medo de achar entediante. Dou minha palavra, pensei que éramos um grupo suficientemente animados para receber um homem com o coração partido como o Capitão Benwick.

Charles riu novamente e completou:

– Mary, você sabe muito bem como realmente foi. Foi tudo obra sua. – Ele se virou para Anne. – Ele imaginou que, se viesse conosco, a encontraria por perto: imaginou que todos moravam em Uppercross; quando descobriu que Lady Russell morava a três milhas de distância, seu coração sofreu um baque e ele não teve coragem de vir. Essa é a verdade, por Deus! Mary sabe que estou certo.

Mas Mary não cedeu muito graciosamente, fosse por não considerar o Capitão Benwick digno, por berço ou posição, de se apaixonar por uma Elliot, fosse por não querer acreditar que Anne poderia ser uma atração maior em Uppercross do que ela mesma, não dava para adivinhar. A boa vontade de Anne, porém, não foi atenuada pelo que ela ouviu. Ela corajosamente admitiu a lisonja e continuou suas indagações.

– Ah! Ele fala da senhorita – disse Charles – de um jeito que...

Mary interrompeu-o:

– Pois eu afirmo, Charles, que nunca o ouvi mencionar Anne duas vezes durante todo o tempo em que estive lá. Posso garantir, Anne, ele nunca fala de você.

– Não – admitiu Charles. – Não sei se ele fala, de uma maneira geral. No entanto, é muito óbvio que ele a admira imensamente. A cabeça dele está cheia de alguns dos livros que está lendo por recomendação sua, e ele quer falar com a senhorita sobre eles. O Capitão Benwick descobriu alguma coisa e pensa que... Oh! Não posso fingir que me lembro, mas era muito bom. Eu o ouvi contar tudo para Henrietta; "Miss Elliot" foi mencionada nos melhores termos! Agora, Mary, afirmo que foi assim, eu mesmo o ouvi, e você estava na outra sala. Elegância, doçura, beleza. Ah! Os encantos da menina Elliot não tinham fim.

– Tenho certeza – interferiu Mary, calorosamente – de que se ele o fez, isso só é motivo para descrédito. Miss Harville morreu em junho passado. A admiração de um sujeito como este vale muito pouco, não é, Lady Russell? Tenho certeza de que concordará comigo.

– Tenho de ver o Capitão Benwick antes de decidir – disse Lady Russell, sorrindo.

— É muito provável que o encontro aconteça em breve, posso lhe assegurar, senhora — disse Charles. — Embora ele não tenha tido paciência para vir conosco e voltar de novo para fazer uma visita formal depois, ele irá um dia sozinho até Kellynch, pode contar com isso. Informei-lhe a distância e o caminho, e lhe falei da igreja, que vale muito a pena ver. Como ele tem gosto por esse tipo de coisa, pensei que isso seria uma boa desculpa. Ele ouviu atentamente, e estou certo de que a senhora receberá a visita dele em breve. Por isso estou avisando Lady Russell.

— Qualquer conhecido da Anne será sempre bem-vindo — foi a amável resposta de Lady Russell.

— Oh, quanto a ser conhecido de Anne — começou Mary —, acho que ele é mais conhecido meu, pois encontramo-nos todos os dias nesta última quinzena.

— Bem, como conhecido comum, então, ficarei muito feliz em receber o Capitão Benwick.

— Não vai achar nada de muito agradável nele, garanto-lhe, minha senhora. Ele é um dos jovens mais entediantes que já existiu. Ele caminhava comigo, às vezes, de uma ponta da areia à outra, sem dizer uma palavra. Não é bem-nascido. Tenho certeza de que não gostará dele.

— Nesse ponto, divergimos, Mary — retrucou Anne. — Acho que Lady Russell irá gostar dele. Creio que ela ficará bastante satisfeita com o intelecto dele, ao ponto de não notar nenhuma irregularidade em seus modos.

— Concordo, Anne — explicou Charles. — Tenho certeza de que Lady Russell gostará dele. Ele faz o tipo de Lady Russell. Dê-lhe um livro, e ele o lerá o dia todo.

— Certamente, ele fará isso! — exclamou Mary, zombando. — Vai debruçar-se sobre o livro e não saberá quando uma pessoa fala com ele, ou quando se deixa cair uma tesoura, ou qualquer coisa que aconteça ao seu redor. Acha que Lady Russell gostaria disso?

Lady Russell não conseguia parar de rir.

– Dou minha palavra – disse ela –, sempre me considerei uma mulher de caráter firme, de modo que não achava que minha opinião sobre qualquer pessoa poderia admitir tal diferença de conjecturas. Tenho realmente a curiosidade de conhecer o sujeito que suscitou tais noções diretamente opostas. Gostaria que ele fosse trazido aqui. E, quando o fizer, Mary, você poderá ouvir minha opinião; mas estou determinada a não o julgar de antemão.

– Não irá gostar dele, posso apostar.

Lady Russell começou a falar de outra coisa. Mary falou com animação do encontro, ou melhor, desencontro deles com Mr. Elliot.

– Eis um homem – declarou Lady Russell – que não desejo ver. A recusa dele em ser cordial com o chefe da sua família deixou uma impressão muito forte e desfavorável a seu respeito.

Essa afirmação freou o entusiasmo de Mary e a interrompeu no meio da conversa sobre os traços faciais dos Elliot.

Em relação ao Capitão Wentworth, embora Anne não tenha arriscado nenhum inquérito, eles falaram o suficiente a seu respeito de forma espontânea. Os ânimos dele estavam em boa recuperação ultimamente, como seria de se esperar. À medida que Louisa melhorava, ele melhorava. Era uma criatura bem diferente do que tinha sido na primeira semana. Ele não visitou Louisa, pois temia que qualquer contato pudesse causar uma consequência ruim para ela. Assim, não impôs sua presença lá; pelo contrário, parecia ter planos de partir por uma semana ou dez dias, até que a cabeça dela ficasse mais forte. Ele tinha falado em ir até Plymouth por uma semana e queria convencer o Capitão Benwick a ir com ele; mas, como Charles afirmou, Benwick parecia muito mais disposto a ir a Kellynch.

Não havia dúvida de que Lady Russell e Anne pensavam ocasionalmente no Capitão Benwick a partir dali. A senhora não podia ouvir a campainha da porta sem achar que poderia ser notícia de sua chegada; nem Anne conseguia voltar de qualquer passeio aprazível e solitário nos terrenos de seu pai, ou de qualquer visita de caridade no povoado, sem se perguntar se iria vê-lo ou ouvir falar dele. Entretanto, o Capitão Benwick não foi. Ou estava menos inclinado a isso do que Charles havia imaginado, ou era muito tímido; e depois de uma semana de tolerância, Lady Russell determinou que o jovem era indigno do interesse que começara a despertar.

Os Musgrove voltaram para receber seus felizes meninos e meninas da escola, trazendo consigo os filhos pequenos de Mrs. Harville, para aumentar o barulho de Uppercross e diminuir o de Lyme. Henrietta permaneceu com Louisa, mas o restante da família estava novamente nos seus habituais aposentos.

Lady Russell e Anne foram cumprimentá-los, e Anne sentiu que Uppercross estava viva novamente. Embora nem Henrietta, nem Louisa, nem Charles Hayter, nem o Capitão Wentworth estivessem lá, a sala apresentava um contraste tão forte quanto se poderia desejar em relação à última vez que a vira.

Ao redor de Mrs. Musgrove estavam os pequenos Harville, a quem ela protegia com o maior zelo da tirania dos próprios netos, que estavam lá para entretê-los. De um lado estava uma mesa ocupada por algumas meninas tagarelas, cortando papeis coloridos; do outro, suportes e bandejas com pesadas tigelas, e os meninos bagunceiros se divertiam muito ali perto. O cenário era completado por uma lareira crepitante, enfeitada para o Natal, que parecia determinada a ser ouvida, apesar de todo o barulho dos outros. Charles e Mary também entraram, é claro, durante sua visita. Mr. Musgrove fez questão de prestar seus respeitos à Lady Russell e sentou-se perto dela durante dez minutos, falando com voz elevada por causa da agitação das crianças em seu colo, embora fosse em vão. Era uma bela cena familiar.

Anne, julgando por si, teria considerado tal furacão doméstico um mau para os nervos tão abalados pela doença de Louisa. Entretanto, pelo fato de Mrs. Musgrove ter se aproximado para agradecer-lhe cordialmente, mais de uma vez, por toda a atenção dedicada a eles, concluiu – com uma breve recapitulação do que ela mesma havia sofrido, observando a sala com um olhar feliz – que depois de tudo o que aquela senhora havia passado, provavelmente nada lhe faria tão bem como um pouco de alegria tranquila em casa.

Louisa estava se recuperando bem rápido. Sua mãe pensava que ela poderia se juntar ao grupo em casa, antes de os irmãos voltarem à escola. Os Harville prometeram acompanhá-la quando fosse o momento e ficar em Uppercross. O Capitão Wentworth tinha partido para ver o irmão em Shropshire.

– Espero lembrar-me, no futuro – disse Lady Russell, ao se acomodarem na carruagem –, de não visitar Uppercross nos feriados de Natal.

Todos têm seu gosto quando se trata de ruídos, tal como ocorre em quaisquer outros assuntos, e os sons podem ser indiferentes ou angustiantes, a depender mais de sua espécie do que de sua quantidade. Quando Lady Russell, pouco tempo depois, adentrou Bath, numa tarde molhada, enquanto a carruagem era conduzida pelo longo curso das ruas de Old Bridge até Camden Place, em meio ao fluxo de outras carruagens, ao forte barulho de charretes e carroças, à gritaria de vendedores de jornal, doceiros e leiteiros e ao incessante bulício dos calçados, ela não fez nenhuma reclamação. Não, aqueles eram ruídos que pertenciam aos prazeres do inverno, e seus ânimos se elevavam sob sua influência. Assim como Mrs. Musgrove, ela estava sentindo, embora não dizendo, que depois de passar muito tempo no campo, nada poderia ser tão bom para ela como um pouco de alegria tranquila.

Anne não partilhava desses sentimentos. Ela persistiu em uma aversão muito determinada, embora bastante silenciosa, a Bath. Teve uma primeira visão esmaecida das extensas construções, enevoadas de chuva, sem qualquer desejo de vê-los melhor. Ainda assim, por mais desagradável que fosse, ela se deu conta de que o percurso transcorria rápido demais; afinal, quem ficaria feliz em vê-la quando chegasse? Olhou para trás, com grande pesar, para os arbustos de Uppercross e o isolamento de Kellynch.

A última carta de Elizabeth tinha lhe comunicado uma notícia de algum interesse. Mr. Elliot estava em Bath. Ele fora visitá-los em Camden Place, havia retornado uma segunda e uma terceira vez e tinha sido pontualmente atencioso. Se Elizabeth e seu pai não estivessem enganados, o cavalheiro estava se esforçando tanto para restabelecer as relações e proclamar o valor do parentesco, quanto se esforçara anteriormente para mostrar negligência. Seria muito maravilhoso se fosse verdade. Lady Russell estava bastante curiosa e sentia uma perplexidade muito agradável em relação ao Mr. Elliot, já retratando o sentimento que ela havia expressado anteriormente a Mary, de que ele era "um homem a quem ela não desejava ver". Ela tinha grande desejo de vê-lo. Se ele realmente procurou se reconciliar com um galho dedicado, deveria ser perdoado por ter se desmembrado da árvore paterna.

Anne não estava tão animada pelas circunstâncias, mas sentiu que preferia ver Mr. Elliot de novo do que não o ver, e isso era mais do que podia dizer de muitas outras pessoas em Bath.

Ela foi deixada em Camden Place, e Lady Russell então se dirigiu para seus próprios aposentos, na Rivers Street.

Capítulo XV

SIR WALTER arranjara uma casa muito boa em Camden Place, uma localidade muito digna, conveniente a um homem de sua importância. Ele e Elizabeth estavam instalados, muito a seu contento.

Anne entrou com o coração apertado, antecipando uma prisão de muitos meses e dizendo ansiosamente a si mesma: "Oh, quando partirei novamente?!" Contudo, a cordialidade inesperada no acolhimento que recebeu fez bem a ela. Seu pai e sua irmã ficaram contentes de vê-la, animados para lhe mostrar a casa e os móveis, e a receberam com amabilidade. Sua presença como a quarta pessoa a compor a mesa do jantar foi percebida como uma vantagem.

Mrs. Clay foi muito agradável e sorridente, mas suas cortesias e seus sorrisos eram mais uma formalidade. Anne imaginara que Mrs. Clay fingiria todos os sentimentos adequados diante de sua chegada, mas a complacência dos outros foi uma surpresa. Eles estavam evidentemente em excelente estado de espírito, e ela logo saberia o motivo. Não tinham nenhuma intenção de escutá-la. Tentaram arrancar de Anne algum comentário dos antigos vizinhos que sinalizasse o quanto a ausência da família Elliot era sentida, o que ela não forneceu. Depois, fizeram apenas algumas perguntas vagas e breves, e logo a conversa voltou a girar em torno deles. Os assuntos envolvendo Uppercross não os entusiasmou; Kellynch menos ainda. Só se importavam com o que ocorria em Bath.

Tiveram o prazer de garantir a Anne que Bath mais do que correspondera às suas expectativas em todos os aspectos. Sua casa era sem dúvida a melhor de Camden Place; as salas tinham muitas vantagens sobre todas as outras que tinham visto ou ouvido falar; e a superioridade era tanto em arquitetura quanto em decoração. A vizinhança como um todo procurou manter relações com eles. Todos queriam visitá-los. Tinham declinado muitas ocasiões para apresentações, e ainda recebiam muitas cartas de pessoas que nem conheciam.

Ali estavam os motivos de tanto contentamento. Poderia Anne duvidar que o pai e a irmã estavam felizes? Não duvidava, mas imaginava se o pai não sentia certa degradação por sua mudança, pela ausência dos deveres e da dignidade de um proprietário de terra, ou se de fato ele encontrava tanto incentivo para ser vaidoso na pequenez de uma cidade. Ela suspirava, sorria e se maravilhava enquanto Elizabeth abria as portas dobráveis e caminhava com exultação de uma sala para a outra, vangloriando-se do espaço; entretinha-se com a possibilidade daquela mulher, que havia sido senhora de Kellynch Hall, encontrar estímulo para se orgulhar entre duas paredes que talvez tivessem uma distância de cerca de dez metros de uma para a outra.

Entretanto, isso não era tudo o que tinham para deixá-los felizes. Eles também tinham o primo de Anne, Mr. Elliot. Falaram muito sobre Mr. Elliot. Ele não só havia sido perdoado, como também havia encantado a todos. O cavalheiro estava em Bath havia cerca de 15 dias (ele passara pela região em novembro, a caminho de Londres, e tomou conhecimento de que Sir Walter havia se instalado lá, embora fizesse apenas 24 horas de sua mudança, mas não conseguiu entrar em contato na ocasião), e a primeira coisa que fez ao chegar foi deixar seu cartão em Camden Place. Depois, engendrou esforços assíduos para se encontrar com Sir Walter e, quando se encontraram, houve tanta sinceridade de conduta, tanta prontidão para perdoar o passado, tanta solicitude em restaurar os vínculos familiares que o antigo bom entendimento entre as partes foi completamente restabelecido.

Não encontraram falhas a apontar em Mr. Elliot. O rapaz explicou toda a aparência de negligência de sua parte. Era inteiramente fruto de um mal-entendido. Não era a intenção dele cortar relações. Na verdade, ele acreditava ter sido afastado, mas não sabia o porquê, e a delicadeza o tinha mantido em silêncio. Ficou bastante indignado com a insinuação de que teria falado desrespeitosa ou descuidadamente sobre a família e a honra dela – ele, que sempre se vangloriara de ser um Elliot, e cujos sentimentos só eram demasiado rígidos para agradar ao tom pouco feudal dos dias atuais. Estava de fato surpreso, e sua atitude corroborava com seu argumento. Sir Walter poderia perguntar sobre ele a todos os que o conheciam, e, certamente, aquele esforço na primeira oportunidade de reconciliação com os demais Elliot era uma forte prova das suas opiniões sobre o assunto.

As circunstâncias de seu casamento também foram consideradas com parcimônia. Não se tratava de um assunto a ser descrito pelo próprio rapaz, mas um amigo íntimo dele, o Coronel Wallis – um homem altamente respeitável, perfeitamente cavalheiro (e de boa aparência, acrescentou Sir Walter), que vivia de modo muito confortável em Marlborough Buildings –, por intermédio de Mr. Elliot, em um pedido pessoal, fora apresentado aos outros Elliot e mencionou uma ou duas coisas relativas ao casamento, as quais amenizaram o descrédito desse enlace.

O Coronel Wallis conhecia Mr. Elliot e a esposa havia muito tempo e compreendia perfeitamente toda a história. Ela decerto não era uma mulher pertencente a uma família de prestígio, mas era bem-educada, prendada, rica e excessivamente apaixonada pelo marido. Havia ali certo encanto. Ela procurou por ele. Sem esse afeto, nem todo o seu dinheiro teria conquistado Elliot, e Sir Walter recebeu garantias de que ela era também muito bonita. Portanto, havia explicação suficiente para aquela associação. Uma bela mulher com uma grande fortuna, apaixonada por ele! Sir Walter admitiu isso como uma desculpa completa, e embora Elizabeth não pudesse ver a circunstância por um ponto de vista tão favorável, concordou que havia fortes atenuantes.

Mr. Elliot tinha ido até lá várias vezes, jantado com eles uma vez, evidentemente encantado com a honra de ser convidado, pois eles, em geral, não ofereciam jantares, e, em suma, estava muito satisfeito por cada prova de atenção dos primos e muito feliz por manter aquela relação tão íntima com os moradores de Camden Place.

Anne ouviu tudo aquilo sem compreender bem. Condescendência, muita condescendência, ela sabia, havia nas palavras daqueles que falavam. Era uma narrativa embelezada. Tudo o que soou extravagante ou irracional no progresso da reconciliação não poderia ter outra origem senão a linguagem daqueles relatores. No entanto, ela teve a sensação de que havia algo mais no desejo de Mr. Elliot, após um intervalo de tantos anos, do que ser bem recebido por eles. Objetivamente, ele não tinha nada a ganhar por se relacionar com Sir Walter e nada a perder por deixar as coisas como estavam. Ele já era o mais rico dos dois, e a propriedade de Kellynch seria tão certamente sua no futuro quanto o título. Sendo um homem sensato (e ele parecia um homem muito sensato), por que aquilo deveria ser um propósito para ele? Ela só tinha um palpite: talvez fosse para o bem de Elizabeth. Poderia ter havido, de fato, um sentimento mútuo entre os dois anteriormente, embora a conveniência e o acaso o tivessem atraído para outro rumo; tendo ele a oportunidade de se dar ao luxo de agradar a si mesmo, talvez quisesse cortejá-la. Elizabeth era certamente muito bonita, detentora de boas maneiras e elegante, e seu caráter poderia nunca ter sido percebido por Mr. Elliot, tendo-a encontrado sempre em público e em uma época em que era muito jovem. Como o temperamento e a mente dela poderiam suportar a investigação de um homem em idade mais aguçada era outra preocupação, um tanto temerosa. Muito sinceramente, Anne desejava que ele não fosse muito simpático, ou muito observador, caso a irmã fosse a motivação de seus avanços. Elizabeth parecia acreditar que era, e sua amiga, Mrs. Clay, parecia encorajar a ideia, pelo que Anne observou a partir da troca de um olhar ou dois entre as duas enquanto as frequentes visitas de Mr. Elliot estavam sendo narradas.

Anne mencionou os vislumbres que teve dele em Lyme, mas sem receber muita atenção. "Ah, talvez fosse Mr. Elliot. Talvez fosse ele, talvez." Não deram ouvidos para a descrição que ela fez do rapaz, pois estavam ocupados descrevendo-o por si mesmos, Sir Walter em especial. Ele fez justiça à aparência do cavalheiro, seu ar de elegância e modernidade, seu rosto bem-esculpido, seu olhar sensível, mas, ao mesmo tempo, alegou que era "algo a se lamentar" o fato de o rapaz ter o queixo muito proeminente, "um defeito que o tempo parecia ter aumentado", e de que "não havia como negar que dez anos haviam alterado quase todas as feições dele para pior". Mr. Elliot, por sua vez, acreditava que Sir Walter estava exatamente a mesma coisa desde a última ocasião em que estiveram juntos, embora Sir Walter "não tivesse conseguido retribuir o elogio por completo, o que era constrangedor". No entanto, não estava reclamando. Mr. Elliot tinha um aspecto melhor do que a maioria dos homens, e Sir Walter "não tinha objeção em ser visto com ele em lugar algum".

Mr. Elliot e seus amigos em Marlborough foram o assunto da noite inteira. Foi dito que o Coronel Wallis estivera muito impaciente para ser apresentado aos Elliot, e o primo, ansioso por isso. Havia ainda uma Mrs. Wallis, que até então só conheciam de nome, pois estava reclusa, contando os dias para o nascimento do filho. Mr. Elliot falou dela como "uma mulher encantadora, digna de ser apresentada em Camden Place"; assim que ela se recuperasse, deveriam se conhecer. Sir Walter, por sua vez, estava deveras curioso. Dizia-se que ela era uma mulher excessivamente bonita, aliás, linda. Ele "ansiava por vê-la e esperava que a beleza dela fosse compensar os muitos rostos feios que normalmente via nas ruas". O pior de Bath era, de acordo com ele, a quantidade de mulheres sem graça. Não queria dizer que não havia mulheres bonitas, mas o número de senhoras desinteressantes estava fora de proporção. Ele observava frequentemente, enquanto caminhava, que um rosto bonito era seguido por 30 ou 35 rostos pavorosos. Uma vez, quando estava numa loja na Bond Street, ele contou 87 mulheres que passaram pela rua, uma após a outra, sem que houvesse sequer um rosto tolerável entre elas. Tinha sido uma manhã gelada, com certeza, uma geada afiada, a qual dificilmente uma mulher em mil conseguiria aguentar. Ainda assim, havia, decerto, uma multidão terrível de mulheres feias em Bath. Quanto aos homens, eram infinitamente piores. As ruas estavam cheias de espantalhos! Era evidente como as mulheres estavam muito pouco acostumadas a ver algo tolerável pelo efeito que um homem de aparência decente produzia. Ele nunca andava ao lado do Coronel Wallis (que era uma bela figura militar, embora fosse ruivo) sem perceber que o olhar de cada mulher recaía sobre o rapaz. Modesto Sir Walter! Não conseguiu escapar das observações de Elizabeth e Mrs. Clay, que se uniram para insinuar que a companhia ao lado do Coronel Wallis em tais ocasiões tinha uma aparência tão boa quanto a do próprio, e certamente não era ruivo.

— Como está Mary? — perguntou Sir Walter, no auge de seu bom humor. — Da última vez que a vi, estava com o nariz vermelho, mas creio que isso não aconteça todos os dias.

— Ah, não, foi apenas coincidência. Em geral, ela tem estado bem de saúde e com ótima aparência desde o Dia de São Miguel.

— Se eu achasse que ela não ficaria tentada a sair em meio a ventos fortes e estragar sua pele, enviaria um novo chapéu e um novo casaco de presente.

Anne estava considerando sugerir se um vestido ou uma capa não seriam um presente adequado e blindado contra tal uso indevido, quando uma batida na porta interrompeu a conversa deles. "Uma batida na porta! E tão tarde! Eram dez horas! Seria Mr. Elliot?" Embora soubessem que o rapaz jantaria em Lansdown Crescent, estabeleceu-se um alvoroço na mesa diante da possibilidade de que ele tivesse parado no caminho para lhes perguntar como estavam. Não conseguiam pensar em mais ninguém. Mrs. Clay estava convicta de que era Mr. Elliot quem batia. Mrs. Clay estava certa. Com todo o bom tratamento que um mordomo e um pajem podem oferecer, Mr. Elliot foi levado à sala.

Era o mesmo, mesmíssimo homem, sem qualquer diferença, a não ser de vestuário. Anne ficou um pouco atrás enquanto os outros recebiam seus cumprimentos, e sua irmã, suas desculpas por visitá-los em uma hora tão incomum. De acordo com o cavalheiro, "ele não podia estar tão perto sem querer saber se ela ou sua amiga haviam passado frio no dia anterior", etc. Tudo foi educadamente dito e educadamente recebido, e logo a vez de Anne chegou. Sir Walter falou de sua filha mais nova e pediu licença a Mr. Elliot para apresentá-la (não houve ocasião para mencionar Mary). Anne, sorrindo e corando, mostrou a Mr. Elliot, muito receptivamente, as lindas feições que ele não tinha, de forma alguma, esquecido. No mesmo instante, viu, com divertimento, no pequeno gesto de surpresa na postura do rapaz, que ele não tinha nenhuma consciência de quem ela era em Lyme. Parecia bastante surpreso, mas ainda mais satisfeito do que surpreso. Os olhos dele brilharam. Com a mais perfeita vivacidade, Mr. Elliot permitiu a apresentação, pensando no passado, e suplicou que Anne o recebesse como um conhecido. Ele estava tão bonito quanto antes, seu semblante ficou gradualmente mais animado ao falar e seus modos eram exatamente o que deveriam ser, tão polidos, tão tranquilos e tão particularmente agradáveis que ela podia compará-los em excelência às maneiras de uma só pessoa. Não eram os mesmos, mas eram, talvez, igualmente bons.

Mr. Elliot se sentou e a conversa tomou um rumo muito melhor. Não havia dúvida de que ele era um homem sensato. Dez minutos foram suficientes para certificar-se disso. Seu tom, suas expressões, sua escolha de assuntos, seu discernimento de saber quando parar eram o produto de uma mente sensata e perspicaz. Assim que pôde, começou a falar com Anne sobre Lyme, querendo comparar opiniões a respeito do lugar, mas, sobretudo, querendo falar da circunstância de terem se encontrado como hóspedes da mesma estalagem no mesmo momento. Queria comentar sobre os itinerários, saber o dela e lamentar ter perdido a oportunidade de lhe prestar respeito. Ela fez um breve relato de seu grupo e dos acontecimentos em Lyme. O arrependimento dele aumentou à medida que a ouvia. Tinha passado uma noite solitária na sala adjacente à deles, tinha ouvido vozes e alegria continuamente, achou que aquele devia ser um grupo de pessoas encantadoras, desejou estar com eles, mas não teve a menor suspeita de que possuía o mínimo direito de se apresentar. Se tivesse simplesmente perguntado quem eram as pessoas! O nome Musgrove lhe teria revelado o suficiente. Concluiu que aquilo serviria para curá-lo de uma prática absurda que ele havia adotado, quando ainda bastante jovem, de nunca fazer perguntas em uma hospedaria por medo de ser indelicado.

— As noções de um jovem de 21 ou 22 anos — disse ele — quanto ao que é necessário em termos de educação são mais absurdas, creio, do que as de qualquer outro conjunto de seres do mundo. A loucura dos meios que muitas vezes empregam pode ser igualada apenas à loucura do que pretendem.

Mas ele não devia estar direcionando suas reflexões unicamente a Anne e sabia disso. Logo foi imerso em outros temas e, somente em intervalos, conseguiu retornar ao assunto de Lyme.

Suas indagações, no entanto, produziram um relato detalhado da cena em que ela esteve envolvida, logo após a partida de Mr. Elliot do local. Tendo feito alusão a "um acidente", ele quis ouvir o todo. Quando ele questionou, Sir Walter e Elizabeth começaram a questionar também, mas a diferença no modo como o fizeram não podia ser maior. Ela só podia comparar Mr. Elliot à Lady Russell em termos de real interesse em compreender o que tinha se passado e em grau de preocupação com o que ela devia ter sofrido ao testemunhar todo o ocorrido.

Ele ficou uma hora com eles. O elegante relógio sobre a cornija da lareira tinha soado "as onze horas com seu som de prata", e o vigia começava a ser ouvido à distância. Mr. Elliot, ou qualquer um deles, mal sentiu que estava lá havia tanto tempo.

Anne não poderia ter imaginado que a sua primeira noite em Camden Place transcorreria tão bem!

Capítulo XVI

Havia um ponto que tranquilizaria Anne mais do que saber do fato de que Mr. Elliot estava apaixonado por Elizabeth: saber que o pai dela não estava apaixonado por Mrs. Clay. Porém, ela estava muito longe de ser tranquilizada nesse sentido depois de algumas horas em casa. Ao descer para o café da manhã no dia seguinte, percebeu a falsa pretensão da senhora em deixá-los. Ela podia imaginar Mrs. Clay dizendo que "agora que Miss Anne tinha chegado, ela não podia supor que sua presença seria realmente desejada", ao que Elizabeth respondeu em uma espécie de sussurro, como se fosse o pai:

– Isso não é verdade. Asseguro-lhe que não penso assim. Ela não é nada para mim comparada com você.

E efetivamente chegou a tempo para ouvir seu pai dizer:

– Minha cara senhora, isso não pode acontecer. A senhora não viu nada de Bath ainda e tem ficado aqui apenas para ajudar. Não pode fugir de nós agora. Tem de ficar para conhecer Mrs. Wallis, a bela Mrs. Wallis. Para uma mente refinada como a sua, sei bem que a visão da beleza é uma verdadeira gratificação.

Ele falou com tanta seriedade que Anne não ficou surpresa ao perceber Mrs. Clay lançar um olhar furtivo a ela e a Elizabeth. A expressão da irmã era de alerta, mas o elogio à mente refinada não pareceu suscitar nada. Mrs. Clay não pôde fazer nada a não ser ceder às súplicas de Sir Walter e de Elizabeth e prometer ficar.

No decorrer da mesma manhã, quando Anne e seu pai tiveram a chance de ficar sozinhos, ele a elogiou por sua aparência melhorada; achava que ela estava "menos magra no corpo e em suas bochechas" e que sua tez estava "muito mais fresca". Teria ela usado alguma coisa em particular? Não, nada.

– Apenas um pouco de loção Gowland,[10] suponho.

– Não, nada de nada.

– Ah! – ele ficou surpreso com isso, e acrescentou: – Certamente você não pode fazer nada melhor do que continuar como está. Não há como melhorar o que está muito bom. De outro modo, eu recomendaria a loção Gowland, seu uso constante durante os meses de primavera. Mrs. Clay tem usado por minha recomendação, e veja o que tem feito por ela. Veja como sumiram as sardas dela.

Se Elizabeth pudesse ter ouvido aquilo! Tal elogio pessoal poderia tê-la atingido, especialmente porque não parecia a Anne que as sardas de Mrs. Clay tinham diminuído. Mas as coisas precisavam transcorrer conforme seu ritmo. O mal de um casamento entre seu pai e aquela senhora seria muito amenizado se Elizabeth também se casasse. Quanto a ela, teria sempre a possibilidade de morar com Lady Russell.

A mente perspicaz e os modos educados de Lady Russell foram postos à prova ao visitar Camden Place. A visão de Mrs. Clay sendo favorecida, e de Anne tão esquecida, era uma provocação mortal para Lady Russell e a irritava tanto quando ela estava longe quanto a irritaria se fosse um dos moradores de Bath, os quais eram constantemente atualizados sobre as relações do local.

---

10 Loção criada pelo farmacêutico John Gowland, muito popular na época de Jane Austen. Era recomendada para limpar e clarear a pele, mas posteriormente foi desacreditada por conter mercúrio e chumbo na fórmula. [N.E.]

À medida que Lady Russel passou a conhecer mais Mr. Elliot, tornou-se mais complacente, ou mais indiferente, em relação aos outros. Os modos dele eram uma recomendação imediata, e, ao conversar com ele, descobriu que havia bases muito sólidas sustentando as características superficiais. A princípio, como disse a Anne em confidência, esteve prestes a exclamar: "Será que este é Mr. Elliot?" Lady Russell não podia imaginar um homem mais agradável ou digno de estima. O cavalheiro reunia todas as boas qualidades: boa compreensão, opiniões corretas, conhecimento de mundo e um coração caloroso. Tinha fortes sentimentos de vínculo e de honra familiar, sem orgulhos bobos ou fraqueza; vivia com a liberalidade de um homem de fortuna, sem se exibir; fazia seus próprios julgamentos a respeito de tudo o que é essencial, sem desafiar a opinião pública em nenhum ponto do decoro comum. Era firme, observador, moderado e franco, e nunca se deixava levar por impulsos ou por egoísmo. Tinha ainda sensibilidade para o que era amável e agradável, e valorizava todas as vantagens da vida doméstica, algo que homens com caprichos extravagantes e temperamento agitado e violento raramente fazem. Ela estava certa de que ele não tinha sido feliz no casamento. O Coronel Wallis confirmou tal suspeita, e Lady Russell percebeu por si mesma. No entanto, não tinha sido uma experiência de infelicidade capaz de azedar sua mente, nem (ela logo percebeu) impedir que ele pensasse numa segunda união. A satisfação dela com a presença de Mr. Elliot superou todo o aborrecimento provocado pela presença de Mrs. Clay.

Já tinha algum tempo que Anne havia começado a entender que ela e sua excelente amiga, Lady Russell, às vezes pensavam de maneiras diferentes. Não a surpreendeu, portanto, que a senhora não visse nada de suspeito ou inconsistente, nada que exigisse mais explicações, no grande desejo de Mr. Elliot de se reconciliar com os parentes. Na opinião de Lady Russell, era perfeitamente natural que o cavalheiro, em um momento maduro de sua vida, sentisse tal reaproximação como um propósito muito desejável e pensasse que estar em bons termos com o chefe da família seria algo que o recomendaria entre todas as pessoas sensatas. Aquilo era o simples resultado da ação do tempo sobre uma cabeça naturalmente esclarecida, que apenas se equivocara no auge da juventude. Anne assentiu, sorriu e, por fim, disse:

— Elizabeth.

Lady Russell ouviu, olhou-a e deu apenas esta resposta cautelosa:

— Elizabeth! Pois bem, o tempo há de explicar.

Era uma referência ao futuro, à qual Anne, após uma pequena observação, sentiu que devia submeter-se. Ela não podia de fato determinar nada no momento. Naquela casa, Elizabeth era sempre priorizada, e ela estava tão acostumada a ser chamada por todos de "Miss Elliot" que qualquer particularidade de atenção diferente disso era quase impossível. Mr. Elliot, por sua vez, tinha ficado viúvo havia menos de sete meses. Uma pequena demora da parte dele seria desculpável. Na verdade, Anne nunca observava a fita preta em torno de seu chapéu sem temer que ela fosse a indesculpável da história, ao atribuir-lhe tais imaginações; pois, embora seu casamento não tivesse sido muito feliz, ainda assim, durou anos, tempo o suficiente para que Anne não conseguisse compreender uma recuperação muito rápida depois do fim.

De qualquer modo, Mr. Elliot era, sem dúvida, o seu mais agradável conhecido em Bath: ela não via ninguém igual a ele, e era uma grande satisfação, de vez em quando, conversar com ele sobre Lyme, para onde ele parecia ter um desejo tão ávido de voltar e explorar mais, assim como ela. Repassaram os pormenores do seu primeiro encontro muitas vezes. Ele deu a entender que a olhara com interesse sério. Ela sabia disso e lembrava-se também do olhar de outra pessoa.

Eles nem sempre pensavam da mesma maneira. O valor que ele dava à posição social e às conexões de prestígio, conforme Anne percebeu, era maior do que ela dava. Não foi apenas complacência, mas provavelmente um gosto particular pelo assunto que o fez entrar calorosamente no debate do pai e da irmã sobre algo que Anne achava indigno de atenção. Uma manhã, o jornal de Bath anunciou a chegada da Viscondessa Dalrymple, que ficara viúva, e de sua filha, a honorável Miss Carteret, e assim todo o conforto e a tranquilidade da casa de número... de Camden Place se esvaiu, pois os Dalrymple (infelizmente, de acordo com a opinião de Anne) eram primos dos Elliot, e o motivo de agonia era descobrir como fazer as apresentações de modo adequado.

Anne nunca tinha visto seu pai e sua irmã em contato com a nobreza e ficou extremamente desapontada com o que viu. Ela esperava uma reação melhor de ambos, haja vista a própria alta noção que tinham de sua situação, e se viu obrigada a desejar algo que nunca poderia ter previsto: que eles tivessem mais orgulho de si mesmos. Referiam-se às visitantes como "nossas primas Lady Dalrymple e Miss Carteret"; "nossas primas, as Dalrymple" o dia todo.

Sir Walter já tinha estado em companhia do Visconde, mas nunca tinha visto o restante da família. As dificuldades do caso surgiram por conta da suspensão de todas as relações depois da morte do Visconde. Sir Walter ficara seriamente doente por volta da mesma época, por azar, e houve uma interrupção de correspondências por parte de Kellynch. Nenhuma carta de condolências foi enviada para a Irlanda. A negligência teve consequência para o pecador, pois, quando Mrs. Elliot morreu, nenhuma carta de condolências foi recebida em Kellynch, e, consequentemente, havia mais do que motivos suficientes para se entender que os Dalrymple consideravam a relação como cessada. Como resolver este impasse e restabelecer a relação entre os primos era a questão, e era uma questão que, de uma forma mais racional, nem Lady Russell nem Mr. Elliot achavam desimportante. As conexões familiares devem ser preservadas, e a boa companhia, buscada. Lady Dalrymple tinha feito arranjos para ocupar uma casa em Laura Place por três meses, e passaria ali aquele período em grande conforto. Ela tinha estado em Bath no ano anterior, e Lady Russell ouvira falar dela como uma mulher encantadora. Era muito desejável que a ligação fosse renovada, se possível, sem comprometer o brio do lado dos Elliot.

Sir Walter, no entanto, escolheu seus próprios meios e, por fim, escreveu uma excelente carta com amplas explicações, arrependimentos e súplicas à sua honrada prima. Nem Lady Russell nem Mr. Elliot apreciaram o envio de tal carta, mas a ação cumpriu o seu propósito ao trazer como resposta três linhas de rabiscos da Viscondessa. Estava "muito honrada" e "ficaria feliz" por restabelecer relações. Os trâmites da negociação tinham terminado e logo dariam lugar às cortesias. Eles visitaram Laura Place e colocaram os cartões de visita da Viscondessa Dalrymple e da honorável Miss Carteret nos locais mais visíveis. "Nossas primas de Laura Place", "nossas primas, Lady Dalrymple e Miss Carteret" eram palavras repetidas a todo momento.

Anne ficou constrangida. Se Lady Dalrymple e sua filha fossem muito agradáveis, ela ainda teria vergonha da agitação que criaram, mas elas não eram. Não havia superioridade em seus modos, méritos ou mentes. Lady Dalrymple tinha adquirido a fama de "uma mulher encantadora" porque tinha sempre um sorriso no rosto e uma resposta civilizada para dar a todos. Miss Carteret, com menos ainda para dizer, era tão simples e tão esquisita que nunca teria sido tolerada em Camden Place a não ser pelo seu berço.

Lady Russell confessou que esperava algo melhor. Ainda assim, considerava que eram relações que valiam a pena. Quando Anne se aventurou a dizer sua opinião sobre elas a Mr. Elliot, ele concordou que elas não eram grande coisa por si mesmas, mas, mesmo assim, argumentou que como ligação familiar, como boas companhias e como pessoas que poderiam reunir outras boas companhias ao seu redor, elas tinham seu valor. Anne sorriu e disse:

– A minha ideia de boa companhia, Mr. Elliot, é a companhia de pessoas inteligentes e cultas, que têm boa conversa; a isso chamo de boa companhia.

– A senhorita está enganada – retrucou ele, gentilmente –, isso não é boa companhia; isso é a melhor companhia. Boa companhia requer apenas berço, educação e boas maneiras, e, no que diz respeito à educação, não é preciso muito. Berço e boas maneiras são essenciais, mas pouca cultura não é, de forma alguma, uma coisa perigosa em uma boa companhia; pelo contrário, faz muito bem. Vejo que minha prima Anne abana a cabeça. Não está satisfeita. Ela é exigente. Minha querida prima, a senhorita tem mais direito a ser exigente do que qualquer outra mulher que conheço, mas será que isso vai corresponder às suas expectativas? Será que a fará feliz? Não será mais sábio aceitar a amizade dessas boas senhoras de Laura Place e desfrutar, na medida do possível, de todas as vantagens dessa relação? Elas circularão por Bath neste inverno, e, como posição é posição, ter em seu círculo um relacionamento com elas será útil para fixar sua família na região... nossa família, permita-me dizer... em um grau de consideração que todos nós deveríamos desejar.

– Sim – suspirou Anne –, seremos, de fato, conhecidos por estarmos relacionados com elas. – Recompondo-se, e não querendo ser respondida, acrescentou: – Particularmente, penso que houve muito trabalho para se obter essa relação. Tenho mais orgulho do que vocês, suponho – prosseguiu, sorrindo –, mas confesso que me incomoda o fato de que precisamos ser tão solícitos para que a relação seja reconhecida, relação essa que, podemos ter certeza, é perfeitamente indiferente para elas.

– Perdoe-me, querida prima, a senhorita é injusta nas suas próprias pretensões. Em Londres, talvez, no seu estilo de vida calmo, possa ser como diz. Em Bath, entretanto, Sir Walter Elliot e sua família sempre serão valorizados, sempre será um desejo de todos tê-los como amigos.

– Bem – disse Anne –, decerto sou orgulhosa, orgulhosa demais para desfrutar de uma recepção que depende inteiramente de um dos lados.

– Adoro sua indignação – completou o rapaz. – É muito natural. Mas a senhorita está em Bath, e o objetivo é se estabelecer com todo o crédito e toda a dignidade devida a Sir Walter Elliot. A senhorita fala de orgulho. Eu sou tido como orgulhoso, eu sei, e não pretendo me ver de outra forma. Nosso orgulho, se investigado, teria o mesmo propósito, não tenho dúvida, embora o tipo possa parecer um pouco diferente. De uma coisa estou certo, cara prima – continuou ele, falando mais baixo, embora não houvesse mais ninguém na sala. – De uma coisa estou certo: sentimo-nos da mesma forma. Devemos concordar que cada adição ao círculo de seu pai, entre seus semelhantes ou superiores, poderá ser útil para desviar seus pensamentos daqueles que estão abaixo dele.

Ele olhou, enquanto falava, para o assento que Mrs. Clay normalmente ocupava: uma explicação suficiente do que queria dizer em particular. Embora Anne não pudesse acreditar que eles tivessem o mesmo tipo de orgulho, ficou satisfeita com ele por também não gostar de Mrs. Clay, e sua consciência admitiu que o desejo de Mr. Elliot de promover a aproximação do pai dela e das primas era mais do que compreensível sob a perspectiva de derrotá-la.

Capítulo XVII

ENQUANTO Sir Walter e Elizabeth aproveitavam assiduamente a sua boa sorte em Laura Place, Anne renovava uma relação de natureza muito diferente.

Ela tinha visitado uma de suas antigas preceptoras e ouvido dela que uma colega do tempo de escola que morava em Bath merecia atenção por dois fortes motivos: cordialidade pela amizade passada e piedade pelo sofrimento presente. Miss Hamilton, que se tornara Mrs. Smith, tinha sido bondosa com Anne em um dos períodos em que demonstrações de bondade eram mais do que bem-vindas. Uma jovem Anne partiu para a escola completamente infeliz, lamentando a perda da mãe que tanto amava, sentindo a separação de casa, sofrendo como uma menina de 14 anos de forte sensibilidade e sem motivos para animar o próprio espírito sofreria em tal momento; e Miss Hamilton, três anos mais velha do que ela, sem parentes próximos ou lar assentado, permanecendo assim um ano a mais na escola, foi útil e boa para Anne, de uma maneira que apaziguou consideravelmente sua penúria. Nunca poderia ser lembrada por Anne com indiferença.

Miss Hamilton deixou a escola e se casou pouco tempo depois. Foi dito que o marido era um homem de fortuna, e isso era tudo o que Anne sabia dela até aquele momento. Contudo, o relato da preceptora a fez tomar conhecimento da situação da antiga amiga, e o quadro era muito diferente.

Mrs. Smith estava viúva e pobre. Seu marido tinha sido um homem de extravagâncias e, ao morrer, cerca de dois anos antes, tinha deixado seus assuntos terrivelmente confusos. Ela tinha tido dificuldades de todo tipo para enfrentar e, além dessas dificuldades, tinha sido acometida por uma grave febre reumática, que, por fim, se instalou em suas pernas, deixando-a com a locomoção comprometida. Por causa disso, a dama tinha se mudado para Bath e morava em instalações muito humildes, incapaz até mesmo de se dar ao luxo de ter uma criada, e, claro, praticamente excluída da sociedade.

A preceptora, uma amiga em comum, assegurou que uma visita de Miss Elliot traria grande satisfação à Mrs. Smith. Assim, Anne se prontificou a ir vê-la. Não mencionou nada em casa a respeito do que tinha ouvido ou do que pretendia fazer. Sabia que não despertaria ali nenhum interesse adequado. Ela consultou apenas Lady Russell, que compartilhou de seus sentimentos e ficou feliz em levá-la até as proximidades das acomodações de Mrs. Smith em Westgate Buildings.

A visita foi feita; a relação, restabelecida; e o interesse mútuo, reavivado. Os primeiros dez minutos foram de constrangimento e de emoção. Doze anos se passaram desde que seus caminhos se separaram, e cada uma tornara-se uma pessoa diferente do que a outra havia imaginado. Doze anos haviam mudado Anne de uma garota de 15 anos promissora, quieta e sem forma, para a elegante mulher de 27 anos, com todas as belezas, embora sem vigor, e com modos tão criteriosamente corretos quanto invariavelmente gentis; e os mesmos 12 anos tinham transformado a bela e jeitosa Miss Hamilton, detentora de um encantador brilho de boa saúde e confiança de superioridade, em uma viúva pobre, enferma e indefesa, recebendo a visita de sua antiga protegida como um favor. Entretanto, tudo o que era desconfortável naquele reencontro logo cessou, e o que predominou na conversa foram as lembranças das antigas preferências e dos assuntos dos velhos tempos.

Anne encontrou em Mrs. Smith o mesmo bom senso e as mesmas maneiras agradáveis, das quais praticamente dependera no passado, e uma disposição para conversar e ser alegre além das suas expectativas. Nem as dissipações do passado – e ela tinha vivido muito –, nem as restrições do presente, nem a doença e nem a tristeza pareciam ter fechado seu coração ou arruinado seu temperamento.

Durante uma segunda visita, ela falou com grande franqueza, e o espanto de Anne aumentou. Ela dificilmente poderia imaginar uma situação mais deprimente do que a de Mrs. Smith. A dama havia amado muito o marido – e teve que enterrá-lo. Estava habituada à riqueza – e a fortuna tinha desaparecido. Não tinha nenhum filho para ligá-la novamente à vida e à felicidade, nenhuma relação para ajudar no arranjo de assuntos complexos, nenhuma saúde para tornar todo o resto suportável. Suas acomodações eram limitadas a uma sala barulhenta e um quarto escuro ao fundo, sem possibilidade de mudar de um cômodo para o outro sem ajuda, pois só havia uma criada para servir a pensão toda, e ela nunca saía da casa, a não ser quando era levada para as termas. No entanto, apesar de tudo isso, pareceu a Anne que Mrs. Smith tinha apenas alguns momentos de languidez e depressão, comparados a horas de entretenimento e prazer. Como isso era possível? Ela observou, analisou, refletiu e, por fim, determinou que não se tratava apenas de um caso de força de vontade ou de resignação. Um espírito submisso pode ser paciente, um intelecto forte pode fornecer boas resoluções, mas havia ali algo mais: ali estava uma mente flexível, uma disposição para aceitar ser consolada, uma capacidade de transformar mal em bem e de encontrar meios para se ocupar e distrair-se de si mesma, e tais qualidades compunham sua própria natureza. Era uma dádiva concedida pelos céus, e Anne via sua amiga como o exemplo de pessoa que, escolhida pela graça divina, é constituída de maneira a balancear qualquer falha.

A certa altura, disse Mrs. Smith, seu espírito quase falhara. Ela não podia se chamar de inválida em comparação com o estado em que chegara a Bath. Suas condições eram, de fato, lamentáveis, pois pegara uma gripe na viagem, e mal havia tomado posse de seus aposentos antes de ficar novamente confinada à cama e sofrer com dores severas e constantes – tudo isso entre estranhos, com a necessidade absoluta de ter uma enfermeira regular, e as finanças, naquele momento, particularmente impróprias para arcar com qualquer despesa extraordinária. Ela conseguiu superar e podia dizer que aquilo a impulsionou. Ficou mais confortável por perceber que estava em boas mãos. Já havia vivido muita coisa para criar uma ligação repentina ou desinteressada com um lugar até então desconhecido, mas a enfermidade tinha provado que sua senhoria tinha um caráter a ser valorizado e que ela não a negligenciaria. Tivera outro golpe de sorte com a enfermeira, que era a irmã da senhoria, uma profissional, a qual morava na pensão quando estava desempregada, e que bem àquela época crítica estava com tempo livre para cuidar de Mrs. Smith.

– Além de cuidar de mim muito admiravelmente – disse Mrs. Smith –, ela provou ser uma amiga inestimável. Assim que pude usar minhas mãos, ela me ensinou a tricotar, o que tem sido uma divertida ocupação, e me orientou sobre a confecção desses pequenos estojos, almofadas e carteiras. A senhorita sempre me encontrará ocupada com isso, e é um meio de fazer um pouco de bem a uma ou duas famílias muito pobres da região. Ela também conhece uma grande quantidade de pessoas por conta da profissão e costumava levar mercadoria minha para ser vendida àqueles que poderiam pagar. Ela sempre espera o tempo certo para oferecer. O coração das pessoas se abre quando elas escapam de dores fortes ou recuperam a bênção da saúde, e a enfermeira Rooke entende bem quando falar. Ela é uma mulher astuta, inteligente e sensata. Tem o dom de entender a natureza humana e profundo bom senso, e tais características a tornam uma companhia infinitamente superior a milhares de indivíduos que, mesmo tendo recebido "a melhor educação do mundo", não sabem nada que valha a pena. Chame de fofoca, se quiser, mas quando a enfermeira Rooke tem meia hora de lazer para me conceder, é certo que terá algo divertido e valoroso a relatar, algo que nos faz conhecer melhor nossa própria espécie. Todos gostam de ouvir o que está se passando, de estar a par dos mais novos modos de ser trivial e tolo. Para mim, que vivo tão só, a troca com ela, garanto-lhe, é um deleite.

Anne, longe de desejar negar o prazer, respondeu:

– Posso acreditar facilmente nisso. As mulheres dessa profissão têm grandes oportunidades e, se forem inteligentes, talvez valha a pena ouvi-las. Ah, quantas variedades da natureza humana elas testemunham cotidianamente! E não são versadas apenas sobre as tolices, pois também testemunham todas as outras circunstâncias passíveis de serem interessantes. Imagino as instâncias de afeto ardente, abnegado, de heroísmo, de força, de paciência, de resignação, enfim, de todos os conflitos e de todos os sacrifícios que mais nos enobrecem. O leito de um doente pode gerar conteúdo para muitos livros.

– Sim – disse Mrs. Smith, um pouco incerta –, às vezes pode, embora as lições oferecidas não tenham o estilo elevado que a senhorita descreve, temo eu. Vez ou outra, a natureza humana é grandiosa em tempos de provação. No entanto, de modo geral, é a fraqueza e não a força que domina o leito de um doente. É o egoísmo e a impaciência, mais do que a generosidade e a coragem, que mais se manifestam. Há tão pouca amizade verdadeira no mundo! E, infelizmente, muitos se esquecem de levar as coisas a sério antes que seja quase tarde demais.

Anne viu a dor de tais sentimentos. O marido não fora para Mrs. Smith o que deveria ter sido, e suas ações levaram aquela mulher a pensar de modo pior sobre a conduta geral dos indivíduos do que ela própria esperava que fosse merecido. Mas foi apenas uma emoção passageira, e ela logo se desvencilhou de tais pensamentos, acrescentando, em um tom diferente:

— Suponho que a situação de minha cara amiga Mrs. Rooke no momento não possa incitar muito interesse ou me edificar adequadamente. Ela está cuidando de Mrs. Wallis em Marlborough Buildings. Trata-se de uma mulher bonita, tola e extravagante, acredito. Assim, é claro, Mrs. Rooke não terá nada a relatar, a não ser detalhes sobre rendas e acessórios. No entanto, pretendo lucrar com Mrs. Wallis. A dama tem muito dinheiro, e pretendo vender-lhe todas as peças de alto preço que tenho em mãos agora.

Anne visitou várias vezes a amiga antes que a existência de tal pessoa fosse conhecida em Camden Place. Eventualmente, tornou-se necessário falar sobre ela. Sir Walter, Elizabeth e Mrs. Clay voltaram uma manhã de Laura Place com um súbito convite de Lady Dalrymple para aquela mesma noite, mas Anne havia combinado uma visita a Westgate. Ela não lamentou ter de dar uma desculpa. Eles só foram convidados, estava certa, porque Lady Dalrymple, confinada em casa por causa de uma gripe terrível, estava feliz por encontrar utilidade na relação que tinha sido tão imposta a ela. Anne recusou a proposta com grande entusiasmo, alegando que "havia se comprometido a passar a noite com uma velha colega de escola". Os demais não estavam muito interessados em nada relativo a Anne, mas, ainda assim, fizeram perguntas para tentar entender quem seria essa velha colega. Elizabeth reagiu com desdém, e Sir Walter, com severidade.

— Em Westgate Buildings! — exclamou ele. — E quem Miss Anne Elliot visitará em Westgate Buildings? Uma tal Mrs. Smith. Uma viúva chamada Mrs. Smith. E quem era o marido dela? Um dos cinco mil Mr. Smith a serem encontrados em qualquer canto. E qual é a motivação desta visita? O fato de que Mrs. Smith está velha e doente. Juro por Deus, Miss Anne Elliot, você tem um gosto extraordinário! Tudo o que revolta as outras pessoas, companhias pobres, casebres miseráveis, ambientes sujos, associações repugnantes a atraem.

Contudo, é certo que você pode deixar esta velha senhora para amanhã: ela não está tão perto assim de morrer, presumo, a ponto de não poder aguardar mais um dia. Qual é a idade dela? Quarenta?

– Não, senhor, ela ainda não fez 31. Entretanto, não posso adiar meu compromisso, pois hoje à noite é uma ocasião conveniente a nós duas, e tal oportunidade demorará um tempo para acontecer novamente. Ela vai para as termas amanhã, e, durante o resto da semana, como sabe, estaremos ocupados.

– E o que Lady Russell acha dessa relação? – perguntou Elizabeth.

– Ela não vê nada de errado nisso – respondeu Anne. – Pelo contrário, ela aprova e, de um modo geral, me ajuda quando decido visitar Mrs. Smith.

– A região de Westgate deve ter ficado bastante surpresa com o aparecimento de uma carruagem estacionada perto de seu pavimento – observou Sir Walter. – A viúva de Sir Henry Russell, de fato, não tem honrarias para distinguir seu brasão, mas, ainda assim, é um belo transporte e, sem dúvida, bem conhecido por ocasionalmente transportar uma tal Miss Elliot. Uma viúva, chamada Smith, instalada em Westgate! Uma pobre viúva que mal consegue sobreviver, entre 30 e 40 anos. Uma mera Mrs. Smith, uma ordinária Mrs. Smith, dentre todas as pessoas e todos os nomes do mundo, ser a amiga escolhida por Miss Anne Elliot, e ser preferida por ela às suas próprias relações familiares pertencentes à nobreza da Inglaterra e da Irlanda! Mrs. Smith! Que nome!

Mrs. Clay, que tinha estado presente enquanto tudo isso se passava, naquele momento, achou por bem deixar a sala, e Anne poderia ter dito muito, quis dizer muito em defesa de sua amiga, cujas condições não eram tão diferentes das condições da amiga deles, mas seu senso de respeito pelo pai a impediu. Não deu nenhuma resposta e guardou para si a lembrança de que Mrs. Smith não era a única viúva em Bath entre 30 e 40 anos, com poucos recursos para viver e sem sobrenome nobre.

Anne manteve seu compromisso, os outros mantiveram o deles e, claro, ela ouviu, na manhã seguinte, tudo sobre a noite maravilhosa que passaram. Somente Anne esteve ausente, pois Sir Walter e Elizabeth não só se disponibilizaram a ir, como haviam ficado felizes em convidar outros e se deram ao trabalho de convocar tanto Lady Russell quanto Mr. Elliot. O cavalheiro, por sua vez, fizera questão de deixar a companhia do Coronel Wallis mais cedo, e Lady Russell rearranjara todos os seus compromissos noturnos a fim de comparecer. Anne ouviu de Lady Russell a história de tudo o que uma noite como aquela poderia fornecer. A parte mais interessante foi saber que ela própria fora tópico de conversa entre Lady Russell e Mr. Elliot e que sua ausência fora sentida, lamentada e admirada ao mesmo tempo, haja vista a causa. Suas amáveis e compassivas visitas à velha colega de escola, doente e miserável, encantaram bastante Mr. Elliot. Ele a considerava uma jovem extraordinária: seu temperamento, seus modos e sua mente; um modelo de excelência feminina. O cavalheiro se equiparava à Lady Russell na intensidade com que admirava os méritos de Anne. A jovem, ao ouvir tais relatos e saber que era tão bem-avaliada por um homem sensato, sentiu muitas daquelas sensações agradáveis que Lady Russell intencionalmente pretendeu criar.

Lady Russell, inclusive, estava perfeitamente decidida sobre sua opinião a respeito de Mr. Elliot. Estava tão convencida de que ele queria conquistar Anne quanto de que ele a merecia, e começava a calcular o número de semanas que o libertaria de todas as restrições remanescentes da viuvez e o deixaria em liberdade para exercer tentativas mais abertas de conquista. Lady Russell não revelava a Anne metade da certeza que sentia sobre o assunto. Ela não se aventurava a dar mais do que algumas pistas sobre o futuro, sobre uma possível afeição da parte dele e sobre a conveniência daquela aliança, embora supusesse que tal afeição fosse real e correspondida. Anne a ouvia e não fazia exclamações vigorosas; apenas sorria, corava e balançava a cabeça gentilmente.

— Não sou nenhuma casamenteira, como bem sabe — observou Lady Russell —, ciente da incerteza de todos os eventos e planos humanos. Só quero dizer que, se Mr. Elliot eventualmente demonstrasse interesse, e você estivesse disposta a aceitá-lo, penso que haveria grandes possibilidades de serem felizes juntos. Seria uma união muito adequada na visão de todos, mas, além disso, creio que seriam muito felizes.

— Mr. Elliot é um homem extremamente agradável e, em muitos aspectos, tenho ótimas opiniões sobre ele — declarou Anne. — Entretanto, nós não combinamos.

Lady Russell ignorou esta última frase, e replicou:

— Considerar que você pode se tornar a futura senhora de Kellynch, a futura Lady Elliot, olhar para o futuro e vê-la ocupar o lugar de sua querida mãe, herdando todos os seus direitos e toda a sua popularidade, bem como todas as suas virtudes, é um quadro que traria a maior gratificação possível para mim. Você é igual a sua mãe em aparência e disposição. Pensar em você ocupando a posição dela em termos de situação, nome e propriedade, comandando e abençoando o mesmo lugar, superando-a somente na valorização que possivelmente receberia, minha querida Anne... tal cenário me daria mais prazer do que jamais senti na vida!

Anne precisou levantar, se afastar e ir até uma mesa distante, fingindo ocupar-se de algo, para tentar subjugar os sentimentos despertados por aquela imagem. Por alguns momentos, sua imaginação e seu coração ficaram encantados. A ideia de se tornar o que sua mãe tinha sido, de ter o precioso nome de "Lady Elliot" reavivado em si mesma e de retornar a Kellynch e tomar a propriedade como seu lar permanente era um encanto ao qual ela não pôde deixar de sucumbir. Lady Russell não disse nem mais uma palavra, disposta a deixar o assunto à sua própria sorte, e desejou que o próprio Mr. Elliot pudesse, naquele momento, falar por si mesmo! Ela acreditava no que Anne não acreditava.

A imagem de Mr. Elliot de fato falando por si mesmo levou Anne a se recompor novamente. O encanto de Kellynch e de ser "Lady Elliot" desvaneceu-se. Ela não poderia aceitá-lo. E não era apenas porque seus sentimentos ainda eram adversos para qualquer homem, exceto um; seu julgamento, numa séria consideração das possibilidades de tal caso, era contrário ao de Mr. Elliot.

Embora houvesse um mês que os dois se conheciam, ela não estava convencida de que realmente tinha acesso ao caráter dele. Que ele era um homem sensato, agradável, articulado, detentor de boas opiniões, bons julgamentos e bons princípios estava suficientemente claro. Ele sabia o que era certo, e ela não podia apontar qualquer transgressão da parte dele. Ainda assim, ela temeria precisar responder por sua conduta. Ela desconfiava do passado dele, e, talvez, do presente também. Os nomes de antigas associações ocasionalmente mencionados e as alusões a práticas anteriores sugeriam suspeitas não favoráveis. Anne percebeu que havia alguns vestígios de maus hábitos: viajar no domingo havia sido uma coisa comum e, durante um período da vida do rapaz (provavelmente, um período não tão curto), ele havia sido, no mínimo, imprudente em todos os assuntos sérios. Embora ele pudesse ter aprendido a pensar de modo diferente, quem poderia responder pelos verdadeiros sentimentos de um homem esperto e cauteloso, que amadureceu o suficiente para apreciar um caráter justo? Como alguém poderia garantir que a mente dele havia verdadeiramente mudado?

Mr. Elliot era racional, discreto, polido, mas não completamente sincero. Anne nunca testemunhou qualquer explosão de sentimento, qualquer calor de indignação ou deleite da parte dele diante do mal ou do bem provocado por outros. Isso decididamente era, na opinião dela, uma imperfeição. Suas primeiras impressões eram incuráveis. Ela valorizava o caráter franco, aberto e espontâneo acima de todos os outros. O calor e o entusiasmo cativavam-na mais do que qualquer coisa. Ela sentia que era muito mais fácil confiar na sinceridade daqueles que às vezes manifestavam ou diziam coisas descuidadas ou precipitadas, do que naqueles cuja postura nunca variava, cuja conduta nunca sofria pequenos deslizes.

Mr. Elliot era, de um modo geral, demasiadamente agradável. Ainda que o temperamento daqueles que habitavam a casa de seu pai fossem radicalmente diferentes, o cavalheiro agradava a todos. Ele causara uma impressão boa demais em todos. Ele falara com ela com algum grau de franqueza a respeito de Mrs. Clay, parecia perceber os perigos que a senhora oferecia e comentou desdenhosamente sobre a situação, e, ainda assim, Mrs. Clay o achava tão agradável quanto os demais.

Lady Russell parecia não ter a mesma visão que sua jovem amiga, pois não constatava nada capaz de despertar sua desconfiança. Ela não imaginava um homem que pudesse ser melhor do que Mr. Elliot e nunca desfrutou de um sentimento mais doce do que a esperança de vê-lo receber a mão de sua amada Anne na igreja de Kellynch, no decorrer do outono seguinte.

Capítulo XVIII

Era o início de fevereiro. Anne, tendo estado um mês em Bath, estava muito ansiosa por notícias de Uppercross e Lyme. Ela queria saber mais do que Mary havia comunicado. Fazia três semanas que não sabia de coisa alguma, apenas que Henrietta estava novamente em casa, e que Louisa, embora em rápida recuperação, ainda estava em Lyme. Anne estava pensando em todos eles certa noite, quando uma carta mais volumosa que o habitual, vinda de Mary, lhe foi entregue – para aumentar o prazer e a surpresa, a carta veio com os cumprimentos do Almirante e de Mrs. Croft.

Os Croft deviam estar em Bath! Uma circunstância que a interessava. Eram pessoas para quem o seu coração se voltava de forma muito natural.

– O que é isto? – quis saber Sir Walter. – Os Croft estão em Bath? Os Croft que alugaram Kellynch? O que lhes trouxeram?

– Uma carta de Uppercross, senhor.

– Essas cartas são passaportes convenientes. Elas garantem uma apresentação. No entanto, eu deveria ter visitado o Almirante Croft de qualquer forma. Sei o que é devido ao meu inquilino.

Anne não estava ouvindo mais, nem mesmo pensou que o Almirante tivera sorte em escapar daquela visita até então. A carta a absorveu. O começo da missiva trazia uma data bem anterior à entrega.

1 de fevereiro

Minha querida Anne,

Não peço desculpa pelo meu silêncio, porque sei como as pessoas pouco valorizam cartas em um lugar como Bath. Você deve estar feliz demais para perder tempo se preocupando com Uppercross, que, como bem sabe, pouco tem a oferecer em termos de material para escrita. Tivemos um Natal muito monótono. Mr. e Mrs. Musgrove não ofereceram sequer um jantar ao longo do período das festividades. Sou indiferente aos Hayter. As festas, por fim, acabaram. Acredito que nunca nenhuma criança tenha tido um feriado tão longo. Tenho certeza de que não tive. A casa esvaziou ontem, exceto pelos pequenos Harville; você ficará surpresa em saber que eles não foram para casa. Mrs. Harville deve ser uma mãe estranha para se separar deles por tanto tempo. Não entendo isso. Na minha opinião, eles não são nada bons filhos, mas Mrs. Musgrove parece gostar tanto deles, talvez, mais do que dos netos. Que tempo horrível temos tido! Não devem perceber em Bath, com seus belos pavimentos, mas, no campo, é de alguma relevância que o tempo melhore. Desde a segunda semana de janeiro, não recebi nenhuma visita de criatura alguma, exceto por Charles Hayter, que veio aqui muito mais vezes do que era bem-vindo. Cá entre nós, acho uma grande pena Henrietta não ter ficado em Lyme tanto tempo quanto Louisa; isso a teria mantido um pouco fora do caminho dele. A carruagem partiu hoje para trazer Louisa e os Harville amanhã. Mas só fomos convidados para jantar com eles no dia seguinte, pois Mrs. Musgrove tem medo de Louisa se cansar com a viagem. Porém, tal hipótese não é muito provável, considerando os cuidados que serão tomados com ela. Seria muito mais conveniente para mim jantar lá amanhã. Fico contente por achar Mr. Elliot tão agradável, e gostaria de poder conhecê-lo também. No entanto, minha sorte permanece a mesma: estou sempre fora do caminho quando algo interessante está acontecendo. Sou sempre a última da família a ser notada. Nossa, que longa temporada Mrs. Clay está passando com Elizabeth! Será que ela não pretende ir embora nunca mais? Mas, talvez, mesmo se ela deixasse o quarto vago, não fôssemos convidados. Diga-me o que acha disso. Não espero que meus filhos sejam convidados, você sabe. Posso muito bem deixá-los na Casa Principal por um mês ou seis semanas. Ouvi dizer que os Croft vão a Bath muito em breve. Eles pensam que o Almirante está sofrendo de gota, Charles ouviu ao acaso. Não tiveram a civilidade de me avisar da viagem, nem de se oferecer para levar ou trazer qualquer coisa. Não creio que melhorem em nada a vizinhança. Não sabemos nada a respeito deles, e este é realmente um exemplo de desatenção grosseira.

Charles se junta a mim para enviar nossa afeição e desejar tudo de melhor.

Cordialmente,

Mary M.

Lamento dizer que estou muito longe de me sentir bem, e Jemima acaba de me dizer que o açougueiro comentou sobre um surto de dor de garganta. Atrevo-me a dizer que serei contaminada, e você sabe, Anne, que quando minha garganta inflama é sempre pior do que acontece com qualquer pessoa.

Assim terminou a primeira parte, que tinha sido colocada num envelope com outros trechos de carta.

Mantive minha carta aberta para que pudesse enviar-lhe a notícia de como Louisa suportou a viagem, e agora estou extremamente feliz por ter feito isso, pois tenho muito a acrescentar. Em primeiro lugar, ontem recebi um bilhete de Mrs. Croft, oferecendo-se para lhe transmitir qualquer coisa na ocasião da viagem a Bath. Foi um bilhete muito amável e gentil, endereçado a mim, tal como deve ser. Portanto, minha carta poderá ter o tamanho que eu quiser. O Almirante não parece muito doente, mas espero sinceramente que encontre em Bath todo o bem de que precisa. Ficarei verdadeiramente feliz em tê-los de volta. Nossa vizinhança não pode perder uma família tão agradável. Agora, voltando à questão de Louisa… Tenho algo a comunicar que a surpreenderá, e não será pouco. Ela e os Harville vieram na terça-feira com muita segurança, e à noite fomos até lá para saber como tudo havia transcorrido. Ficamos bastante surpresos por não encontrar o Capitão Benwick, pois ele havia sido convidado, assim como os Harville. E qual a razão disso? Simplesmente o seu amor por Louisa. Ele esperou para vir a Uppercross depois de obter uma resposta de Mr. Musgrove, pois tudo foi resolvido entre o sujeito e Louisa em Lyme, e ele escreveu ao pai dela aos cuidados do Capitão Harville. É verdade, palavra de honra! Não está surpresa? Eu ficaria surpreendida até mesmo se você alguma vez tivesse percebido uma pista sequer, pois eu mesma nunca imaginei isso. Mrs. Musgrove protesta solenemente por não ter sabido nada sobre o assunto. Mesmo assim, estamos todos muito contentes, pois, embora não seja a mesma coisa que o possível casamento dela com o Capitão Wentworth, é infinitamente melhor do que Charles Hayter. Mr. Musgrove deu seu consentimento, e o Capitão Benwick é esperado hoje. Mrs. Harville diz que seu marido ainda sofre muito por conta da pobre irmã, no entanto, Louisa é muito estimada por ambos. Na verdade, Mrs. Harville e eu concordamos que a amamos muito mais por termos cuidado dela. Charles se pergunta o que o Capitão Wentworth vai dizer, mas, se você se lembra, nunca achei que ele estivesse apaixonado por Louisa; nunca enxerguei nada disso. E este é o fim da teoria de que o Capitão Benwick era um admirador seu. Como Charles pôde acreditar em tal coisa sempre foi incompreensível para mim. Espero que ele seja mais agradável agora. Certamente não é um grande partido para Louisa Musgrove, mas um milhão de vezes melhor do que se casar com um dos Hayter.

O temor de Mary de que a irmã não se surpreendesse com as notícias era infundado. Anne nunca tinha ficado tão espantada em toda a sua vida. O Capitão Benwick e Louisa Musgrove! Era quase maravilhoso demais para acreditar, e ela precisou fazer o maior esforço para permanecer na sala, preservar um ar de calma e responder às perguntas comuns daquele momento. Felizmente, não foram muitas. Sir Walter queria saber se os Croft viajavam com quatro cavalos e se era provável que eles estivessem situados em uma região de Bath adequada para receber uma visita dele e de Miss Elliot, mas teve pouca curiosidade pela carta além disso.

— Como está Mary? — quis saber Elizabeth e, sem esperar por uma resposta, emendou: — Enfim, o que traz os Croft a Bath?

— Eles vieram por conta do Almirante. Acham que ele está com gota.

— Gota e decrepitude! — disse Sir Walter. — Pobre velho cavalheiro.

— Eles têm algum conhecido aqui? — perguntou Elizabeth.

— Não sei. Porém, dificilmente posso supor que, a essa altura da vida do Almirante Croft e devido à sua profissão, ele não tenha muitos conhecidos em um lugar como este.

— Suspeito — disse Sir Walter friamente — que o Almirante Croft é mais conhecido em Bath como o inquilino de Kellynch Hall. Elizabeth, devemos nos aventurar a apresentá-lo com sua esposa em Laura Place?

— Oh, não! Creio que não. A posição de primos que temos com Lady Dalrymple requer muito cuidado. Não podemos constrangê-la com relações que ela pode não aprovar. Se não fôssemos parentes, isso não teria importância; mas, como primos, ela terá escrúpulos em relação a qualquer proposta nossa. É melhor deixarmos os Croft se relacionarem com pessoas do próprio nível deles. Há vários homens de aparência estranha andando por aqui, os quais, segundo me dizem, são marinheiros. Os Croft vão associar-se a eles.

Esse foi o nível de interesse de Sir Walter e Elizabeth pela carta. Depois que Mrs. Clay prestou respeitos de modo mais decente, com perguntas sobre Mrs. Charles Musgrove e seus lindos filhos, Anne ficou livre.

Em seu quarto, Anne tentou compreender aquilo tudo. Charles devia mesmo se perguntar como se sentiria o Capitão Wentworth! Talvez ele tivesse ido embora do campo, talvez tivesse desistido de Louisa, talvez tivesse desistido do amor, talvez tivesse percebido que não a amava. Anne não suportava a ideia de traição ou leviandade, ou qualquer coisa parecida com má-fé entre ele e seu amigo. Ela não suportaria saber que uma amizade como a deles fosse cortada de forma injusta.

O Capitão Benwick e Louisa Musgrove! A espirituosa e alegre Louisa Musgrove, e o desalentado, contemplativo, sensível e estudioso Capitão Benwick. Pareciam representar exatamente tudo o que não combinava com o outro. O modo de pensar deles era muito diferente! Onde estaria a atração?

A resposta logo se apresentou. Estava nas circunstâncias. Tinham ficado juntos por várias semanas. Viveram no mesmo pequeno círculo familiar. Depois que Henrietta partiu de Lyme, os dois deviam depender quase inteiramente um do outro: Louisa, recuperando-se de enfermidade, podia ser uma companhia interessante, e o Capitão Benwick não era inconsolável. Anne tinha tido alguma centelha de suspeita antes e, em vez de tirar a mesma conclusão que Mary a partir do curso dos acontecimentos, apenas confirmou a ideia de que ele havia sentido algum despertar de ternura em relação a ela mesma. A jovem Elliot não quis, porém, tirar proveito disso para gratificar sua vaidade perante Mary. Ela estava convencida de que qualquer moça assaz agradável que o ouvisse e parecesse se interessar por ele teria recebido a mesma atenção. Benwick tinha um coração afetuoso e precisava amar alguém.

Ela não viu nenhuma razão contra a felicidade deles. Louisa tinha boa inclinação por marinheiros, e eles logo se tornariam mais parecidos. O Capitão ficaria mais alegre, e ela aprenderia a ser uma entusiasta de Scott e Lord Byron; não, isso provavelmente já tinha sido discutido – é claro que eles tinham se apaixonado enquanto falavam de poesia. A ideia de Louisa Musgrove virar uma pessoa com gosto literário e reflexão sentimental era divertida, mas não havia dúvida de que era o caso. O dia em Lyme e a queda do Cobb provavelmente influenciariam sua saúde, seus nervos, sua coragem, seu caráter até o fim de sua vida, tão profundamente quanto pareciam ter influenciado seu destino.

A conclusão geral era de que, se a mulher que tinha sido sensível aos méritos do Capitão Wentworth pudesse ser autorizada a preferir outro homem, não havia nada no noivado que incitasse um choque duradouro; e se o Capitão Wentworth não perdeu nenhum amigo por isso, certamente nada havia a ser lamentado. Não, não era arrependimento o que fez o coração de Anne bater mais rápido do que ela gostaria e enrubesceu suas bochechas enquanto pensava no Capitão Wentworth livre e desimpedido. Ela tinha sentimentos que dos quais se envergonhava. Pareciam preocupantemente com alegria, uma alegria sem sentido!

Ela ansiava por ver os Croft, mas quando o encontro aconteceu, era evidente que ainda não havia chegado a eles nenhum boato sobre as notícias. A visita de cerimônia foi feita e retribuída. Louisa Musgrove foi mencionada e o Capitão Benwick também, sem sequer um esboço de meio-sorriso.

Os Croft tinham se instalado na Gay Street, ao perfeito agrado de Sir Walter. Ele não tinha vergonha daquela conexão e, na verdade, pensava e falava muito mais sobre o Almirante, do que o Almirante alguma vez pensou ou falou sobre ele.

Os Croft conheciam tantas pessoas em Bath quanto desejavam e consideravam suas relações com os Elliot uma mera questão de educação. Não viam, de forma alguma, como os Elliot poderiam lhes proporcionar qualquer prazer. O casal se habituou a estar quase sempre junto. O Almirante tinha a recomendação médica de caminhar para evitar os efeitos da gota, e Mrs. Croft parecia compartilhar tudo com ele – caminhava o quanto fosse preciso para lhe fazer bem.

Anne os via por toda parte. Lady Russell passeava com ela em sua carruagem quase todas as manhãs, e Anne nunca deixava de pensar neles, e nunca deixava de vê-los. Conhecendo os sentimentos de ambos, eles representavam uma imagem muito satisfatória de felicidade para ela. Anne os observava sempre que podia, encantada, tentando imaginar sobre qual assunto poderiam estar falando, enquanto caminhavam em feliz independência. Ficava igualmente tocada ao ver o caloroso aperto de mão que o Almirante distribuía quando encontrava um velho amigo, e observava o ânimo com que conversava quando ocasionalmente cruzava com amigos da Marinha, ao mesmo tempo em que Mrs. Croft parecia tão inteligente e perspicaz quanto qualquer um dos oficiais ao seu redor.

Anne estava muito envolvida com Lady Russell à época para andar sozinha com frequência, porém, certa manhã, cerca de uma semana ou dez dias após a chegada dos Croft, ela preferiu deixar a amiga e a carruagem na parte baixa da cidade e voltar sozinha para Camden Place. Ao subir a Milsom Street, teve a sorte de se encontrar com o Almirante. Ele estava sozinho, próximo à vitrine de uma gráfica, com as mãos atrás de si, contemplando com seriedade alguma gravura. Ela não só poderia ter passado por ele sem ser vista, como também foi obrigada a tocá-lo e a dirigir-se a ele para conseguir sua atenção. Quando ele a notou e a reconheceu, o fez com toda a sua franqueza e bom humor de sempre.

– Oh, senhorita! Obrigado, obrigado. Isto sim é tratar-me como um amigo. Aqui estou eu, como a senhorita pode perceber, observando esta gravura. Não consigo passar por esta loja sem parar um pouco. Mas que coisa! Veja este barco! Olhe para ele. Alguma vez viu algo assim? O pintor deve ser um tolo para pensar que alguém se aventuraria a navegar numa concha velha e sem forma como essa. E, mesmo assim, aqui estão dois cavalheiros a bordo, à vontade, olhando ao seu redor para as rochas e montanhas, como se não pudessem ser perturbados no momento seguinte, o que certamente seria o caso. Onde será que foi construído esse barco? – O Almirante riu com leveza. – Não me aventuraria a boiar em um laguinho raso dentro dele. Bem... – Ele se virou para Anne: – Para onde está indo? Precisa que eu vá a algum lugar para a senhorita, ou lhe ajude a chegar lá? Posso ser de alguma utilidade?

– Nenhuma das duas coisas. Agradeço-lhe pela gentileza e me despeço, a menos que queira me dar o prazer da sua companhia no curto caminho que temos em comum. Estou indo para casa.

– Então o farei, com todo o coração, e até mais adiante também. Sim, sim, teremos um agradável passeio juntos, e tenho algo para lhe contar à medida que avançamos. Aqui, pegue meu braço. Isso mesmo, não me sinto confortável se não tiver uma mulher em minha companhia. Senhor! Que barco é este! – Ele deu uma última olhada na imagem, enquanto começavam a se movimentar.

– Disse que tinha algo para me contar, senhor?

– Sim, tenho. Mas aí vem um amigo, o Capitão Brigden. Direi apenas "Como vai?" enquanto passamos. Não vou parar. Brigden está encarando para ver quem é a dama comigo, que não é minha esposa. Ela, pobre alma, está cansada das pernas. Uma bolha brotou num dos calcanhares, tão grande como uma moeda de três xelins. Se olhar para o outro lado da rua, verá o Almirante Brand e o irmão dele descendo. Companheiros maltrapilhos, os dois! Ainda bem que não estão deste lado do caminho. Sophy não os suporta. Uma vez, pregaram-me uma terrível peça: levaram alguns dos meus melhores homens. Conto-lhe a história toda em outro momento. Lá vem o velho Sir Archibald Drew e seu neto. Olhe, ele nos vê. Está gesticulando o modo como beijaria sua mão; pensa que a senhorita é minha esposa. Ah! A paz chegou cedo demais para ele. Pobre velho Sir Archibald! O que acha de Bath, Miss Elliot? Gostamos daqui. Estamos sempre nos encontrando com um velho amigo ou outro, as ruas estão cheias deles todas as manhãs. Sempre há muita conversa. Depois fugimos de todos, nos trancamos em casa, sentamos em nossas poltronas e ficamos bem aconchegados, como se estivéssemos em Kellynch, ou, ainda, como costumávamos ficar em North Yarmouth e Deal. Nossos aposentos aqui nos agradam muito, confesso, por nos lembrar da primeira casa que tivemos em North Yarmouth. O vento soprava e batia a porta dos armários da mesma maneira que aqui.

Quando estavam um pouco mais afastados, Anne aventurou-se a pressioná-lo novamente a contar o que ele dissera que contaria. Ela esperava, quando estivessem livres da Milsom Street, ter sua curiosidade satisfeita, mas foi obrigada a esperar, pois o Almirante tinha decidido não começar até que tivessem ganhado maior distância e chegado ao sossego de Belmont. Como ela realmente não era Mrs. Croft, deveria deixá-lo a seu próprio tempo. Assim que começaram a subir Belmont, ele falou:

– Bem, agora a senhorita vai ouvir algo que a surpreenderá. Mas antes de qualquer coisa, precisa me dizer o nome da jovem de quem vou falar. Aquela moça, a senhorita sabe, com quem todos nós ficamos tão preocupados. A menina Musgrove, a quem tudo isso tem acontecido. O nome de batismo dela. Sempre esqueço o nome de batismo dela.

Anne teve vergonha de compreender tão rapidamente de quem ele estava falando, mas, depois da explicação, sugeriu com segurança o nome de Louisa.

– Sim, sim, Miss Louisa Musgrove, é esse o nome. Quem me dera que as jovens não tivessem tão belos nomes de batismo e tão diferentes. Eu nunca me esqueceria se fossem todas Sophys, ou algo desse tipo. Bem, todos pensávamos que esta Miss Louisa iria se casar com o Frederick. Ele a cortejou semana após semana. A única pergunta era quando isso aconteceria, até o incidente em Lyme. Então, de fato, estava claro que eles precisariam esperar até a cabeça dela se restabelecer. Ainda assim, havia algo de estranho na maneira como ele procedeu. Em vez de ficar em Lyme, foi para Plymouth e depois foi ver Edward. Quando voltamos de Minehead, ele já havia partido para a casa de Edward, e lá permaneceu desde então. Não vimos nem ouvimos nada a respeito dele desde novembro. Mesmo Sophy não conseguiu entender. E agora, o assunto tomou o rumo mais estranho de todos. Esta jovem, a mesma Miss Musgrove, em vez de se casar com Frederick, irá casar-se com James Benwick. A senhorita conhece James Benwick?

— Um pouco. Conheço um pouco o Capitão Benwick.

— Bem, ela vai se casar com ele. Não, muito provavelmente já estão casados, pois não sei o que poderiam estar esperando.

— Achei o Capitão Benwick um jovem muito agradável — disse Anne — e me parece que ele tem um excelente caráter.

— Oh, sim, sim. Não há nada a ser dito contra James Benwick. Ele é apenas um comandante promovido no verão passado, é verdade, e estes são tempos ruins para seguir carreira, mas ele não tem outra falha que seja do meu conhecimento. Um companheiro excelente e de bom coração, asseguro; um oficial muito ativo e zeloso também, o que pode não parecer à primeira vista, talvez, porque os modos suaves do cavalheiro não lhe fazem essa justiça.

— De fato, o senhor está enganado. Eu nunca atribuiria falta de firmeza às maneiras do Capitão Benwick. São particularmente agradáveis, e asseguro-lhe que agradariam a qualquer um.

— Bem, as damas são os melhores juízes. James Benwick é muito parado para mim, e embora seja muito provável que estejamos sendo parciais, Sophy e eu não podemos deixar de pensar que os modos de Frederick são melhores do que os dele. Há algo a mais em Frederick que agrada ao nosso gosto.

Anne foi pega de surpresa. Ela pretendia apenas opor-se à ideia demasiado comum de que firmeza e gentileza eram traços incompatíveis, não argumentar que os modos do Capitão Benwick eram os melhores que poderiam existir. Depois de uma pequena hesitação, ela começou:

— Eu não pretendia fazer uma comparação entre os dois amigos...

Mas o Almirante a interrompeu:

— E o boato é certamente verdadeiro. Não é mera fofoca. Nós soubemos pelo próprio Frederick. A irmã recebeu uma carta dele ontem, na qual ele nos conta toda a situação, pois ele próprio tinha acabado de receber uma carta do Capitão Harville, enviada de Uppercross. Imagino que estejam todos em Uppercross.

Aquela era uma oportunidade à qual Anne não podia resistir:

— Espero, Almirante, que não haja nada na carta do Capitão Wentworth que deixe o senhor e Mrs. Croft particularmente preocupados. De fato, parecia haver, no outono passado, uma afeição entre ele e Louisa Musgrove. No entanto, espero que seja uma compreensão geral que o desgaste entre as partes foi mútuo, sem maiores transtornos. Espero que a carta dele não transpareça os sentimentos de um homem desiludido.

— De modo algum, de modo algum. Não há sinal de nada disso, do princípio ao fim.

Anne olhou para baixo para esconder o sorriso.

— Não, não mesmo. Frederick não é homem de choramingar e reclamar. Ele tem muita personalidade para isso. Se a moça gosta mais de outro homem, é muito apropriado que fique com ele.

— Certamente. Mas o que quero dizer é que espero que não haja nada no modo de escrever do Capitão Wentworth que o faça supor que ele se sente traído pelo amigo. Esse tipo de coisa poderia ser detectado mesmo sem que seja dito em absoluto. Eu lamentaria muito se uma amizade como a dele e a do Capitão Benwick fosse destruída, ou mesmo prejudicada, por uma circunstância deste tipo.

– Sim, sim, eu a entendo. Mas não há nada dessa natureza na carta. Ele não dá o mínimo de atenção a Benwick, mal insinua que a situação é algo minimamente curioso. Não, não é possível, pela sua maneira de escrever, sequer adivinhar que ele já tenha pensado nessa senhorita... Como é mesmo o nome dela? Que ele já tenha pensado nela como um par para si mesmo. Frederick deseja sinceramente que eles sejam felizes juntos, e não há nenhum ressentimento, penso eu.

Anne não comprou a convicção perfeita que o Almirante pretendia transmitir, porém, seria inútil continuar perguntando. Ela se contentou em fazer observações comuns e prestar atenção com um semblante tranquilo, e o Almirante conduziu a conversa à sua maneira.

– Pobre Frederick! – disse ele, por fim. – Agora ele precisará começar tudo de novo com outra pessoa. Acho que temos de trazê-lo para Bath. Sophy escreverá para ele em breve e lhe implorará que venha a Bath. Aqui temos moças bonitas o suficiente, tenho certeza. Não seria útil ir a Uppercross de novo, pois a outra Miss Musgrove, se não me engano, está prometida ao primo dela, o jovem pastor. Não acha, Miss Elliot, que é melhor tentarmos trazê-lo para Bath?

Capítulo XIX

Enquanto o Almirante Croft fazia essa caminhada com Anne, expressando seu desejo de trazer o Capitão Wentworth a Bath, o próprio Capitão já estava a caminho de lá. Antes de Mrs. Croft terminar de escrever, ele chegou. E quando Anne saiu de casa novamente, ela o viu.

Mr. Elliot acompanhava as duas primas e Mrs. Clay. Eles estavam na Milsom Street. Começou a chover, não muito, mas o suficiente para tornar a busca por abrigo desejável para as mulheres, e o suficiente para tornar muito desejável para Elizabeth ter a vantagem de ser levada para casa na carruagem de Lady Dalrymple, que estava à espera a uma pequena distância. Ela, Anne e Mrs. Clay, portanto, entraram na Molland's, enquanto Mr. Elliot foi até Lady Dalrymple requisitar a ajuda. Ele logo voltou, com boas notícias. Lady Dalrymple, é claro, ficaria muito feliz em levá-los para casa e os chamaria em poucos minutos.

A carruagem de sua senhoria era uma *barouche*[11] de duas rodas e não acomodava mais de quatro pessoas com conforto. Miss Carteret estava com a mãe, consequentemente, não era razoável esperar

---

11 Espécie de carruagem criada na França, no século XVIII, com duas rodas, em geral puxada por quatro cavalos. Tinha uma capota removível na parte posterior. [N. E.]

acomodação para as três damas de Camden Place. Não havia dúvidas quanto a levar Elizabeth. Não importava quem sofreria o inconveniente, desde que não fosse ela. Entre as outras duas, a resolução demorou um pouco mais. A chuva era pouca, e Anne foi muito sincera ao insistir que preferia ir a pé com Mr. Elliot. No entanto, Mrs. Clay concordou que a chuva era pouca; ela dificilmente se molharia, e suas botas eram tão grossas! Muito mais espessas do que as de Miss Anne. A civilidade de uma era tão urgente quanto a da outra, e o assunto foi discutido entre elas com uma generosidade tão educada e tão determinada que os outros se viram obrigados a decidir pelas duas. Miss Elliot argumentou que Mrs. Clay já estava um pouco gripada, e Mr. Elliot selou a discussão, alegando que as botas de sua prima Anne eram mais espessas que as de Mrs. Clay.

Foi resolvido em conformidade que Mrs. Clay deveria fazer parte do grupo que partiria na carruagem. Tinham acabado de chegar a esse consenso quando Anne, sentada perto da janela na confeitaria, viu, inquestionável e distintamente, o Capitão Wentworth andando pela rua.

Seu sobressalto foi perceptível apenas para si mesma, mas ela sentiu instantaneamente que era a maior tola do mundo, a mais irresponsável e absurda! Durante alguns minutos, não enxergou nada diante de si, tudo se tornou confuso. Ficou desorientada e, quando retomou os sentidos, percebeu que os outros ainda esperavam pela carruagem, e Mr. Elliot (sempre solícito) se dirigia à Union Street em uma missão para Mrs. Clay.

Anne sentiu vontade de ir até a porta da confeitaria. Queria ver se chovia, era isso. Por que ela suspeitaria de outro motivo escuso? O Capitão Wentworth devia estar fora de vista. Ela se levantou. Uma metade dela não conseguiria sempre ser mais sábia do que a outra, ou sempre suspeitar que uma fosse tão pior do que outra. Ela veria se estava chovendo. Retrocedeu, porém, devido à entrada do próprio Capitão Wentworth em meio a um grupo de cavalheiros e damas, evidentemente conhecidos dele, e a quem ele devia ter se juntado um pouco mais à frente na Milsom Street. Ele ficou mais obviamente impressionado e confuso com a visão dela do que nunca. Seu rosto corou de forma evidente. Pela primeira vez desde o reencontro deles, ela sentiu que estava demonstrando a menor sensibilidade entre os dois. Teve vantagem sobre ele por estar preparada momentos antes. Todos os efeitos avassaladores e desconcertantes de surpresa haviam se dissipado. Mesmo assim, ela tinha o suficiente para sentir! Agitação, dor, prazer e algo entre o deleite e o martírio.

Ele a cumprimentou e depois se afastou. Seus modos demonstravam constrangimento. Ela não podia dizer que a atitude dele demonstrara frieza ou amabilidade, apenas constrangimento.

Após um curto intervalo, porém, ele foi em sua direção e falou com ela de novo. Indagações mútuas sobre assuntos comuns se passaram – nenhum deles, provavelmente, prestando verdadeira atenção, mas Anne continuou plenamente consciente de que Frederick estava menos à vontade do que antes. Depois de passarem tanto tempo juntos em Uppercross, os dois haviam desenvolvido a habilidade de falar um com o outro com considerável e aparente indiferença e calma. Naquele momento, no entanto, ele não conseguiu. O tempo o tinha mudado, ou Louisa o tinha mudado. Havia algo diferente. Ele parecia muito bem; não parecia ter sofrido nenhum mal de saúde ou de sentimentos, e falava com naturalidade de Uppercross, dos Musgrove – até mesmo de Louisa, com uma expressão divertida –, mas, mesmo assim, o Capitão Wentworth estava desconfortável, pouco à vontade e incapaz de fingir o contrário.

Não foi algo surpreendente para ela, mas Anne ficou triste ao ver que Elizabeth não cumprimentou Frederick. Anne notou que ele viu Elizabeth, que Elizabeth o viu, e que houve reconhecimento mútuo; estava convencida de que ele se sentia pronto para ser reconhecido, inclusive, esperava por isso, mas teve a dor de ver a irmã virar o rosto com uma frieza inabalável.

A carruagem de Lady Dalrymple, pela qual Miss Elliot esperava muito impacientemente, havia chegado, anunciada por um criado. Estava começando a chover novamente, e houve um tumulto e um burburinho no estabelecimento que insinuou que Lady Dalrymple estava chamando Miss Elliot para partirem. Finalmente, Miss Elliot e sua amiga, desacompanhadas, exceto pelo criado (pois o primo não havia retornado), saíram. O Capitão Wentworth observou-as e depois virou-se novamente para Anne. Mais por gestos do que por palavras, ofereceu-lhe seus préstimos.

– Muito agradecida – foi a resposta dela –, mas não vou com elas. A carruagem não acomodaria tantos. Eu vou a pé, prefiro andar.

– Mas está chovendo.

– Ah, muito pouco. Nada que me incomode.

Depois de um momento de pausa, ele disse:

– Apesar de ter chegado ontem, já me preparei adequadamente para Bath. – Ele apontou para um guarda-chuva novo que trazia consigo. – Gostaria que a senhorita fizesse uso dele, se estiver determinada a caminhar, embora eu pense que seria mais prudente deixar-me arranjar-lhe um transporte.

Ela ficou muito agradecida, mas recusou tudo, repetindo sua convicção de que a chuva não iria piorar no momento e acrescentando:

– Estou apenas esperando por Mr. Elliot. Ele estará aqui dentro de alguns minutos, tenho certeza.

Ela mal tinha dito aquelas palavras quando Mr. Elliot entrou. O Capitão Wentworth lembrava-se perfeitamente dele. Não havia diferença entre ele e o homem que tinha estado nos degraus de Lyme, admirando Anne enquanto ela passava, exceto pela sua postura de amigo que detém relação privilegiada. O cavalheiro entrou com senso de urgência, olhos e pensamentos voltados apenas para Anne. Ele pediu desculpas por sua demora, estava triste por tê-la feito esperar e ansioso para levá-la para casa sem mais perda de tempo e antes que a chuva aumentasse. No instante seguinte, os dois saíram juntos, de braços dados, e a dama teve tempo apenas para dizer "Tenha um bom dia", de modo gentil e sentindo-se um tanto constrangida.

Assim que saíram de vista, as senhoras do grupo do Capitão Wentworth começaram a falar sobre a dupla.

— Mr. Elliot gosta da prima, não é mesmo?

— Oh, sim! Isso está suficientemente claro. Pode-se adivinhar o que vai acontecer. Ele está sempre com a família. Passa metade do tempo com eles, acredito. Que homem bonito!

— Sim, Miss Atkinson jantou com ele uma vez nos Wallis e disse que ele é o homem mais agradável que ela já viu.

— Ela é bonita. Anne Elliot. É muito bonita quando se presta atenção nela. Não é uma opinião popular, mas eu a admiro mais do que à irmã, confesso.

— Eu também!

— E eu também. Não há comparação. Mas os homens são loucos por Miss Elliot. Anne é demasiado delicada para o gosto deles.

Anne teria ficado especialmente grata ao primo se ele tivesse caminhado ao seu lado até Camden Place sem dizer uma palavra. Nunca tivera tanta dificuldade em ouvi-lo, embora nada pudesse exceder sua solicitude e seu cuidado e os assuntos dos quais falasse fossem de primordial interesse: elogios calorosos e justos a favor de Lady Russell e insinuações altamente racionais contra Mrs. Clay. Naquele momento, porém, ela só conseguia pensar no Capitão Wentworth. Ela não entendia os sentimentos dele, se estava realmente sofrendo pela decepção ou não e, até esse ponto estar resolvido, não teria tranquilidade.

Ela esperava poder ser sábia e razoável no tempo certo. Mas, céus! Precisava confessar para si mesma que ainda não o era.

Outra circunstância essencial que Anne precisava saber era quanto tempo ele pretendia ficar em Bath. O rapaz não tinha mencionado, ou ela não conseguia se lembrar. Wentworth poderia estar apenas de passagem. Entretanto, era mais provável que tivesse ido até lá para ficar. Nesse caso, sabendo que todos eventualmente se cruzam em Bath, era quase certo que Lady Russell iria vê-lo em algum lugar. Será que se lembraria dele? Como seria tudo isso?

Anne já tinha sido obrigada a contar à Lady Russell que Louisa Musgrove se casaria com o Capitão Benwick. Tinha sido custoso ver a surpresa no semblante de Lady Russell; se por acaso ela cruzasse com o Capitão Wentworth, o seu conhecimento imperfeito do assunto poderia acrescentar outra sombra de preconceito contra ele.

Na manhã seguinte, Anne saiu com sua amiga e, na primeira hora, ficou obcecada, numa incessante e temerosa vigília, que se provou vã. Entretanto, ao voltarem pela Pulteney Street, ela o viu na calçada da direita, a uma altura que o deixava exposto à maior parte da rua. Havia muitos outros homens além dele, muitos grupos caminhando na mesma direção, mas não havia como não o ver. Anne olhou instintivamente para Lady Russell, mas sabia que a senhora não o reconheceria tão depressa como ela mesma. Não, Lady Russell só o perceberia quando estivessem bem próximos. Ainda assim, Anne a observou ansiosamente. Quando se aproximou o momento em que o rapaz ficaria em evidência, Anne desviou o olhar (pois sabia que a ansiedade estampava seu semblante), ainda perfeitamente consciente de que os olhos de Lady Russell estavam voltados na direção exata dele — tinha certeza de que ela o encarava atentamente. Anne compreendia perfeitamente o tipo de fascínio que Wentworth devia estar provocando na mente de Lady Russell, a dificuldade para deixar de olhá-lo e o espanto que ela devia estar sentindo ao perceber que, oito ou nove anos depois, vivendo em climas estrangeiros e em serviço ativo, nem um pingo de seu encanto havia sido roubado!

Finalmente, Lady Russell virou a cabeça. "Agora, o que ela falará dele?", pensou Anne.

— Você deve estar se perguntando — começou a amiga — o que deteve o meu olhar por tanto tempo. Eu estava procurando ver algumas cortinas mencionadas por Lady Alicia e Mrs. Frankland ontem à noite. Elas descreveram as cortinas de uma das casas deste lado do caminho, e desta parte da rua, como as mais bonitas e bem-acabadas de toda Bath, mas não me lembro do número exato da casa. Estou tentando descobrir qual poderia ser, mas confesso que não vejo nenhuma cortina por aqui que corresponda à descrição delas.

Anne suspirou, corou e sorriu, com pena e desdém, pela amiga e por si mesma. A parte mais irritante foi que, por conta de todo aquele momento de expectativa, ela perdeu a chance de reparar se Wentworth as tinha visto.

Passaram-se um dia ou dois sem nenhuma novidade. O teatro ou os salões de festa, onde ele mais provavelmente estaria, não eram dignos o suficiente para os Elliot, cujas diversões noturnas estavam apenas na elegante estupidez das festas privadas, nas quais eles estavam cada vez mais engajados. Anne, cansada de tal estagnação, cansada de não saber nada — e imaginando-se mais forte porque sua força não foi posta à prova —, estava bastante impaciente pela noite do concerto.

Haveria um concerto beneficente em prol de uma pessoa patrocinada por Lady Dalrymple. É claro que eles deveriam comparecer. Era esperado que fosse um bom concerto, e o Capitão Wentworth gostava muito de música. Se Anne pudesse ter apenas alguns minutos de conversa com ele novamente, imaginava que ficaria satisfeita. Acreditava ter toda a coragem necessária para se dirigir a ele, se a oportunidade ocorresse. Elizabeth o havia ignorado, Lady Russell não o reconhecera. Os nervos de Anne estavam fortalecidos por essas circunstâncias, e ela sentia que lhe devia atenção.

Havia vagamente prometido visitar Mrs. Smith e passar a noite com ela, mas, apenas de passagem, desculpou-se e adiou o compromisso, fazendo uma promessa mais firme de uma visita mais longa no dia seguinte. Mrs. Smith consentiu, bem-humorada.

– Sem problema algum – disse ela. – Só me conte tudo sobre o evento quando vier. Quem estará com você?

Anne deu-lhe o nome de todos. Mrs. Smith não respondeu, mas, enquanto Anne se afastava para ir embora, disse, com uma expressão meio séria, meio maliciosa:

– Bem, desejo sinceramente que seu concerto corresponda às suas expectativas. E não deixe de vir amanhã, se puder, pois estou com um pressentimento de que posso não ter mais muitas visitas suas.

Anne ficou assustada e confusa. Depois de um momento de suspense, foi obrigada, e não se lamentou por isso, a se apressar.

Capítulo XX

Sir Walter, as duas filhas e Mrs. .Clay foram os primeiros de seu grupo a chegar ao local naquela noite, e como Lady Dalrymple deveria ser esperada, tomaram um lugar junto a uma das lareiras no Salão Octogonal. Mal haviam se assentado quando a porta se abriu novamente e o Capitão Wentworth entrou sozinho. Anne estava mais próximo dele e, fazendo um pequeno avanço, ela o cumprimentou instantaneamente. Ele estava preparado para fazer uma simples reverência e seguir adiante, mas o gentil "Como tem passado?" de Anne fez com que se virasse para ficar perto dela e respondê-la, apesar da presença de seus formidáveis pai e irmã ao fundo. O fato de estarem atrás foi bom para Anne, pois, assim, ela não conseguia ver os semblantes deles e podia fazer o que acreditava ser correto.

Enquanto Anne e o Capitão conversavam, a jovem percebeu um sussurro entre o pai e Elizabeth. Não conseguiu distinguir as palavras, mas podia adivinhar o assunto. Ao perceber a leve inclinação de cabeça do Capitão Wentworth, ela compreendeu que seu pai concedera um simples gesto de reconhecimento e notou, de relance, um ligeiro cumprimento da própria Elizabeth. Embora o gesto tenha sido tardio, relutante e indelicado, era melhor do que nada, e o humor de Anne melhorou.

Depois de falarem sobre o tempo, sobre Bath e sobre o concerto, a conversa começou a esfriar. Por fim, diante da escassez de assunto, ela esperava que ele se retirasse a qualquer momento, mas ele não foi. Não parecia ter pressa em deixá-la e, com coragem renovada, um sorriso e um brilho sutil no olhar, ele retomou:

– Eu mal a vi desde nosso dia em Lyme. Receio que tenha sofrido com o choque, e mais ainda por não ter se permitido perder o controle.

Ela assegurou-lhe que não.

– Foi um momento terrível, um dia terrível! – Ele passou a mão nos olhos, como se a lembrança ainda fosse muito dolorosa. Um momento depois, meio sorridente, acrescentou: – O dia produziu alguns efeitos, porém, que devem ser considerados o inverso de "terrível". Quando a senhorita sugeriu que Benwick seria a pessoa mais adequada para encontrar um médico, não imaginava que ele seria eventualmente um dos mais preocupados com a recuperação dela.

– Certamente eu jamais poderia ter imaginado isso. Mas parece... espero que seja uma união muito feliz. De ambos os lados há bons princípios e bom temperamento.

– Sim – concordou, com o olhar vago para frente –, mas acredito que as semelhanças acabam aí. Com toda a minha alma, desejo-lhes felicidade e regozijar-me-ei por cada circunstância em favor dela. Eles não têm dificuldades para enfrentar em casa, não têm oposição, nenhum capricho com o qual lidar, nenhum motivo para atrasos. Os Musgrove comportam-se, tal como de costume, com muita honra e gentileza, ansiosos apenas para promover o maior conforto para a filha, um desejo natural para o coração sincero de pais cuidadosos. Tudo isso é muito, muito a favor da felicidade deles, mais do que talvez....

Ele parou. Uma súbita lembrança parecia ter lhe ocorrido e provocado um pouco daquela emoção que estava enrubescendo as bochechas de Anne e fixando seus olhos no chão. Depois de limpar a garganta, ele prosseguiu:

– Penso que há uma disparidade, confesso, uma disparidade demasiadamente grande, em um ponto não menos essencial do que os modos de pensar. Considero Louisa Musgrove uma senhorita muito amável, doce e de boa compreensão, mas Benwick é algo mais. Ele é um homem inteligente, amante da leitura. Devo dizer que considero a afeição dele por ela uma surpresa. Se tivesse sido o efeito da gratidão, se ele tivesse aprendido a amá-la, porque acreditava que ela o preferia, teria sido outra coisa. Mas não tenho motivos para supor que tenha sido assim. Parece ter sido um sentimento perfeitamente espontâneo, sem influência do evento em particular, e isso me surpreende. Um homem como ele, na condição dele! Com o coração apertado, ferido, quase partido! Fanny Harville era uma criatura muito superior, e a afeição pela falecida esposa era de fato afeição. Um homem não se recupera depois de devotar o coração a uma mulher assim. Não deve ter se recuperado, não poderia.

Fosse pela consciência de que seu amigo havia se recuperado, fosse por outra coisa, ele não falou mais nada. Anne, apesar da voz agitada com que o Capitão pronunciou a última parte de seu discurso e de todos os vários ruídos da sala – o quase incessante bater da porta e o burburinho das pessoas passando –, havia distinguido cada palavra. Ficou tocada, feliz e confusa ao mesmo tempo, e começou a respirar muito rápido, sentindo uma centena de coisas em um minuto. Era impossível para ela entrar em tal assunto, mas, mesmo assim, após uma pausa, sentindo a necessidade de falar, e não tendo o menor desejo de uma mudança total de foco, ela só desviou um pouco o tema:

– Permaneceu um bom tempo em Lyme, se não me engano?

– Cerca de 15 dias. Não podia sair de lá até que Louisa estivesse bem. Estava diretamente envolvido naquela imprudência, não poderia ficar em paz. Foi culpa minha, apenas minha. Ela não teria sido tão obstinada se eu não tivesse sido fraco. A região à volta de Lyme é muito bonita. Andei muito e, quanto mais eu via, mais admirava.

– Gostaria muito de voltar a Lyme – comentou Anne.

– Verdade? Eu não adivinharia que a senhorita tenha visto algo em Lyme para inspirar tal sentimento. O horror e a angústia em que esteve envolvida, o desgaste mental e emocional! Achava que sua última impressão de Lyme fora um forte desgosto.

– As últimas horas foram certamente muito dolorosas – respondeu Anne. – Porém, excetuando a dor daquele momento, as lembranças de lá são prazerosas. Não se ama menos um lugar por se ter sofrido nele, a menos que a experiência tenha sido toda de sofrimento, nada mais que sofrimento, o que não foi de modo algum o caso em Lyme. Só ficamos ansiosos e angustiados nas últimas duas horas, antes disso houve muita diversão. Tanta novidade e beleza! Viajei tão pouco na vida que cada lugar novo é interessante para mim; mas, sem dúvida, há verdadeira beleza em Lyme. Em suma – disse, com um tênue rubor inspirado por algumas lembranças –, minhas impressões sobre o lugar são muito agradáveis.

Quando ela terminou sua colocação, a porta de entrada se abriu novamente, e o grupo pelo qual estavam esperando surgiu. "Lady Dalrymple, Lady Dalrymple!" foi a exclamação alegre que ouviu atrás de si. Com todo o anseio compatível com a elegância irrequieta, Sir Walter e as duas damas deram um passo à frente para cumprimentá-la. Lady Dalrymple e Miss Carteret, escoltadas por Mr. Elliot e pelo Coronel Wallis, que por acaso chegaram quase no mesmo instante, avançaram pelo salão. Todos se juntaram, e aquele era um grupo no qual Anne estava também necessariamente incluída. Estaria separada do Capitão Wentworth. A conversa interessante, quase demasiado interessante, teria de ser interrompida por algum tempo, mas aquela era uma penitência leve se comparada com a felicidade que a troca havia provocado! Ela tinha aprendido, nos últimos dez minutos, mais sobre os sentimentos dele por Louisa, ou, ainda, mais sobre todos os sentimentos dele do que se atreveria a pensar. Entregou-se às exigências do grupo, às civilidades necessárias no momento, repleta de sensações extraordinárias, embora agitadas. Demonstrou bom humor a todos. A conversa com Wentworth fez com que se dispusesse a ser cortês com todos e a ter pena de todos, pois eram menos felizes do que ela.

Aquelas maravilhosas emoções esfriaram um pouco quando, ao se afastar do grupo para receber mais uma vez a atenção do Capitão Wentworth, viu que ele tinha desaparecido. Teve apenas um vislumbre dele entrando no Salão de Música. O afastamento fez com que sentisse um momento de tristeza. Mas iriam se encontrar novamente, estava certa disso. Ele iria procurá-la e encontrá-la antes que a noite terminasse e, talvez, naquele momento, fosse mesmo melhor se separarem. Anne sentiu que precisava de um pequeno intervalo para se recompor.

Depois da chegada de Lady Russell, o grupo estava completo, e tudo o que restava fazer era se posicionar, prosseguir para o Salão de Música e demonstrar toda a importância que tinham, atrair tantos olhares, provocar tantos sussurros e perturbar tantas pessoas quanto pudessem.

Muito, muitíssimo felizes estavam tanto Elizabeth quanto Anne Elliot quando entraram. Elizabeth, de braço dado com Miss Carteret e encarando as costas largas da Viscondessa Dalrymple, não tinha nada a desejar que não parecesse estar ao seu alcance; e Anne... seria um insulto à natureza da felicidade de Anne fazer qualquer comparação com sua irmã. A felicidade de Elizabeth era motivada por vaidade egoísta, e a de Anne, por afeição generosa.

Anne não reparou nem se apropriou do brilho do salão. A felicidade dela vinha de dentro. Seus olhos cintilavam e seu rosto resplandecia, ainda que ela não tivesse noção disso. Só conseguia pensar nos acontecimentos da meia hora anterior e, quando tomaram seus assentos para assistir ao concerto, suas reflexões a dominaram. Pela escolha de assuntos de Frederick, suas expressões e, mais ainda, sua postura e seu olhar, ela só conseguia analisá-lo por um ângulo. A opinião dele sobre a inferioridade de Louisa Musgrove, uma opinião que ele parecera solícito em dar, sua admiração pelo Capitão Benwick, seus sentimentos quanto a uma primeira e forte ligação, frases iniciadas que ele não conseguiu terminar, os olhares expressivos e resistentes ao mesmo tempo: tudo demonstrava que o coração dele estava voltado para ela. Não havia mais raiva, ressentimento e evasão, e esses sentimentos foram substituídos não apenas por amizade e consideração, mas por ternura e saudosismo. Saudade do passado. Ela não contemplava a mudança como outra coisa. Ele a amava.

Aqueles pensamentos, acompanhados das visões do momento da conversa, ocupavam a mente de Anne de uma maneira que a impossibilitava de dar atenção ao mundo externo. Ela andou pelo salão sem ver sombra dele, embora não o procurasse conscientemente. Quando todos estavam devidamente acomodados em seus lugares, ela olhou em volta para ver se Wentworth estava na mesma parte do salão, mas não estava. Não o localizou, e, estando o concerto a ponto de começar, contentou-se em ser feliz de um modo mais modesto.

O grupo foi dividido e disposto em dois assentos contíguos: Anne estava na primeira fila, e Mr. Elliot, com a ajuda de seu amigo, Coronel Wallis, sentou-se ao lado dela. Elizabeth, rodeada por seus primos e sendo o objeto principal da galanteria do Coronel Wallis, ficou satisfeita.

A mente de Anne estava favorável ao entretenimento noturno. Era a ocupação ideal: estava com sentimentos aflorados para a ternura, humor para a alegria, disposição para o científico e paciência para o cansativo; nunca tinha apreciado tanto um concerto, pelo menos durante o primeiro ato. Perto do final, no intervalo que sucedeu a uma canção italiana, ela explicou as palavras da canção a Mr. Elliot. Acompanhavam o folheto do concerto.

— Esse — disse ela — é basicamente o sentido da canção, ou melhor, o significado das palavras, pois certamente não se deve falar do sentido de uma canção de amor italiana. Porém, é o mais próximo de um significado que eu posso dar, afinal, não entendo de fato a língua. Meu conhecimento de italiano é muito raso.

— Sim, sim, posso ver. Aliás, vejo que não sabe nada sobre o assunto. O raso conhecimento que a senhorita tem da língua só é suficiente para traduzir estes versos invertidos, transpostos e truncados para um inglês claro, compreensível e elegante. Não precisa dizer mais nada sobre sua ignorância. Eis uma prova incontestável.

— Não me oporei a tal nobre gentileza, mas lamentaria ser examinada por um verdadeiro proficiente.

— Não tive o prazer de visitar Camden Place por tanto tempo — respondeu ele — sem descobrir algo sobre Miss Anne Elliot: considero-a modesta demais para que o mundo em geral esteja ciente de metade de seus talentos, e talentosa demais para que a modéstia seja natural em qualquer outra mulher.

— Oh, por favor! Assim o senhor me deixa constrangida! Sua lisonja é excessiva. Até me fez esquecer do que veremos a seguir — exclamou Anne, voltando-se para o programa.

— Talvez — assentiu Mr. Elliot, falando baixo — eu já conheça o seu caráter há mais tempo do que imagina.

— Não diga! Como? O senhor só poderia tê-lo conhecido depois que cheguei em Bath, a menos que tenha ouvido falar de mim antes, por meio de minha própria família.

— Eu já a conhecia por meio de relatos muito antes de sua vinda para Bath. Tinha ouvido falar da senhorita por pessoas que a conhecem intimamente. Conheço seu caráter há muitos anos, bem como sua personalidade, disposição, seus feitos, suas maneiras. Eu já estava a par de tudo isso.

Mr. Elliot não ficou desapontado com o interesse que esperava suscitar. Ninguém poderia resistir ao encanto de tal mistério. Ter sido descrita a alguém muito tempo antes de conhecê-lo, por pessoas sem nome, era algo deveras intrigante, e Anne estava preenchida por curiosidade. Ela o questionou avidamente, mas em vão. Mr. Elliot se divertiu com aquilo, porém não revelou mais nada.

– Não, não, em outro momento talvez, mas não agora.

Ele não mencionaria nenhum nome, mas assegurou-lhe de que estava dizendo a verdade: tinha recebido, havia muitos anos, uma descrição de Anne Elliot, que o inspirou com as mais altas ideias de seu mérito e que criou nele a mais calorosa curiosidade de conhecê-la.

Anne não conseguia pensar em ninguém que tivesse falado com tanta parcialidade a respeito dela anos antes a não ser Mr. Wentworth de Monkford, irmão do Capitão Wentworth. Ele poderia ter estado na companhia de Mr. Elliot, mas ela não teve coragem de perguntar.

– O nome de Anne Elliot há muito tempo tem um som interessante para mim. Há muito tempo tenho fascínio por esse nome. Se eu pudesse ousar formular um desejo, seria de que o nome nunca mudasse.

Tais foram as palavras dele, ela acreditava, porém mal tinha ouvido o som delas. Sua atenção foi captada por outros sons imediatamente atrás dela que tornaram todo o resto trivial. Seu pai e Lady Dalrymple estavam conversando.

– Um homem de boa aparência – declarou Sir Walter –, um homem de muito boa aparência.

– Um jovem bem-apessoado de fato! – disse Lady Dalrymple. – Tem mais presença do que os frequentadores habituais de Bath. Irlandês, arrisco-me a dizer.

– Só sei o nome dele. Conheço-o de vista. Wentworth, Capitão Wentworth, da Marinha. A irmã dele é casada com meu inquilino em Somersetshire, o Almirante Croft, que aluga a Kellynch.

Antes de Sir Walter concluir sua fala, os olhos de Anne tinham se voltado para a direção certa. O distinto Capitão Wentworth estava entre um grupo de homens a pouca distância. Enquanto os olhos dela recaíam sobre ele, os dele pareciam evitá-la. Seu olhar parecia ter chegado um pouco tarde demais, e, enquanto ela ousou encará-lo, ele não a encarou de volta. O concerto estava para recomeçar, e ela foi forçada a olhar para a frente e fingir que redirecionava sua atenção para a orquestra.

Quando conseguiu dar outra olhada, ele tinha mudado de lugar. Ele não poderia ter chegado mais perto dela se tivesse tentado, pois estava cercada e afastada. Ainda assim, ela queria ter atraído a atenção do cavalheiro.

A conversa com Mr. Elliot estava começando a angustiá-la. Ela já não tinha qualquer inclinação para falar com ele e desejava que o rapaz não estivesse tão perto.

O primeiro ato tinha acabado. A partir daquele momento, ela esperava alguma mudança benéfica. Depois de um período sem que ninguém dissesse nada entre o grupo, alguns deles decidiram ir em busca de chá. Anne foi uma das poucas que optou por não sair. Ela permaneceu em seu lugar, assim como Lady Russell. Teve o prazer de se livrar de Mr. Elliot, e não iria, independentemente da reação de Lady Russell, deixar de conversar com o Capitão Wentworth se ele lhe desse a oportunidade. Foi persuadida, pelo semblante de Lady Russell, a crer que a amiga o tinha visto.

Ele não apareceu. De tempo em tempo, ela imaginava distingui-lo à distância, mas ele não apareceu. O intervalo ansioso passou improdutivamente. Os outros retornaram, o salão voltou a encher, os assentos foram retomados, e mais uma hora de prazer ou de penitência estava por vir; uma hora de música era capaz de propiciar deleite ou bocejos, a depender da disposição do ouvinte. Para Anne, era a perspectiva de uma hora de agitação. Ela não poderia sair daquele lugar em paz sem ver o Capitão Wentworth novamente, sem a troca de um olhar amigável.

Quando o grupo se reinstalou, houve mudanças cujo resultado foi favorável para ela. O Coronel Wallis recusou-se a sentar-se de novo, e Mr. Elliot foi convidado por Elizabeth e por Miss Carteret, de forma irrecusável, a sentar-se entre elas; e por algumas outras mudanças, e por um pequeno esquema próprio, Anne colocou-se bem mais perto do fim do assento do que antes, ficando muito mais ao alcance de alguém que passasse. Comparou-se à incomparável Miss Larolles.[12] Abdicando dos vizinhos próximos, ela se viu no final do assento antes de o concerto recomeçar.

Tal era a sua situação, com um assento vazio ao lado, quando o Capitão Wentworth ficou novamente à vista. Ela o viu não muito longe. Ele também a viu, mas parecia sério e indeciso. Muito lentamente, Frederick se aproximou o suficiente para enfim falar com ela. Ela sentiu que havia algum problema. A mudança era indiscutível. A diferença entre aquela atitude e o que se passara no Salão Octogonal era enorme. Por quê? Ela pensou no pai, em Lady Russell. Poderia ter havido algum olhar desagradável? Ele comentou de modo sério sobre o concerto, agindo como o Capitão Wentworth de Uppercross; disse que estava desapontado, pois esperara outro tipo de apresentação e, em suma, não lamentaria quando o concerto acabasse. Anne respondeu e falou tão bem em defesa da performance, com tanta consideração à opinião dele, que o semblante dele melhorou e, quando respondeu novamente, o fez com um meio-sorriso. Conversaram por mais alguns minutos e a melhora foi progressiva. Wentworth olhou para o assento, como

---

12 Miss Larolles é uma personagem do romance *Cecilia*, escrito por Frances Burney, publicado em 1782. Burney era uma das romancistas favoritas de Austen. Miss Larolles se senta na ponta de um banco durante um show na esperança de falar com Mr. Meadows, por quem ela nutria sentimentos. Isso se assemelha ao desejo de Anne de ir até o final do assento para chamar a atenção do Capitão Wentworth. [N.E]

se estivesse feliz em ocupá-lo. De repente, um toque no ombro de Anne obrigou-a a se virar. Era Mr. Elliot. Ele pediu perdão, mas a dama estava sendo requisitada para explicar novamente o italiano. Miss Carteret estava muito ansiosa para ter uma ideia geral do que seria cantado a seguir. Anne não podia recusar, mas nunca tinha se sacrificado à cortesia com mais sofrimento.

Alguns minutos, embora o mínimo possível, foram inevitavelmente consumidos; e, quando voltou a ser dona de si, quando se virou para seu propósito anterior, o Capitão Wentworth a abordou numa espécie de despedida reservada, mas apressada. O rapaz lhe desejou boa noite e disse que já estava indo embora, pois devia voltar para casa o mais rápido possível.

— Não vale a pena ficar por mais esta canção? — Anne perguntou, subitamente encorajada por uma ideia que a deixou ainda mais ansiosa para incentivá-lo a ficar.

— Não! — respondeu ele, de modo incisivo. — Não há nada pelo que valha a pena ficar! — E se retirou.

Ciúmes de Mr. Elliot! Era o único motivo inteligível. O Capitão Wentworth estava com ciúmes do afeto dela! Anne não teria acreditado nisso uma semana antes, ou mesmo três horas antes! Por um momento, o deleite daquilo foi gratificante. Mas, infelizmente, pensamentos muito diferentes logo substituíram a euforia. Como tanto ciúme poderia ser aplacado? Como explicaria a verdade? Como, levando em conta todas as desvantagens peculiares de suas respectivas situações, ele conheceria seus verdadeiros sentimentos? Era uma tortura pensar nas atenções de Mr. Elliot. O mal que provocaram era incalculável.

Capítulo XXI

Anne lembrou-se com prazer da promessa que fizera de visitar Mrs. Smith na manhã seguinte, pois aquilo significava que não estaria em casa no momento em que Mr. Elliot muito provavelmente os visitaria. Evitar Mr. Elliot era quase seu principal objetivo de vida naquele momento.

Ela tinha grande consideração por ele. Apesar do inconveniente causado por suas atenções, ela lhe devia gratidão e respeito, talvez até compaixão. Anne refletiu sobre as circunstâncias extraordinárias envolvendo seu encontro com Mr. Elliot e no direito que ele parecia ter de lhe despertar interesse, considerando a situação, os próprios sentimentos dele e a inclinação prévia que já tinha por ela. Era, em geral, muito extraordinário, muito lisonjeiro, mas também muito doloroso. Havia muito a lamentar. Como ela poderia ter se sentido se o Capitão Wentworth não existisse na equação, não valia a pena se perguntar, pois o Capitão Wentworth existia. Independentemente da conclusão daquele suspense, boa ou ruim, o afeto dela sempre pertenceria a Frederick. Ela acreditava que tanto a união com o Capitão quanto uma separação definitiva a afastaria de vez de qualquer outro homem.

As ruas de Bath jamais haviam sido percorridas por fantasias mais belas de amor e fidelidade eterna do que as de Anne, enquanto partia de Camden Place em direção a Westgate Buildings. Eram quase suficientes para espalhar purificação e perfume por todo o caminho.

Ela estava certa de uma recepção agradável, e, naquela manhã, sua amiga pareceu-lhe particularmente agradecida pela visita, como se não a esperasse, embora o compromisso tivesse sido marcado.

Um relato do concerto foi imediatamente reivindicado, e as lembranças de Anne do evento eram felizes o bastante para animar suas feições e fazê-la se regozijar ao falar delas. Tudo o que ela podia contar, ela contou com muito prazer, mas todo o relato ainda era pouco comparado a estar lá no momento, e insatisfatório para alguém inquisidor como Mrs. Smith. A senhora tinha ouvido, por intermédio de alguns criados, um pouco mais sobre a produção da noite do que Anne conseguia relatar, e pedia em vão vários detalhes que a jovem não sabia fornecer. Todas as pessoas de qualquer relevância ou notoriedade em Bath eram bem conhecidas de nome por Mrs. Smith.

– Os pequenos Durand estavam lá, suponho – disse ela –, com a boca aberta para absorver a música, como pardais famintos prontos para serem alimentados. Eles nunca perdem um concerto.

– Sim. Eu mesma não os vi, mas ouvi Mr. Elliot dizer que estavam no recinto.

– Os Ibbotson estavam lá? E as duas novas belezas, com o oficial irlandês alto, que, os boatos dizem, está cortejando uma delas?

– Não sei. Acho que não estavam.

– E a velha Lady Mary Maclean? Não preciso perguntar, ela nunca falta, eu sei. Você deve tê-la visto. Ela devia estar no seu próprio círculo, pois, acompanhando Lady Dalrymple, estava nos lugares de honra, perto da orquestra, é claro.

— Não, isso era o que eu temia. Teria sido muito desagradável para mim em todos os aspectos. Mas felizmente Lady Dalrymple prefere ficar mais afastada. Estávamos muito bem-colocados, isto é, para ouvir; nem tanto para ver. De fato, vi muito pouco.

— Você viu o suficiente para se divertir, tenho certeza. Há uma espécie de prazer doméstico a ser aproveitado mesmo em meio a uma multidão, e você o aproveitou. Seu grupo era grande por si só, e não deram atenção a nada além disso.

— Mas eu deveria ter olhado um pouco mais à minha volta — concluiu Anne, consciente de que não deixara de olhar à sua volta, apenas o tinha feito com objetivo limitado.

— Não, não. Ocupou melhor seu tempo. Não precisa nem mesmo me dizer que teve uma noite agradável. Vejo isso em seus olhos. Vejo com clareza como as horas passaram naquele salão: havia algo interessante para ouvir durante todo o tempo e, nos intervalos do concerto, havia conversa.

Anne deu um meio-sorriso e indagou:

— Vê isso em meu olhar?

— Sim, vejo. Seu semblante me informa perfeitamente que você estava na companhia da pessoa que considera a mais agradável do mundo, a pessoa que lhe interessa neste momento mais do que todo o resto do mundo junto.

Um rubor se espalhou pelas bochechas de Anne. Ela não disse nada.

— E assim sendo — continuou Mrs. Smith, após uma breve pausa —, espero que acredite que valorizo a sua bondade em vir me visitar nesta manhã. É realmente muito digno da sua parte vir e sentar-se comigo, quando deve ter tantas exigências mais aprazíveis às quais dedicar seu tempo.

Anne não a ouvia mais. Estava atônita e confusa com a perspicácia da amiga, incapaz de imaginar como qualquer relato a respeito do

Capitão Wentworth poderia ter chegado até ela. Depois de outro breve silêncio:

– Diga-me – recomeçou Mrs. Smith –, Mr. Elliot está ciente de nossa amizade? Ele sabe que eu estou em Bath?

– Mr. Elliot! – repetiu Anne, surpreendida.

Um momento de reflexão mostrou-lhe o erro que havia cometido. Ela percebeu instantaneamente e, recuperando a coragem e a segurança, acrescentou, mais controlada:

– Conhece Mr. Elliot?

– Eu o conheço muito bem – respondeu Mrs. Smith, com seriedade –, mas agora essa relação parece acabada. Já faz um bom tempo desde a última vez em que nos encontramos.

– Eu não estava ciente disso. Você nunca mencionou nada. Se eu soubesse, teria tido o prazer de falar com ele a seu respeito.

– Para dizer a verdade – disse Mrs. Smith, retomando seu habitual ar de alegria –, gostaria que tivesse exatamente esse prazer. Quero que fale sobre mim com Mr. Elliot. Quero que incite o interesse dele. O cavalheiro pode ser muito útil para mim. Se tiver a bondade, minha querida Miss Elliot, de assumir isso como um propósito seu, será muito mais fácil.

– Eu ficaria extremamente feliz. Espero que não duvide da minha disposição de poder servir-lhe de qualquer maneira – respondeu Anne. – Entretanto, suspeito que você está considerando que tenho uma influência sobre Mr. Elliot maior do que realmente é o caso. Parece-me que entendeu isso de algum modo. Entenda, sou apenas parente de Mr. Elliot. Se, nessas condições, enquanto prima dele, houver algo que eu possa pedir em seu favor, imploro que não hesite em me falar.

Mrs. Smith deu-lhe um olhar penetrante e, depois, sorrindo, disse:

– Tenho sido um pouco precipitada, percebo. Peço perdão. Eu deveria ter esperado por informações oficiais. Assim, cara Miss Elliot, como somos velhas amigas, dê-me uma dica sobre quando posso falar em tais termos. Na próxima semana? Quero ter a certeza de que, até a próxima semana, poderei pensar que está tudo resolvido entre vocês e construir meus próprios esquemas egoístas sobre a boa sorte de Mr. Elliot.

— Não — respondeu Anne. — Nem na próxima semana, nem na outra e nem nunca. Asseguro-lhe, nada do tipo que você está pensando será resolvido em qualquer semana. Não vou me casar com Mr. Elliot. Eu gostaria de saber por que imaginou isso.

Mrs. Smith olhou para ela, sorriu, balançou a cabeça e exclamou:

— Como eu gostaria de entendê-la! Como gostaria de saber quais as suas pretensões! Acredito que a senhorita não planeja ser cruel quando o momento certo chegar. Até o momento da proposta, nós, mulheres, nunca queremos admitir que temos alguém. É uma coisa nossa, é claro, fingir que rejeitamos todos os homens, até que um deles nos peça em casamento. Mas por que seria cruel? Deixe-me interceder por meu... bem, não posso chamá-lo de atual amigo, mas, ao menos, de antigo amigo. Onde achará um par mais adequado? Onde encontraria um homem mais cavalheiro e agradável? Deixe-me recomendar-lhe Mr. Elliot. Tenho certeza de que só ouviu falar bem dele por meio do Coronel Wallis, e quem poderia conhecê-lo melhor que o Coronel Wallis?

— Minha querida Mrs. Smith, a esposa de Mr. Elliot morreu há pouco mais de seis meses. Ele não deve cortejar ninguém tão precocemente.

— Ah! Se essas são suas únicas objeções — retrucou Mrs. Smith, maliciosamente —, Mr. Elliot está a salvo, e não me preocuparei mais por ele. Não se esqueça de mim quando estiver casada, só isso. Deixe-o saber que somos amigas, e então ele pensará pouco no empenho necessário, do qual agora, como é muito natural com tantos assuntos e compromissos próprios, ele tenta escapar e se livrar; é muito natural talvez. Noventa e nove em cada cem homens fariam o mesmo. Ele não poderia saber da importância que tem para mim, é claro. Bem, querida Miss Elliot, espero e confio que você será muito feliz. Mr. Elliot tem bom senso para entender o valor de uma mulher. Sua paz não será naufragada como a minha foi. Estará segura em todos os assuntos práticos e poderá confiar no caráter dele. Mr. Elliot não será desviado; não será enganado por outros e levado à ruína.

— Não! — reclamou Anne. — Posso facilmente acreditar em tudo isso a respeito de meu primo. Ele parece ter um temperamento calmo e decidido, nada aberto a atitudes imprudentes. Tenho grande respeito por ele, e não tenho nenhuma razão, diante de tudo que observei até aqui, para pensar o contrário. Mas não o conheço há tanto tempo assim, e ele não é um homem, penso, a ser conhecido intimamente com rapidez. Não irá esta maneira de falar dele, Mrs. Smith, convencê-la de que ele não é nada para mim? Certamente, pode identificar minha imparcialidade. Dou minha palavra: ele não significa nada para mim. Se o cavalheiro me pedir em casamento, e tenho pouquíssimas razões para imaginar que ele tenha alguma pretensão de fazê-lo, não aceitarei. Asseguro-lhe que não aceitarei. Garanto-lhe, Mr. Elliot não teve a participação que você supõe em qualquer prazer que o concerto de ontem à noite me proporcionou. Mr. Elliot não. Não foi Mr. Elliot que...

Ela parou, lamentando-se, com um forte rubor, por ter falado demais. Mas dizer menos do que aquilo, porém, dificilmente teria bastado para convencer sua amiga. Mrs. Smith não teria acreditado no fracasso de Mr. Elliot em encantar Anne se não fosse a percepção da existência de outra pessoa. Diante disso, ela instantaneamente se conformou e pareceu não desconfiar de nada além. Anne, ansiosa para escapar daquele escrutínio, estava impaciente para saber por que Mrs. Smith achou que ela iria se casar com Mr. Elliot — de onde ela teria tirado tal ideia, ou de quem ela poderia tê-la ouvido.

— Diga-me como foi que isso lhe passou pela cabeça.

– Ocorreu-me quando descobri o quanto vocês andavam juntos e ao refletir que provavelmente seria a coisa mais desejada por todos os que pertencem ao seu círculo social. Pode estar certa de que todos os seus conhecidos estão pensando o mesmo. Mas não tinha ouvido falar disso até dois dias atrás.

– E de fato já se falou nisso?

– Lembra-se da mulher que abriu a porta quando você veio me visitar ontem?

– Não. Não foi Mrs. Speed, como de costume, ou a criada? Não observei ninguém em particular.

– Era a minha amiga, Mrs. Rooke. A enfermeira Rooke. Ela estava muito curiosa para vê-la e ficou encantada por estar aqui para deixá-la entrar. Ela veio de Marlborough Buildings no domingo e me contou que você iria se casar com Mr. Elliot. Ela ouviu tal previsão da própria Mrs. Wallis, de modo que não pareceu um boato infundado. Mrs. Rooke sentou-se por uma hora comigo na segunda-feira à noite e narrou toda a história.

– Toda a história – repetiu Anne, rindo. – Não pode ter sido uma história muito longa, acredito, dado que foi formulada a partir de notícias infundadas.

Mrs. Smith não disse nada.

– Ainda assim – continuou Anne –, embora não haja verdade nesta suposição a respeito de meu relacionamento com Mr. Elliot, eu ficaria muito feliz em ajudá-la de alguma maneira. Devo mencionar a ele sua presença em Bath? Devo levar alguma mensagem sua?

– Não. Agradeço-lhe, mas não, certamente que não. No calor do momento, e sob uma impressão equivocada, eu poderia, talvez, ter me esforçado para despertar seu interesse sobre algumas circunstâncias, mas, sabendo da verdade, não. Agradeço-lhe, mas não há razão para incomodá-la.

– Mencionou conhecê-lo há muitos anos.

— Isso mesmo.

— Não antes de ele se casar, suponho?

— Ele ainda não era casado quando o conheci.

— E... conhecia-o bem?

— Intimamente.

— Céus! Então me diga como ele era naquela época. Tenho uma grande curiosidade em saber como era Mr. Elliot quando muito jovem. Ele era algo próximo do que é hoje?

— Não vejo Mr. Elliot há três anos — foi a resposta de Mrs. Smith, dada de forma tão séria que era impossível prosseguir com o assunto. Anne não ganhou nada além de um acréscimo em sua curiosidade.

Ambas ficaram em silêncio, e Mrs. Smith tinha um semblante muito pensativo. Por fim, disse:

— Peço perdão, querida amiga — ela exclamou, em seu tom natural de cordialidade. — Peço perdão pelas respostas curtas que tenho dado a você, mas não sei o que fazer. Tenho hesitado e considerado o que devo ou não lhe contar. Há muitas coisas a serem levadas em conta. Não é de minha índole ser inoportuna, causar má impressão ou fazer contendas. Mesmo uma relação familiar superficial deve ser preservada, ainda que não haja nada sólido como base. No entanto, depois de refletir, creio que estou certa em falar a verdade. Acho que você deve conhecer o verdadeiro caráter de Mr. Elliot. Embora eu acredite plenamente que, no momento, você não tem a menor intenção de aceitá-lo, não há como prever os acontecimentos futuros. Você pode, mais cedo ou mais tarde, se sentir de outra maneira em relação a ele. Portanto, ouça agora a verdade, enquanto ainda é imparcial. Mr. Elliot é um homem destituído de coração e de consciência, um ser abominável, calculista e de sangue-frio que só pensa em si mesmo e que, por interesse próprio ou para facilitar qualquer caminho para si mesmo, seria capaz de qualquer crueldade ou qualquer traição que pudesse ser perpetrada sem afetar a opinião geral sobre seu caráter. Ele não tem nenhuma consideração pelos outros. Ele negligencia e abandona prontamente, sem qualquer peso de consciência, aqueles cujas vidas ele mesmo arruinou. Ele está totalmente fora do alcance de qualquer incidência de sentimentos de justiça ou compaixão. Seu coração é simplesmente oco e obscuro!

O ar de assombro de Anne e as exclamações de espanto geraram um momento de pausa. De maneira mais calma, Mrs. Smith acrescentou:

— Está assustada pela minha escolha de palavras. Permita que esta mulher ferida e furiosa não meça palavras. Tentarei me controlar, de todo modo. Não irei mais insultá-lo, só lhe direi o que sei a respeito dele. Os fatos devem falar por si. Ele era amigo íntimo do meu querido marido, que confiava nele, amava-o e o considerava um homem tão bom quanto ele próprio. A amizade já existia antes do nosso casamento. Quando conheci Mr. Smith, os dois já eram amigos bem íntimos e, assim, também fiquei excessivamente encantada com Mr. Elliot. Ele tinha meu respeito e estima. Aos 19 anos, uma jovem não pensa muito seriamente nas coisas, e Mr. Elliot me pareceu tão bom quanto qualquer um, e muito mais agradável que a maioria dos outros rapazes. Nós três estávamos frequentemente juntos. Passávamos a maior parte do tempo na cidade, vivendo em grande estilo. A posição de Mr. Elliot era inferior naquela época. Era pobre e morava em acomodações alugadas em Temple. Era o máximo que podia fazer para sustentar a aparência de cavalheiro. Entretanto, ele tinha lugar em nossa casa sempre que quisesse; era sempre bem-vindo em nosso lar, como um irmão. Meu pobre Charles, que tinha o melhor e mais generoso coração do mundo, teria dividido até sua última moeda com o amigo, e sei que mantinha seus bolsos sempre abertos para ele; sei que Charles o ajudava financeiramente com frequência.

— Isso deve ter ocorrido durante o período da vida de Mr. Elliot que sempre despertou minha curiosidade em particular — interrompeu Anne. — Deve ter sido, mais ou menos, na mesma altura em que meu pai e minha irmã o conheceram. Eu não o conhecia, só ouvia falar dele. Havia algo na sua conduta em relação a meu pai e minha irmã à época, e depois nas circunstâncias do casamento dele, que não condizia com os tempos atuais. A postura dele parecia anunciar um tipo diferente de homem do que ele demonstra hoje em dia.

– Eu sei de tudo isso – continuou Mrs. Smith. – Ele tinha sido apresentado a Sir Walter e à sua irmã antes de eu o conhecer. Sempre ouvi falar deles através de Mr. Elliot. Sei que ele foi convidado e encorajado a ter relações com sua família, e sei que ele optou por não o fazer. Posso satisfazer qualquer dúvida sua, talvez em pontos que você sequer imagina. Quanto ao casamento dele, eu também estava a par de tudo. Eu era a amiga a quem ele confidenciava suas esperanças e seus planos. Embora eu não conhecesse a esposa de Mr. Elliot antes, e a situação inferior dela na sociedade de fato tornava isso impossível, eu a conheci por toda a vida depois do casamento, ou, melhor colocando, ao longo dos últimos dois anos de sua vida, e posso responder a qualquer pergunta que queira fazer.

– Não – respondeu Anne –, não tenho nenhuma pergunta específica a fazer sobre ela. Sempre soube que não eram um casal feliz. Mas gostaria de saber por que, naquela época, ele menosprezou a amizade oferecida por meu pai da forma que o fez. Meu pai estava certamente disposto a dar-lhe a devida atenção e a ser muito gentil. Por que Mr. Elliot o recusou?

– Mr. Elliot, naquele período de sua vida, tinha um único objetivo em vista: fazer fortuna, e por um processo mais rápido do que a lei permitiria. Ele estava determinado a atingir seu objetivo através do casamento. Estava determinado, pelo menos, a não se engajar em um casamento imprudente. Sei que era a crença dele, tenha sido ela justa ou não, e é claro que não era meu papel decidir, que seu pai e sua irmã, com seus convites e cordialidades, estavam projetando um casamento entre o herdeiro e a jovem senhorita, e era impossível que tal casamento respondesse às ideias de riqueza e independência que Mr. Elliot tinha em mente. Esse foi o motivo de ele recusar a amizade, posso assegurar. Ele me contou a história toda, não fazia rodeios comigo. Foi curioso o fato de que, tendo acabado de deixá-la para trás em Bath, meu primeiro e principal conhecido depois do casamento tenha sido seu primo; e que, por intermédio dele, eu tenha continuamente ouvido falar de seu pai e de sua irmã. Ele descrevia uma Miss Elliot, e eu pensava com muito carinho a respeito da outra.

— Teria, por acaso, falado de mim a Mr. Elliot? — perguntou Anne, subitamente surpreendida.

— Pode ter a certeza que sim, com muita frequência. Eu costumava me gabar de minha amiga Anne Elliot e atestar que você é uma criatura muito diferente de...

Mrs. Smith se interrompeu no mesmo instante.

— Isso explica algo que Mr. Elliot me disse ontem à noite — emendou Anne. — Está explicado. Descobri que ele tinha ouvido falar de mim antes de nos conhecermos. Eu não entendi como isso poderia ter acontecido. Que suposições extremas se formam em nossa mente quando nossa identidade está em jogo! Como é fácil se equivocar! Mas, peço-lhe perdão, pois a interrompi. Mr. Elliot, então, casou-se por dinheiro? Foram essas as circunstâncias que, provavelmente, abriram seus olhos para o caráter dele.

Mrs. Smith hesitou um pouco antes de continuar.

— Ah! Essas coisas acontecem com frequência. Quando se tem vivência de mundo, homens e mulheres que se casam por dinheiro é algo demasiado comum para se surpreender. Eu era muito jovem e minhas amizades também, e éramos um grupo despreocupado, leve, sem quaisquer regras de conduta rígidas. Vivíamos para nos divertir. Penso diferente agora: o tempo, os problemas de saúde e a tristeza me deram outras noções. Naquele período, porém, admito não ter visto nada de repreensível nas atitudes de Mr. Elliot. Parecia acertado que ele "fizesse o melhor por si mesmo".

— Mas ela não era uma mulher muito inferior?

— Sim. Foi algo a que eu me opus abertamente, entretanto, ele não levou em consideração. Dinheiro, muito dinheiro, era tudo o que ele queria. O pai da moça era criador de gado, o avô tinha sido açougueiro, mas não importou. Ela era uma boa mulher, tivera uma educação decente, foi apresentada à sociedade por alguns primos, colocada ao acaso na companhia de Mr. Elliot e se apaixonou por ele. Da parte dele, não houve uma dificuldade ou um escrúpulo a respeito do berço dela. Toda a cautela de Mr. Elliot foi gasta em se certificar do valor real da fortuna dela antes de se comprometer. Acredite em mim, ainda que Mr. Elliot tenha hoje estima por sua posição social, quando jovem, não dava o menor valor para isso. A chance de herdar a propriedade de Kellynch era algo, mas toda a honra de família valia para ele o mesmo que nada. Já o ouvi declarar muitas vezes que, se os títulos de baronetes pudessem ser vendidos, qualquer pessoa poderia comprar o dele por cinquenta libras, com armas, brasão, nome e libré incluídos. Não vou repetir metade do que eu o ouvia dizer sobre esse assunto. Não seria justo. No entanto, você precisa ter provas, pois tudo o que digo não passará de palavras, se não houver provas.

— Na verdade, minha querida Mrs. Smith, não preciso de prova alguma — declarou Anne, com veemência. — Você não afirmou nada contraditório em relação ao que Mr. Elliot parecia ser há alguns anos. Tudo isso não passa de confirmação do que costumávamos ouvir e acreditar. Estou mais curiosa para saber por que ele está tão diferente agora.

— Mas para minha satisfação, se você tiver a bondade de tocar a sineta para chamar Mary… Aliás, tenha a bondade ainda maior de entrar no meu quarto e buscar você mesma a pequena caixa de madeira talhada que está na prateleira superior do armário.

Anne, ao ver que a amiga estava falando sério, fez o que ela disse. A caixa foi trazida e colocada diante de Mrs. Smith, que, suspirando, a abriu e disse:

– Está cheia de papéis pertencentes a ele, ao meu marido; uma pequena porção do que tive que descobrir quando o perdi. A carta que estou procurando foi escrita por Mr. Elliot ao meu marido, antes do nosso casamento, e por um acaso foi salva. É difícil imaginar o porquê. Ele era descuidado e relapso em relação a estas coisas, assim como muitos homens são, e precisei examinar seus documentos. Encontrei-a em meio a outros papéis triviais e cartas de pessoas diferentes espalhadas, enquanto muitas cartas e memorandos de real importância foram destruídos. Aqui está. Eu não a queimaria, porque, mesmo muito pouco satisfeita com Mr. Elliot, estava determinada a preservar cada documento que comprovasse a intimidade que um dia tiveram. Tenho agora outro motivo para estar contente por poder mostrá-la.

Esta era a carta, endereçada a "Charles Smith, Tunbridge Wells", e datada de julho de 1803, Londres:

Caro Smith,

Recebi sua carta. Sua bondade quase me sobrepujou. Gostaria que a natureza tivesse tornado corações como o seu uma ocorrência mais comum, mas já vivi 23 anos neste mundo e nunca vi nenhum igual. No momento, acredite, não tenho necessidade dos seus serviços, estando novamente bem de dinheiro. Compartilhe minha alegria: livrei-me de Sir Walter e de sua filha. Eles voltaram para Kellynch e quase me fizeram jurar visitá-los neste verão; mas minha primeira visita a Kellynch será com um avaliador, que irá me dizer como leiloar a propriedade com o melhor lucro. Não é improvável, contudo, que o Baronete se case novamente. Ele é tolo o bastante. Se o fizer, porém, eles me deixarão em paz, o que pode ser uma recompensa decente para a reversão da herança. Ele está pior do que no ano passado.

Quem me dera ter qualquer outro nome ao invés de Elliot. Estou farto disso. O nome "Walter" posso largar, graças a Deus! E desejo que nunca mais me insulte ao inserir o segundo W. para sinalizar este maldito nome, o que significa que, para o resto da minha vida, sou apenas seu verdadeiro e dedicado amigo,

William Elliot.

Tal carta não podia ser lida sem causar um rubor à face de Anne. Mrs. Smith, observando a cor aparente em seu rosto, expôs:

— Eu sei, a linguagem é profundamente desrespeitosa. Embora tivesse me esquecido dos termos exatos, lembrava perfeitamente do significado geral. Mas isso demonstra o verdadeiro homem. Observe os comentários feitos ao meu pobre marido. Alguma coisa poderia ser mais forte do que isso?

Anne não conseguiu superar de imediato o choque e a mortificação de encontrar tais palavras direcionadas a seu pai. Precisou se lembrar que ver aquela carta era uma violação das leis de honra — ninguém deveria ser julgado ou conhecido por tais testemunhos e nenhuma correspondência privada podia suportar o escrutínio de outros além do próprio destinatário — antes que ela pudesse recuperar a calma o suficiente para devolver a carta e dizer:

— Obrigada. Isto é, sem dúvida, uma prova cabal; uma prova de tudo o que você estava dizendo. Mas por que ele decidiu manter relações conosco agora?

— Também posso explicar isso — afirmou Mrs. Smith, sorrindo.

— Mesmo?

— Sim. Eu lhe mostrei como Mr. Elliot era há uma dúzia de anos e vou mostrar-lhe como ele é agora. Não tenho provas escritas para tal, mas posso dar um testemunho oral tão autêntico quanto a senhorita possa desejar a respeito do que ele está querendo e do que está fazendo agora. Ele não está sendo hipócrita. Quer mesmo se casar com você. As atenções atuais à sua família são muito sinceras: verdadeiramente vindas do coração. Vou lhe dizer minha fonte: o amigo dele, o Coronel Wallis.

— O Coronel Wallis! Você o conhece?

– Não, não fiquei sabendo disso tudo de forma tão direta. Foi preciso uma curva ou duas, mas nada que afete o resultado final. O riacho é tão bom quanto a nascente, e a poluição recolhida nas curvas é facilmente removida. Mr. Elliot conversa sem reservas com o Coronel Wallis sobre as opiniões que tem a seu respeito. Imagino que o Coronel Wallis seja um homem de caráter sensível, cuidadoso e equilibrado. No entanto, ele tem uma esposa muito tola, a quem conta coisas que não deveria contar, e disse tudo sobre você e seu primo para ela. Mrs. Wallis, que está com o espírito transbordante de pessoa em recuperação, repete tudo à sua enfermeira. E a enfermeira, sabendo que eu a conheço, muito naturalmente conta tudo para mim. Na segunda-feira à noite, minha boa amiga Mrs. Rooke revelou-me os segredos de Marlborough Buildings. Quando eu falei que lhe contaria toda a história, portanto, eu não estava a romancear tanto como você supôs.

– Minha cara amiga, sua fonte de informação é insuficiente. Não é confiável. Mr. Elliot ter opinião a meu respeito não pode ser o fator minimamente responsável pelos esforços que fez para uma reconciliação com meu pai. Tudo aconteceu antes de minha vinda a Bath. Encontrei-os nos termos mais amigáveis quando cheguei.

– Eu sei disso. Sei disso perfeitamente, mas...

– Veja, Mrs. Smith, não podemos obter informações reais por esse caminho. De fatos ou opiniões que passam pelas mãos de tantos, mal-interpretados devido à parcialidade de alguns e à ignorância de outros, dificilmente pode restar muita verdade.

– Apenas me ouça. Você logo poderá julgar o crédito devido a tais informações. Ouça os detalhes e poderá contradizê-los ou confirmá-los imediatamente. Ninguém supõe que você tenha sido o primeiro incentivo dele. Ele a tinha visto de fato, antes de vir a Bath, e a admirava, mas sem saber quem a senhorita era. Assim disse minha informante, pelo menos. Isso é verdade? Será que ele a viu no verão ou no outono passado, "em algum lugar do oeste", usando suas próprias palavras, sem saber quem era?

— Certamente. Até então é verdade. Aconteceu em Lyme. Estive em Lyme.

— Bem — continuou Mrs. Smith, triunfantemente —, conceda à minha amiga o crédito devido pelo estabelecimento do primeiro ponto afirmado. Ele então a viu em Lyme e gostou tanto de você que ficou muito contente de reencontrá-la em Camden Place, descobrindo que era Miss Anne Elliot, e, a partir daquele momento, não tenho dúvida, teve dupla motivação para suas visitas lá. Mas havia outro motivo anterior, que agora vou explicar. Se houver algo na minha história que pense ser falso ou improvável, interrompa-me. Conforme o relato que recebi, a amiga de sua irmã, a senhora hospedada na casa de sua família, que já foi mencionada em nossas conversas, veio a Bath com Miss Elliot e Sir Walter em setembro, ou seja, quando eles mesmos chegaram, e está lá desde então. Ela é uma mulher inteligente, insinuante, bonita e pobre, e, no geral, por toda a situação, está levantando suspeitas, entre os conhecidos de Sir Walter, a respeito de uma intenção de se tornar Lady Elliot. Ademais, há uma surpresa geral por conta do fato de que Elizabeth está aparentemente cega ao perigo disso.

Mrs. Smith parou um instante, mas, como Anne não tinha uma palavra a dizer, continuou:

— Esta era a situação do ponto de vista dos conhecidos da família, muito antes de você voltar. O Coronel Wallis prestou atenção em seu pai o suficiente para perceber isso, embora não o visitasse em Camden Place à época. Sua consideração por Mr. Elliot foi o que lhe deu interesse em observar tudo o que estava acontecendo lá. Dessa forma, quando Mr. Elliot veio para Bath por um dia ou dois pouco antes do Natal, o Coronel Wallis contou a ele qual era a aparência das coisas. Assim, os relatos começaram a prevalecer. Agora, a senhorita deve entender que o tempo tinha operado uma mudança muito concreta na opinião de Mr. Elliot quanto ao valor do título de baronete. Quanto às questões de parentesco e de conexão, ele é um homem completamente mudado. Tendo tido durante muito tempo tanto dinheiro quanto podia gastar, deixando nada a dever para a cobiça ou para a autoindulgência, ele gradualmente transferiu o foco de sua felicidade para a posição da qual é herdeiro. Tive essa impressão antes mesmo de nossa relação ter cessado, mas agora os sentimentos dele estão confirmados. Ele não suporta a ideia de não se tornar Sir William. Você pode adivinhar, portanto, que as notícias ouvidas por meio de seu amigo a respeito de Mrs. Clay não foram muito agradáveis, e pode também adivinhar o que isso acarretou: a resolução de voltar para Bath o mais rápido possível, fixar-se aqui por um tempo, com o objetivo de renovar a antiga relação com os Elliot, e recuperar tal base na família que lhe daria os meios de verificar o grau do risco que estava correndo e de vigiar a senhora em questão caso fosse necessário. Foi acordado entre os dois amigos que esta era a única coisa a ser feita, e o Coronel Wallis ajudou-o de todas as maneiras possíveis. O Coronel e a esposa deveriam ser apresentados, e todos cultivariam uma relação. Mr. Elliot voltou a Bath e, quando os visitou, foi perdoado, como você sabe, e readmitido na família. Lá estava seu objetivo, e tal foi seu único objetivo até a sua chegada: ficar de olho em Sir Walter e Mrs. Clay. Ele não descartou nenhuma oportunidade de estar com eles, atirou-se no caminho da família, visitou-os sempre que pôde etc. Não preciso, porém, me deter neste ponto. Você pode imaginar o que um homem dissimulado faria e, com este guia, talvez, possa se lembrar do que o viu fazer.

— Sim — afirmou Anne —, você não disse nada que não esteja de acordo com o que eu sabia ou poderia imaginar. Há sempre algo de ofensivo nos detalhes da astúcia. As manobras de egoísmo e duplicidade devem sempre ser motivo de revolta, mas não ouvi nada que realmente me surpreenda. Conheço algumas pessoas que ficariam chocadas com tal representação de Mr. Elliot e que teriam dificuldade em acreditar. Eu, por minha vez, nunca estive mais satisfeita. Sempre acreditei haver outro motivo para a conduta dele, além das aparências. Gostaria de saber a opinião atual dele sobre a probabilidade do acontecimento que o amedrontava. Se ele considera o perigo menor ou não.

– Menor, ao que parece – respondeu Mrs. Smith. – Ele acha que Mrs. Clay tem medo dele, consciente de que ele enxerga as intenções dela, e não ousa proceder como poderia na ausência dele. Entretanto, como Mr. Elliot precisa estar ausente em algum momento, não percebo como ele pode estar seguro enquanto ela mantém sua influência atual. Mrs. Wallis teve uma ideia engraçada, conforme me contou a enfermeira, de colocar no acordo nupcial, quando você e Mr. Elliot se casassem, uma cláusula dizendo que seu pai não poderá se casar com Mrs. Clay. Um esquema digno aos olhos de Mrs. Wallis, no qual a sensata Mrs. Rooke vê o óbvio absurdo. "Pode ter certeza, minha senhora", disse ela, "isso não o impediria de se casar com qualquer outra". E, de fato, não acho que a enfermeira, em seu coração, se oponha de modo tão ferrenho à ideia de Sir Walter arranjar um segundo matrimônio. Ela tem direito de ser a favor do casamento, e, conforme o ego sempre se intromete, quem pode dizer que Mrs. Rooke não tem algum devaneio quanto a dar assistência à próxima Lady Elliot, através da recomendação de Mrs. Wallis?

– Estou muito feliz em saber tudo isso – disse Anne, depois de refletir um pouco. – Será mais doloroso para mim em alguns aspectos estar na companhia de Mr. Elliot, mas saberei melhor como agir. Minha linha de conduta será mais direta. Ele é evidentemente um homem desonesto, artificial e medíocre, que nunca teve nenhum princípio digno para guiá-lo, apenas o egoísmo.

Mas o assunto ainda não tinha acabado. Mrs. Smith havia sido levada para longe de sua primeira direção, e Anne havia esquecido, devido às preocupações com sua própria família, o quanto havia sido inicialmente imputado a ele. Assim, sua atenção foi trazida a essas primeiras pistas, e ela ouviu um relato que, se não justificava perfeitamente a amargura inenarrável de Mrs. Smith, ao menos provava que Mr. Elliot tinha sido muito insensível na conduta completamente desprovida de justiça e compaixão em relação a ela.

Anne descobriu que, conforme a intimidade entre ele e Mr. Smith não se alterara pelo casamento, os dois continuaram a passar muito tempo juntos, e Mr. Elliot tinha levado o amigo a gastar muito além do que podia. Mrs. Smith não queria assumir a culpa e era muito afetuosa para atribuir alguma ao seu marido, mas Anne concluiu que os rendimentos do casal nunca tinham sido equiparáveis ao estilo de vida que levavam e que, no princípio, tinha havido uma postura de extravagância geral e conjunta. Pelo relato da viúva, ela concluiu que Mr. Smith tinha sido um homem vivaz, caloroso, de temperamento fácil, hábitos imprudentes e capacidade limitada para a compreensão. Mesmo tendo sido muito mais amável que seu amigo e muito diferente dele, deixava-se levar por Mr. Elliot, e era provavelmente desprezado por ele. Mr. Elliot, enriquecido pelo casamento e disposto a toda gratificação de prazer e vaidade que pudesse ser executada sem envolver gastos para si próprio (pois, apesar de todos os seus exageros, ele havia se tornado um homem prudente), ficava mais rico ao passo que o amigo ficava mais pobre e parecia não ter nenhuma preocupação com as finanças de Mr. Smith. Pelo contrário, havia sido provocador e encorajador de despesas que só poderiam terminar em ruína. Assim, portanto, os Smith foram à ruína.

O marido morreu a tempo de ser poupado do pleno conhecimento da situação. Eles já tinham enfrentado embaraços suficientes para testar a amizade de seus relacionamentos próximos, e para provar que era melhor não testar a de Mr. Elliot, mas foi somente à época do falecimento que o estado miserável de suas finanças foi totalmente evidenciado. Confiando na estima de Mr. Elliot, por mérito de seus sentimentos mais do que de seu julgamento, Mr. Smith nomeou-o responsável por seu testamento. Entretanto, Mr. Elliot não assumiu seu papel, e as dificuldades e angústias que essa recusa causara a Mrs. Smith, além dos inevitáveis sofrimentos de sua situação de saúde, tinham sido de tal extensão que não poderiam ser narradas sem aflição ou escutadas sem a correspondente indignação.

Anne teve acesso a algumas cartas dessa ocasião, respostas a pedidos urgentes de Mrs. Smith, e todas demonstravam a mesma resolução severa de Mr. Elliot de não se envolver em problemas infrutíferos e, com civilidade fria, a mesma indiferença de um coração duro em relação a qualquer um dos males que isso poderia trazer sobre a viúva. Era um quadro terrível de ingratidão e desumanidade, e Anne sentiu, em alguns momentos, que nenhum crime pego em flagrante poderia ter sido pior. Ela teve muito a ouvir. Todos os detalhes de cenas tristes do passado, todas as minúcias das angústias que se acumularam sobre outras angústias que em conversas anteriores tinham sido meramente insinuados, foram enfim expostos. Anne compreendeu perfeitamente o grande alívio de sua interlocutora e ficou ainda mais impressionada com a compostura do estado de espírito habitual de sua amiga.

Havia uma circunstância que causava-lhe particular irritação. Ela tinha boas razões para acreditar que uma propriedade de seu marido, nas Índias Ocidentais, que estava, havia muitos anos, sob uma espécie de confisco para o pagamento de encargos, poderia ser recuperada por medidas adequadas. Essa propriedade, embora não muito grande, seria suficiente para torná-la relativamente rica. Mas não havia ninguém para resolver isso. Mr. Elliot nada faria, e ela mesma nada poderia fazer, incapacitada de tomar o assunto em mãos pessoalmente devido à sua fraqueza física e por não poder empregar outra pessoa para o trabalho devido à sua falta de dinheiro. Ela não tinha parentes para ajudá-la em termos de aconselhamento e menos ainda em termos de recursos para contratar a assistência da lei. Aquilo era um agravamento cruel de sua condição já restrita. Pensar que ela deveria estar em melhores circunstâncias, que uma pequena ação certeira poderia viabilizar isso e que a demora poderia enfraquecer suas reivindicações era algo difícil de ser suportado.

Este era o assunto que ela esperava tratar com a ajuda da influência de Anne sobre Mr. Elliot. Anteriormente, ao ouvir falar da expectativa do casamento deles, Mrs. Smith ficara muito apreensiva de perder a amiga. Entretanto, ao ter a certeza de que ele não teria feito nenhuma tentativa dessa natureza, pois sequer sabia que ela estava em Bath, ocorreu-lhe imediatamente que algo poderia ser feito a seu favor através da influência da mulher que ele amava. Assim, a viúva se preparou para atrair os sentimentos de Anne para a causa, à medida em que as observâncias sobre o caráter de Mr. Elliot permitissem, quando a jovem refutou o boato do suposto noivado. Embora lhe tenha sido tirada a nova esperança de ter sucesso no seu primeiro objetivo, ao menos teve o conforto de contar-lhe a história toda à sua maneira.

Depois de ouvir a descrição completa de quem era o verdadeiro Mr. Elliot, Anne não pôde deixar de expressar alguma surpresa pelo fato de Mrs. Smith ter falado dele de forma tão favorável no início da conversa. "Ela parecia recomendá-lo e elogiá-lo!", pensou e questionou a amiga a respeito.

– Minha cara – foi a resposta de Mrs. Smith –, não havia mais nada a fazer. Eu considerava o seu casamento como certo, embora ele ainda não tivesse feito a proposta, e não poderia falar a verdade se você o considerasse como seu futuro marido em potencial. Meu coração sangrava pela senhorita enquanto eu falava de felicidade. Mesmo assim, ele é de fato sensível e agradável, e com uma mulher como você ao lado, não seria um caso completamente perdido. Ele era muito rude com a primeira esposa. Eram infelizes juntos. Mas ela era por demais ignorante e tonta para impor respeito, e ele nunca a amou. Estava disposta a esperar que você se saísse melhor que ela.

Anne reconheceu para si mesma que houve uma possibilidade de ser induzida a se casar com ele e estremeceu com a ideia da infelicidade que teria se seguido. Era possível que tivesse sido persuadida por Lady Russell! E sob tal suposição, quem teria ficado mais desapontada quando o tempo revelasse tudo tarde demais?

Era muito desejável que Lady Russell não fosse mais enganada. Um dos arranjos finais daquela importante conferência, que tomou a maior parte da manhã, foi que Anne teria total liberdade para comunicar à sua amiga tudo o que dizia respeito à Mrs. Smith e a conduta de Mr. Elliot.

Capítulo XXII

Anne foi embora para pensar em tudo o que tinha ouvido. Por um lado, seus sentimentos foram aliviados por conhecer a verdade sobre Mr. Elliot. Não havia mais nenhum sentimento de ternura em relação a ele. Mr. Elliot era o oposto do Capitão Wentworth; sua presença indesejável e o dano que suas atenções na noite anterior poderiam ter causado, um mal-entendido irremediável, foram considerados com sensações inqualificáveis. Ela tinha pena dele em todos os sentidos. Mas este era o único ponto de alívio. Em todos os outros aspectos, ao olhar à sua volta e em direção ao futuro, viu que havia mais motivos para desconfiança e apreensão. Estava preocupada com a decepção e a dor que Lady Russell sentiria, com o constrangimento que acometeria seu pai e sua irmã e com a angústia em seu peito por prever que muitos males ainda viriam, sem saber como evitar qualquer um deles. Entretanto, estava muito grata por saber o que sabia. Nunca havia se considerado digna de recompensa por não desprezar uma velha amiga como Mrs. Smith, mas ali estava de fato uma recompensa. Mrs. Smith tinha sido capaz de lhe dizer o que mais ninguém poderia ter dito. Poderiam aquelas informações ser disseminadas para sua família? Era uma ideia vã. Ela deveria falar com Lady Russell, consultá-la e, tendo feito o seu melhor, esperar os desdobramentos com o máximo de compostura possível. A parte que mais exigiria autocontrole dizia respeito aos recônditos de sua mente, que não poderiam ser revelados à Lady Russell, naquele fluxo de ansiedades e medos que deveriam ser guardados só para si.

Ao chegar em casa, descobriu que, conforme planejara, tinha escapado da presença de Mr. Elliot. Ele fora até lá para uma longa visita matinal. Entretanto, sua alegria durou pouco, pois logo soube que o rapaz iria visitá-los novamente à noite.

– Eu não tinha a menor intenção de convidá-lo – contou Elizabeth, com indiferença fingida –, mas ele deu tantas dicas de que gostaria de vir. Ou, ao menos, assim afirmou Mrs. Clay.

– De fato, afirmo. Nunca vi ninguém em toda minha vida tão ávido por um convite. Pobre homem! Eu estava realmente aflita por ele, pois sua irmã, com um coração tão duro, Miss Anne, parece inclinada a cometer atos de crueldade.

– Oh, estou demasiado habituada ao jogo para me deixar levar pelas dicas de um cavalheiro. No entanto, quando percebi o quanto ele lamentava não ter encontrado meu pai esta manhã, cedi imediatamente, pois nunca deixaria passar uma oportunidade de vê-los juntos. Eles parecem ter grande prazer na companhia um do outro e comportam-se muito agradavelmente. Mr. Elliot demonstra tanto respeito.

– Encantador! – admirou-se Mrs. Clay, não ousando, no entanto, voltar os olhos para Anne. – Exatamente como pai e filho! Querida Miss Elliot, estou errada em chamá-los de pai e filho?

– Oh, não coloco nenhum impedimento às palavras de ninguém se tais ideias lhe ocorrem! Mas, sendo sincera, estou certa de que as atenções dele não são superiores às de quaisquer outros homens.

– Minha querida Miss Elliot! – exclamou Mrs. Clay, levantando as mãos e os olhos e afundando o resto do seu espanto em um conveniente silêncio.

– Bem, minha querida Penélope, não precisa ficar tão alarmada. Eu o convidei de todo modo, como sabe. Despedi-me dele com sorrisos. Quando descobri que ele visitaria os amigos em Thornberry Park ao longo de todo o dia de amanhã, tive compaixão por ele.

Anne admirava a boa atuação da amiga, capaz de demonstrar tanto prazer na expectativa e na chegada da pessoa cuja presença, na verdade, interferia em seu objetivo principal. Era impossível que Mrs. Clay não odiasse a visão de Mr. Elliot e, ainda assim, ela conseguia assumir um semblante ameno e plácido e parecer bastante satisfeita com a limitação imposta pela presença do rapaz, que a impedia de se dedicar a Sir Walter do modo como usualmente faria.

Para Anne, foi perturbador ver Mr. Elliot entrar na sala, e bastante doloroso tolerar a aproximação dele para falar com ela. Antes, a moça já havia percebido que ele não era sempre sincero, mas dali em diante passou a ver falsidade em tudo. A deferência atenta ao pai dela, em contraste com a carta que escrevera, era odiosa. Quando ela pensava na conduta cruel dele no caso de Mrs. Smith, ela mal podia suportar a visão de seus sorrisos e de seus modos gentis, ou o som de seus bons sentimentos artificiais.

Ela pretendia evitar qualquer alteração em seu comportamento que pudesse provocar protestos da parte dele. Era seu objetivo escapar de toda indagação e evitar ser o foco. Contudo, também estava determinada a ser tão fria com ele quanto fosse compatível com a relação dos dois e desfazer, tão discretamente quanto possível, a pouca intimidade desnecessária que ela havia sido gradualmente levada a conceder. Estava, portanto, mais retraída e mais fria do que na noite anterior.

Ele queria instigar novamente sua curiosidade sobre como e onde poderia ter ouvido elogios sobre ela no passado. Queria ser gratificado pela atenção dela. No entanto, o encanto fora quebrado: ele percebeu que precisava do calor e da animação de um salão público para acender a vaidade de sua modesta prima ou que, ao menos, ali não era o local apropriado para isso, pois não havia brecha para arriscar-se em meio às reivindicações de atenção exigidas pelos outros. Mal poderia supor que agia exatamente contra os seus próprios interesses, trazendo à tona na mente de Anne todas as partes imperdoáveis de sua conduta.

Anne teve alguma satisfação em descobrir que ele deixaria Bath na manhã seguinte, logo cedo, e que estaria fora a maior parte dos dois dias seguintes. Convidaram-no novamente para ir a Camden Place na noite de seu regresso, mas precisaria se ausentar durante as noites de quinta, sexta e sábado. Já era ruim o suficiente que Mrs. Clay estivesse sempre no caminho, mas ter um hipócrita ainda maior acrescentado ao seu convívio seria o anúncio da destruição de qualquer sentimento de paz e conforto. Era muito humilhante refletir sobre a enganação constante a que seu pai e Elizabeth estavam submetidos e considerar o constrangimento que mais cedo ou mais tarde insurgiria. O egoísmo de Mrs. Clay não era tão complicado nem tão revoltante quanto o dele. Anne teria encorajado o casamento dela e Sir Walter se, mesmo com todos os males, tivessem a chance de se livrar dos empreendimentos silenciosos de Mr. Elliot, que tentava impedi-lo.

Na sexta-feira de manhã, ela pretendia ir muito cedo para a casa de Lady Russell para comunicar-lhe tudo que era necessário. Teria ido diretamente após o café da manhã, mas Mrs. Clay também precisava sair com o propósito de salvar sua irmã de algum problema, o que a obrigou a esperar até que estivesse a salvo de tal companhia. Esperou Mrs. Clay se afastar, portanto, antes de começar a falar em passar a manhã em Rivers Street.

– Muito bem – disse Elizabeth. – Não tenho nada para enviar além do meu carinho. Ah! Você pode levar de volta aquele livro cansativo que ela havia me emprestado e fingir que eu o li até o fim. Eu realmente não posso me atormentar para sempre com todos os novos poemas e documentos publicados. Lady Russell gosta de aborrecer os outros com suas novas edições. Não precisa lhe contar, mas achei o vestido que ela estava usando na outra noite simplesmente horroroso. Eu pensava que ela tinha algum bom gosto para se vestir, mas morri de vergonha dela no concerto. Havia algo de tão formal e desesperado no jeito dela! E ela se senta de forma tão ereta! Mas mande-lhe meu afeto, é claro.

– E o meu – acrescentou Sir Walter. – Com os melhores cumprimentos. Diga-lhe que pretendo visitá-la em breve. Diga isso de maneira gentil, mas apenas farei uma rápida visita. As visitas matinais nunca são justas para as mulheres da idade dela, que se enfeitam tão pouco. Se ela simplesmente usasse um pouco de ruge, não teria medo de ser vista. Da última vez que a visitei, observei que as cortinas foram imediatamente fechadas.

Enquanto o pai dela falava, alguém bateu à porta. Quem poderia ser? Anne, lembrando das visitas aleatórias, a qualquer hora, de Mr. Elliot, teria estremecido, não fosse o compromisso dele a sete milhas de distância. Após o usual período de suspense, os habituais sons de aproximação foram ouvidos. Mr. e Mrs. Charles Musgrove foram apresentados na sala.

Surpresa foi a emoção mais forte suscitada por aquela aparição, mas Anne ficou realmente feliz em vê-los. Os demais não lamentaram aquela visita a ponto de não poder transparecer um ar decente de boas-vindas, e ao ficar claro que eles, seus parentes mais próximos, não estavam ali com nenhuma intenção de se acomodar na casa, Sir Walter e Elizabeth chegaram a atingir algum nível de cordialidade e fizeram as honras necessárias. O casal foi a Bath com Mrs. Musgrove para passar uns dias e estava hospedado no White Hart. Essa parte foi esclarecida, mas quando Sir Walter e Elizabeth levaram Mary para a outra sala de visitas, regozijando-se com sua admiração, Anne tentou arrancar de Charles a verdadeira explicação para a ida deles, o significado de "negócios particulares", mencionados por Mary em meio a sorrisos, e uma resposta assertiva sobre quem de fato fora para Bath com eles.

Ela descobriu então que o grupo era composto por Mrs. Musgrove, Henrietta e o Capitão Harville, além deles dois. Charles deu um relato muito claro e inteligível do todo, uma exposição por meio da qual ela vislumbrou uma grande parte dos trâmites característicos. A viagem tinha recebido seu primeiro impulso por parte do Capitão Harville que queria ir a Bath a negócios. O assunto havia começado uma semana antes, e, como a temporada de caça havia terminado, Charles se propôs a ir com ele. Mrs. Harville gostou muito do arranjo, vantajoso para seu marido, mas Mary não suportou a ideia de ser deixada para trás e ficou tão infeliz com isso que, por um dia ou dois, o suspense pairou no ar. Mas, então, a ideia foi retomada pelo pai e pela mãe de Charles. A mãe tinha alguns velhos amigos em Bath que queria visitar. Pensaram ser uma boa oportunidade também para Henrietta comprar o enxoval de casamento para ela e a irmã. Assim, acabou se tornando incumbência de Mrs. Musgrove tornar tudo confortável e fácil para o Capitão Harville. Charles e Mary foram incluídos no grupo por conveniência geral. Haviam chegado tarde na noite anterior. Mrs. Harville, os filhos e o Capitão Benwick ficaram com Mr. Musgrove e Louisa em Uppercross.

A única surpresa de Anne foi descobrir que os assuntos de casamento estavam suficientemente adiantados a ponto de se falar em enxoval para Henrietta. Imaginara que dificuldades financeiras impediriam o casamento por um tempo, mas soube por Charles que, pouco tempo antes (depois da última carta de Mary), Charles Hayter havia sido indicado por um amigo para tomar conta da propriedade de um jovem que não poderia ocupá-la durante muitos anos. Assim, com a força de sua renda, e quase com a certeza do estabelecimento de um esquema mais permanente muito antes do prazo em questão terminar, as duas famílias haviam cedido aos desejos dos jovens. O casamento provavelmente aconteceria dali a poucos meses, próximo ao de Louisa.

– É uma propriedade muito boa – acrescentou Charles –, a apenas 25 milhas de Uppercross, e em uma região muito agradável: uma bela parte de Dorsetshire. No centro de algumas das melhores reservas do reino, cercada por três grandes proprietários, cada um mais cuidadoso e zeloso do que o outro; e, ao menos de dois deles, Charles Hayter pode receber uma recomendação especial. Não que ele fosse valorizar como deveria – observou o marido de Mary. – Charles é muito indiferente às relações sociais. Esse é o pior defeito dele.

– Estou extremamente feliz! – exclamou Anne. – Particularmente feliz que isso esteja acontecendo, pois as duas irmãs, que igualmente merecem toda a felicidade, e que sempre foram tão boas amigas, estão em situação tal que as perspectivas agradáveis de uma não diminuem a da outra. Estão igualmente destinadas à prosperidade e ao conforto. Espero que seus pais estejam bastante felizes também.

– Oh, sim. Meu pai talvez ficasse ainda mais feliz se os cavalheiros fossem mais ricos, mas não consegue achar outro defeito neles além disso. Como sabe, tudo envolve gastos. Duas filhas se casando de uma vez não é a mais agradável das operações, e, com isso, é preciso economizar em muitas coisas. No entanto, não estou dizendo que elas não têm direito. É muito apropriado que recebam os dotes de filhas, e tenho certeza de que ele sempre foi um pai muito gentil e liberal para mim. Mary não está muito satisfeita com o casamento de Henrietta. Ela nunca gostou do rapaz, a senhorita sabe. Mas ela não lhe faz justiça, nem a Winthrop. Não consigo abrir os olhos dela para o valor da propriedade. É uma união muito justa. Sempre gostei de Charles Hayter, e não vou deixar de gostar agora.

– Pais tão excelentes como Mr. e Mrs. Musgrove – observou Anne – devem ficar felizes com o casamento das filhas. Fazem de tudo para garantir a felicidade delas, tenho certeza. Que bênção para duas jovens estarem em tais mãos! Seus pais parecem totalmente livres de todos aqueles sentimentos ambiciosos que levam a tanta má conduta e miséria, tanto os jovens quanto os mais velhos. Acredita que Louisa esteja totalmente recuperada?

Ele respondeu de forma hesitante:

– Sim, creio que sim. Bastante recuperada. Entretanto, está mudada; não quer correr ou saltar, nem rir ou dançar. Está bem diferente. Se alguém fecha a porta com um pouco de força, ela se assusta e se agita como um passarinho na água, e então Benwick debruça-se sobre ela, lendo versos ou sussurrando para ela o dia todo.

Anne não pôde deixar de rir.

– Isso não está muito ao seu gosto, eu sei – disse ela. – De todo modo, acredito que ele seja um excelente jovem.

– Certamente que sim. Ninguém duvida disso, e espero que não me considere tão intolerante a ponto de querer que todos os homens tenham os mesmos objetivos e prazeres que eu. Dou grande valor a Benwick. Quando alguém consegue fazê-lo falar, ele tem muito a dizer. Suas leituras não lhe fazem mal, pois ele luta tão bem quanto lê. É um homem corajoso. Conheci-o mais na segunda-feira passada. Tivemos uma caça aos ratos durante a manhã nos grandes celeiros de meu pai, e

Benwick desempenhou tão bem o seu papel que, desde então, passei a gostar mais dele.

Foram interrompidos pela necessidade absoluta de Charles seguir os outros para admirar os espelhos e as porcelanas. Anne já tinha ouvido o suficiente para compreender o estado atual de Uppercross e se alegrar com toda aquela felicidade. Embora tenha suspirado enquanto se alegrava, era um suspiro sem nenhuma má vontade ou inveja. Ela certamente gostaria de ter aquelas bênçãos se pudesse, mas não pretendia diminuir as deles.

Toda a visita transcorreu com ótimo clima. Mary estava de excelente humor, animada pela mudança de ares. Sentia-se muito satisfeita com a viagem na carruagem da sogra, puxada por quatro cavalos, e com sua independência completa de Camden Place, de modo que seu temperamento era propício para admirar tudo como deveria e para contemplar todas as maravilhas da casa que lhe foram tão bem detalhadas. Ela não tinha reclamações para seu pai ou sua irmã, e seu senso de importância foi aumentado pelos belos cômodos da casa.

Elizabeth passou por grande angústia durante um momento. Ela sentia que Mrs. Musgrove e todo o grupo deveriam ser convidados para jantar, mas não suportava a ideia de que a diferença de estilo e a redução do número de criados, que um jantar revelaria, fosse testemunhada por aqueles que sempre foram tão inferiores aos Elliot de Kellynch. Era uma luta entre a decência e a vaidade, e a vaidade levou a melhor. Logo ficou feliz novamente. Persuadiu a si mesma de que aquelas eram "noções antiquadas", que "não passavam de hospitalidade campestre", e de que "não damos jantares por aqui, afinal, poucas pessoas em Bath o fazem. Lady Alicia nunca o faz, nem sequer convidou a família de sua própria irmã, embora tenham permanecido na cidade um mês. Ouso ainda dizer que seria muito inconveniente para Mrs. Musgrove. Ela seria completamente desviada de seu caminho. Tenho certeza de que ela prefere não vir; não se sente à vontade conosco. Vou convidar a todos para um fim de tarde. Será muito melhor, inovador e prazeroso. Nunca viram duas salas de visita assim. Ficarão encantados em vir amanhã. Será uma festa regular, pequena, mas muito elegante".

Assim, Elizabeth ficou satisfeita. Quando o convite foi feito aos dois presentes, com extensão aos ausentes, Mary ficou completamente satisfeita. Estava particularmente interessada em conhecer Mr. Elliot e ser apresentada a Lady Dalrymple e Miss Carteret, que felizmente já estavam comprometidas a ir. Não poderia haver atenção mais gratificante. Miss Elliot teria a honra de chamar Mrs. Musgrove no decorrer da manhã, e Anne saiu em seguida com Charles e Mary para fazer uma visita a ela e a Henrietta.

O plano de conversar com Lady Russell foi deixado de lado. Os três foram a Rivers Street por alguns minutos, mas Anne convenceu-se de que um dia de atraso não seria um problema, e apressou-se a ir para White Hart. Desejava reencontrar os amigos e companheiros do outono anterior, com o anseio e o entusiasmo que os vários momentos juntos contribuíram para formar.

Encontraram Mrs. Musgrove e a filha sozinhas, e Anne recebeu a mais gentil recepção de cada uma. Henrietta estava com o mesmo bom humor de quem mudou de ares, de felicidade renovada, o que a deixou cheia de interesse por todos os antigos contatos. O afeto verdadeiro de Mrs. Musgrove havia sido conquistado pelos préstimos de Anne nos momentos de dificuldades. Anne se deleitou em todo aquele carinho e sinceridade, mais ainda pela triste perspectiva de que tais bênçãos faltavam em sua casa. Ela foi convidada a dar-lhes o máximo de seu tempo possível, para estar por perto todos os dias e o dia todo – em suma, reivindicada como parte da família – e, em resposta, prometeu conceder todas as formas de atenção e assistência. Quando Charles se retirou, Anne ouviu a história de Mrs. Musgrove sobre Louisa e Henrietta, deu opiniões e recomendou lojas, parando em intervalos para dar a assistência requisitada por Mary, que ia desde ajeitar seu laço, fazer os cálculos dos valores, encontrar suas chaves e arrumar seus acessórios até precisar convencê-la de que ela não estava sendo maltratada por ninguém, pois, mesmo entretida na janela, observando a entrada e a saída de pessoas do Pump Room,[13] Mary não podia deixar de ter seus momentos de imaginação.

Era de se esperar uma manhã de confusão generalizada. O grande número de pessoas em um hotel garantia um cenário de mudança rápido e agitado. A cada cinco minutos chegava um bilhete ou um pacote, e Anne não tinha estado lá por mais de meia hora quando a sala de jantar, por mais espaçosa que fosse, ficou lotada. Um grupo de velhos amigos estava sentado ao redor de Mrs. Musgrove, e Charles voltou com os capitães Harville e Wentworth. O aparecimento deste último produziu apenas uma surpresa momentânea. Era impossível para Anne não pressentir que a chegada daquele grupo a Bath em breve os reuniria novamente. O último encontro deles tinha sido muito importante para a abertura de seus sentimentos. Ela havia tirado conclusões encorajadoras daquela noite, mas temia, pela aparência dele, que a mesma infeliz persuasão que o tinha apressado a sair do Salão de Música ainda governasse sua mente. Ele não parecia querer estar perto o suficiente para conversar com Anne.

Ela tentou se acalmar e deixar as coisas seguirem seu curso, e tentou se deter em argumentos racionais. "Certamente, se houver uma afeição contínua de ambos os lados, nossos corações se entenderão com o tempo. Não somos mais crianças para nos irritarmos com um mero capricho e nos deixarmos

13 Grande sala da qual a água medicinal de Bath era bombeada a partir das fontes termais. Atualmente, o local foi transformado em um restaurante. [N. E.]

levar pela inadvertência de um momento, nem para brincarmos com nossa própria felicidade", pensou. Ainda assim, alguns minutos depois, ela sentiu que estarem em companhia um do outro, naquelas circunstâncias, só poderia deixá-los expostos a inadvertências e mal-entendidos do tipo mais malicioso.

— Anne — gritou Mary, ainda à janela —, lá está Mrs. Clay. Tenho certeza de que é ela, perto das colunas, e há um cavalheiro com ela. Eu os vi virar a esquina da Bath Street agora mesmo. Pareciam estar conversando muito. Quem é? Venha e me diga. Meu Deus! Eu me lembro! É Mr. Elliot em pessoa!

— Não — asseverou Anne, rapidamente —, não pode ser Mr. Elliot, garanto-lhe. Ele saiu de Bath às nove desta manhã e não voltará até amanhã.

Enquanto falava, sentia que o Capitão Wentworth estava olhando para ela. Tal consciência a deixou constrangida e fez com que se arrependesse de ter dito tanto, por mais simples que fosse o comentário.

Mary, ressentida por não poder conhecer seu próprio primo, começou a falar muito calorosamente sobre as características da família e a protestar que aquele era Mr. Elliot, chamando Anne novamente para ver por si mesma. Anne não quis sair do lugar e tentou ser fria e indiferente. Sua angústia se renovou, no entanto, ao perceber que sorrisos e olhares se passavam entre duas ou três visitantes, como se acreditassem compartilhar de um segredo. Era evidente que o boato a respeito dela e Mr. Elliot tinha se espalhado, e uma pequena pausa na conversa pareceu insinuar que os rumores se espalhariam ainda mais.

— Venha, Anne — chamou Mary —, venha e veja por si mesma. Chegará tarde demais se não se apressar. Eles estão se despedindo, veja, estão apertando as mãos. Ele está se virando. Não reconhece Mr. Elliot? Parece que se esqueceu de tudo o que houve em Lyme.

Para acalmar Mary e, talvez, para disfarçar sua própria vergonha, Anne se moveu calmamente para a janela. Ela chegou a tempo de verificar que era mesmo Mr. Elliot, informação na qual ela não havia acreditado até o momento, antes de ele desaparecer de um lado enquanto Mrs. Clay caminhava rapidamente para o outro. Escondendo a surpresa causada por tal conferência de aparência amigável entre duas pessoas de interesse totalmente oposto, ela disse calmamente:

— Sim, é Mr. Elliot, decerto. Ele mudou o horário de sua viagem, suponho, ou posso estar enganada, ou talvez não tenha prestado atenção.

Anne voltou para sua cadeira, recomposta, e com a confortável esperança de ter se saído bem.

Os visitantes se despediram, e Charles, depois de tê-los cumprimentado cordialmente, reclamou da presença deles e disse:

— Bem, mamãe, fiz algo pela senhora que irá gostar. Fui ao teatro e reservei um camarote para amanhã à noite. Não sou um bom rapaz? Sei que adora assistir a uma peça, e há espaço para todos nós. Tem nove lugares. Eu convidei o Capitão Wentworth. Anne não hesitará em juntar-se a nós, tenho certeza. Todos nós gostamos de ir ao teatro. Não fiz bem, mamãe?

Mrs. Musgrove, muito bem-humorada, expressou sua perfeita prontidão para ir à peça, caso Henrietta e todos os outros gostassem da ideia, quando Mary a interrompeu avidamente, exclamando:

— Meu Deus, Charles! Como pode pensar em tal coisa? Um camarote para amanhã à noite! Você se esqueceu que temos um compromisso em Camden Place amanhã? Esqueceu-se de que fomos especialmente convidados para conhecer Lady Dalrymple e sua filha, e Mr. Elliot, e todas as principais relações da família, com o propósito de sermos apresentados a todos? Como pode ser tão esquecido?

– Ora! Mas que coisa! – respondeu Charles. – O que é um pequeno encontro ao fim da tarde? Nada que valha a pena se lembrar. Seu pai teria nos convidado para jantar, acredito, se quisesse nos ver. Faça o que quiser, mas eu irei à peça.

– Oh, Charles! Afirmo que será um gesto demasiadamente abominável ir ao teatro depois de ter prometido acompanhar-me a Camden Place.

– Não, eu não prometi. Só sorri, me curvei, e disse as palavras "ficaria feliz". Não houve promessa alguma.

– Mas você precisa ir, Charles. Seria imperdoável faltar. Fomos convidados com o intuito de sermos apresentados. Sempre houve uma grande ligação entre a família Dalrymple e a nossa. Nunca aconteceu nada em nenhum dos lados que não tenha sido anunciado imediatamente. Somos parentes muito próximos, você bem sabe. E Mr. Elliot, também, a quem você precisa conhecer em particular, estará lá! Toda a atenção é devida a Mr. Elliot. Ele é o herdeiro do meu pai: o futuro representante da família.

– Não me fale de herdeiros e representantes – esbravejou Charles. – Não sou daqueles que negligenciam o rei no poder para se curvar diante do príncipe. Se eu não fosse por consideração a seu pai, deveria achar escandaloso ir por consideração a seu herdeiro. Que importância tem Mr. Elliot para mim?

A expressão de pouco caso deu vida a Anne, e ela percebeu que o Capitão Wentworth estava muito atento, olhando e ouvindo com toda sua alma. Aquelas últimas palavras trouxeram seus olhos inquiridores na direção dela.

Charles e Mary continuaram a discutir do mesmo modo. Ele, meio sério e meio jocoso, argumentando a favor do esquema da peça, e ela, invariavelmente séria, se opondo enfaticamente, não omitindo que, por mais determinada que estivesse em ir a

Camden Place sozinha, se sentiria deixada de lado se o grupo fosse à peça sem ela. Mrs. Musgrove interveio.

— É melhor adiarmos. Charles, é melhor voltar lá e trocar a reserva do camarote para terça-feira. Seria uma pena nos dividirmos, e perderíamos a presença de Miss Anne também, no caso de uma festa na casa de seu pai. Estou certa de que nem Henrietta nem eu nos importaríamos com qualquer peça se Miss Anne não puder estar conosco.

Anne sentiu-se verdadeiramente agradecida por tal gentileza e disse, com determinação:

— Se dependesse apenas da minha inclinação, senhora, a festa em casa, com exceção da presença de Mary, não seria o menor obstáculo. Não tenho prazer em tal tipo de encontro, e ficaria muito feliz em trocá-lo por uma peça de teatro, ainda mais na companhia de vocês. Porém, acredito que a senhora tenha razão.

Ela ficou um tanto trêmula, consciente de que suas palavras foram escutadas, e nem ousou tentar observar o efeito delas.

Por fim, foi acordado que terça-feira deveria ser o dia para irem ao teatro. Charles se reservou ao direito de continuar provocando a esposa, insistindo que iria à peça no dia seguinte mesmo se ninguém mais fosse.

O Capitão Wentworth deixou seu lugar e foi até à lareira, apenas para se afastar pouco depois e tomar outro lugar, sem evidenciar muito suas intenções, perto de Anne.

— A senhorita não esteve tempo suficiente em Bath — comentou ele — para desfrutar das festas noturnas.

— Oh, não. O caráter habitual delas não me agrada. Não jogo cartas.

— Não jogava, eu sei. Não gostava de cartas. Entretanto, o tempo pode operar muitas mudanças.

– Não mudei tanto assim – disse Anne, e parou, temendo ser mal-interpretada.

Depois de esperar alguns momentos, ele falou, como se algo tivesse lhe ocorrido subitamente:

– É muito tempo, de fato! Oito anos e meio é um longo período.

Se ele teria ido mais longe no assunto foi deixado a cargo da imaginação de Anne em uma hora mais calma, pois enquanto o som das palavras proferidas por ele ainda ressoava em seu ouvido, sua atenção foi requisitada por Henrietta. A moça estava ansiosa para aproveitar o momento de lazer e sair, e chamava seus companheiros para não perderem mais tempo, antes que mais alguém entrasse.

Eles foram obrigados a sair. Anne disse que estava perfeitamente pronta para partir e tentou disfarçar a decepção em seu rosto. Sentiu que se Henrietta pudesse ter percebido o pesar e a relutância de seu coração em deixar aquela cadeira e sair da sala, teria se apiedado dela.

Os preparativos, no entanto, foram interrompidos. Ouviram o burburinho de outros visitantes se aproximando, e a porta foi aberta para Sir Walter e Miss Elliot, cuja entrada pareceu provocar um arrepio geral. Anne sentiu uma opressão instantânea e, para onde quer que olhasse, via sintomas do mesmo mal no semblante dos demais. O conforto, a liberdade e a alegria do cômodo se esvaíram e deram lugar à fria compostura, ao silêncio determinado e à conversa insípida, para adequar a atmosfera à altura da elegância seca de seu pai e sua irmã. Como era doloroso testemunhar aquilo!

O olhar atento de Anne ficou satisfeito em um aspecto. O Capitão Wentworth foi novamente cumprimentado por seus parentes, e Elizabeth o fez de modo mais gracioso do que antes. Ela até se dirigiu a ele e o observou mais de uma vez.

Elizabeth estava, de fato, agindo de forma bem diferente. A sequência dos eventos explicou o porquê daquilo. Após desperdiçar alguns minutos falando sobre as amenidades inúteis, tal como ditam os costumes, ela começou a fazer o convite, pois precisava estendê-lo aos outros Musgrove que não estiveram em Camden Place.

– Venham amanhã à noite, para conhecer alguns amigos. Não será uma festa formal.

Tudo foi dito com muita graça, e os convites que ela havia providenciado, nos quais era possível ler "Miss Elliot os receberá em sua propriedade", foram colocados sobre a mesa, com um sorriso cortês e abrangente para todos. Um sorriso e um cartão foram oferecidos de modo mais enfático ao Capitão Wentworth. A verdade era que Elizabeth estava em Bath havia tempo suficiente para entender a importância de um homem com o ar e a aparência de Frederick. O passado não significava mais nada, e o presente indicava que o Capitão Wentworth cairia como uma luva em sua sala de visitas. Os convites foram devidamente entregues, e Sir Walter e Elizabeth levantaram-se e saíram.

A interrupção tinha sido curta, embora severa, e a leveza e a animação voltaram para a maioria dos que ficaram quando a porta se fechou, mas não para Anne. Ela só pensava no convite que Elizabeth fizera a Frederick e na forma como tinha sido recebido com uma reação de significado duvidoso: de surpresa, em vez de satisfação; de cumprimento educado, em vez de aceitação grata. Ela o conhecia; via desprezo em seus olhos, e não ousava acreditar que ele aceitaria tal oferta como expiação por toda a insolência do passado. Seu ânimo esmoreceu. Ele encarou o cartão em sua mão depois que Sir Walter e Elizabeth se retiraram, como se estivesse considerando profundamente a questão.

– Ora, vejam, Elizabeth incluiu a todos! – comentou Mary, de forma muito audível. – Não me admira que o Capitão Wentworth esteja encantado! Olhe, ele não solta o cartão.

O olhar de Anne se cruzou com o dele; viu suas bochechas corarem e sua boca formar uma expressão momentânea de desprezo, e então afastou-se, para não ver nem ouvir mais nada que pudesse afetá-la.

O grupo se separou. Os cavalheiros tinham suas próprias atividades, as damas prosseguiram em seus afazeres, e não se encontraram mais enquanto Anne esteve com as mulheres. Convidaram-na insistentemente para que ela ficasse e passasse o resto do dia, mas estava exausta pelos acontecimentos e, naquele momento, sentia-se apta apenas a ir para casa, onde poderia ter a certeza de permanecer em silêncio.

Prometendo estar com eles ao longo da manhã seguinte, por fim, ela coroou o cansaço do dia com uma exaustiva caminhada até Camden Place, onde passou a noite ouvindo os arranjos atarefados de Elizabeth e Mrs. Clay para o encontro do dia seguinte. Elas faziam a lista das pessoas convidadas e de detalhes cada vez mais específicos sobre todos os enfeites que iriam adornar e tornar o local o mais elegante de Bath, enquanto Anne se atormentava com a mesma pergunta insistente: o Capitão Wentworth iria ou não? Consideravam a presença dele como certa, mas havia em Anne uma ansiedade angustiante que não se apaziguava por sequer cinco minutos. De modo geral, ela acreditava que ele iria, porque acreditava, de modo geral, que era a coisa mais educada a ser feita. Porém, era uma situação à parte que não cabia nos moldes do dever ou da discrição, pois havia um conflito de sentimentos muito opostos.

Ela só saiu do transe causado pela inquietação para dizer a Mrs. Clay que ela tinha sido vista com Mr. Elliot três horas depois do horário em que ele supostamente estaria fora de

Bath, em uma tentativa vaga de saber algo a respeito daquela conversa, e distinguiu um traço de culpa no rosto da dama ao ouvir aquilo. Foi algo efêmero e que permaneceu ali apenas um instante, mas Anne deduziu pelo semblante de Mrs. Clay que ela havia sido obrigada, por alguma complicação das tramoias de ambos, ou por alguma intimação de Mr. Elliot, a escutar (talvez por boas horas) censuras e restrições aos planos dela com relação a Sir Walter. Mrs. Clay deu a seguinte explicação, com uma entonação muito tolerável de tranquilidade e naturalidade:

– Oh, querida, sim! É verdade. Acredita, Miss Elliot, que, para minha grande surpresa, encontrei Mr. Elliot na Bath Street? Nunca fiquei tão surpresa. Ele caminhou comigo até Pump Yard. Ele tinha sido impedido de partir para Thornberry, mas realmente esqueci o motivo, pois eu estava com pressa e não podia dar-lhe muita atenção. Só me recordo de ouvi-lo dizer que não desejava atrasar seu retorno. Ele queria saber o quão cedo poderia vir amanhã. Na verdade, ele falou muito sobre "amanhã", e eu, como é evidente, também fiquei com a cabeça cheia a respeito do acontecimento de amanhã desde que entrei em casa e soube a extensão dos planos feitos por vocês e de tudo o que tinha acontecido, senão o fato de eu tê-lo visto nunca teria sido tão completamente esquecido por mim.

Capítulo XXIII

APENAS um dia tinha se passado desde a conversa de Anne com Mrs. Smith, mas um interesse mais agudo tinha surgido. Ela estava tão pouco afetada pela conduta de Mr. Elliot, exceto por seus efeitos, que, na manhã seguinte, adiou novamente sua visita explicativa a Rivers Street. Prometera estar com os Musgrove o dia todo. Assim, o caráter de Mr. Elliot, como aconteceu com a sultana Scherazade,[14] seria poupado para ver mais um dia.

No entanto, não conseguiu cumprir seu compromisso com pontualidade. O clima estava desfavorável, e ela lamentou que aquela chuva estragasse os planos dela e de seus amigos, até que foi possível sair a pé. Quando chegou a White Hart, percebeu que havia se atrasado, e outras pessoas chegaram antes dela. Mrs. Musgrove falava com Mrs. Croft, e o Capitão Harville com o Capitão Wentworth. Anne foi imediatamente informada de que Mary e Henrietta, impacientes demais para esperar, haviam saído no momento em que a chuva tinha estiado, mas logo voltariam, e que as instruções mais rigorosas de manter Miss Elliot lá tinham sido dadas à Mrs. Musgrove. Só restava a ela aceitar, se sentar, demonstrar calma por fora e mergulhar por

---

14 Scherazade é a narradora do clássico árabe *As Mil e Uma Noites*, em que ela conta uma história por noite para que seu marido, o rei da Pérsia, não a mate.

completo em todas as agitações que experimentaria antes mesmo do final da manhã. Não houve atraso nem perda de tempo. Logo estava profundamente envolta pela felicidade de tal aflição, ou pela aflição de tal felicidade. Dois minutos depois de ela entrar na sala, o Capitão Wentworth disse:

— Vamos escrever agora a carta de que falávamos, Harville, se me der material.

O material estava à mão, em uma mesa separada. Ele foi até lá e, praticamente virando as costas para todos, ficou absorvido pela escrita.

Mrs. Musgrove contava à Mrs. Croft a história do noivado de sua filha mais velha, naquele tom de voz inconveniente que era perfeitamente audível enquanto fingia ser um sussurro. Anne sentiu que não pertencia àquela conversa e, mesmo assim, como o Capitão Harville parecia pensativo e pouco disposto a falar, não pôde deixar de ouvir muitos detalhes indesejáveis. Ela dizia "como Mr. Musgrove e Mr. Hayter se encontraram diversas vezes para conversar sobre isso", ou "o que meu cunhado, Mr. Hayter, tinha dito um dia, e o que Mr. Musgrove tinha proposto no dia seguinte, e o que tinha ocorrido à minha irmã, Mrs. Hayter, e o que os jovens desejavam, e o que dissera no início, pois não tendia a consentir, mas depois fui persuadida de que esse casamento seria muito bom", e muito mais no mesmo estilo de comunicação aberta; minúcias que, mesmo com todas as vantagens do bom gosto e da delicadeza, algo que a boa Mrs. Musgrove não tinha, só poderiam ser devidamente interessantes para as partes envolvidas. Mrs. Croft escutava com grande bom humor e demonstrava grande sensatez em tudo o que falava. Anne esperava que cada um dos cavalheiros estivesse demasiado ocupado para ouvir.

— E assim, senhora, levando tudo isso em consideração — disse Mrs. Musgrove, em seu sussurro audível —, embora pudéssemos ter desejado algo diferente, no geral, não achamos justo ficarmos de fora, pois Charles Hayter estava tomado de euforia, e Henrietta, quase tão ansiosa quanto ele. Por isso, achamos melhor deixá-los se casar de uma vez por todas e aproveitar da melhor forma possível, como muitos outros já fizeram antes deles. De qualquer forma, como eu disse, será melhor assim do que um noivado longo.

— Era precisamente isso que eu ia comentar — disse Mrs. Croft. — Acho melhor os jovens se acomodarem com uma pequena renda de uma vez e lutarem contra algumas dificuldades juntos do que permanecerem num longo noivado. Eu sempre penso que nenhum...

— Oh, querida Mrs. Croft — interrompeu Mrs. Musgrove, incapaz de a deixar terminar seu discurso —, não há nada que eu abomine mais para os jovens do que um longo noivado. Sempre protestei contra isso para os meus filhos. Sempre fui assertiva a esse respeito: não vejo problema algum no fato de os jovens ficarem noivos, desde que haja a certeza de que estarão casados em seis meses, ou mesmo em um ano, mas um longo noivado...

— Sim, querida senhora — continuou Mrs. Croft —, noivados incertos, noivados muito longos. Considero que seja muito inseguro e insensato firmar um compromisso sem saber se em tal momento haverá meios para o casamento se concretizar, e todos os pais devem evitar tal situação o máximo que puderem, creio eu.

Anne achou ali um interesse inesperado. Sentiu que aquele comentário se aplicava a si mesma, sentiu-o perpassar por todo o seu corpo. No mesmo momento em que seus olhos instintivamente se voltaram para a mesa mais distante, a pena do Capitão Wentworth parou de se mexer. Ele ergueu a cabeça, fazendo uma pausa, ouvindo com atenção, e se virou no instante seguinte para dar uma olhada rápida e consciente para ela.

As duas senhoras continuaram a falar, repetindo as mesmas verdades em comum e exemplificando o mal que tais práticas condenáveis provocavam, mas Anne não mais as ouvia distintamente;

as vozes soavam apenas como um zumbido de palavras, e a mente dela estava completamente embaralhada.

O Capitão Harville, que não tinha ouvido nada da conversa, naquele momento deixou seu assento e foi para perto de uma janela, e Anne, parecendo observá-lo, embora fosse um olhar inerte, gradualmente se deu conta de que ele estava convidando-a para se se aproximar. Olhou-a, ofereceu-lhe um sorriso e fez um pequeno movimento de cabeça que expressava: "Venha, tenho algo a lhe dizer", e sua gentileza natural e simples, que denotava os sentimentos de um conhecido mais antigo do que ele realmente era, tornou o convite mais convincente. Anne voltou a si e foi até ele. A janela em que se encontrava ficava do lado oposto de onde as duas senhoras estavam sentadas, e, embora mais perto da mesa do Capitão Wentworth, não era tão perto. Quando se juntou a ele, o rosto do Capitão Harville reassumiu a expressão séria e pensativa que aparentava ser seu caráter natural.

— Veja — disse ele, desdobrando um pacote e exibindo uma pequena pintura em miniatura —, sabe quem é este?

— Certamente. É o Capitão Benwick.

— Sim, e a senhorita pode adivinhar para quem seria dada. Entretanto — continuou, em um tom profundo —, não foi feita para ela. Miss Elliot, lembra-se de nossa caminhada em Lyme, e de nosso pesar por ele? Não pensei bem à época... mas não importa. Isto foi desenhado no Cabo. Ele encontrou um jovem e inteligente artista alemão no Cabo, e para cumprir uma promessa feita à minha pobre irmã, posou para o artista. Trouxera a pequena pintura para casa, a fim de presenteá-la. E agora tenho o encargo de emoldurá-la apropriadamente para dar a outra pessoa! Fui incumbido de fazê-lo! Mas a quem mais ele poderia pedir? Espero que eu consiga cumprir a promessa. Contudo, não me importo de incumbir o favor à outra pessoa. Ele se encarregará de tal coisa — disse, olhando para o Capitão Wentworth. — Está escrevendo a respeito disso neste instante. – Com um lábio trêmulo, concluiu o assunto, acrescentando: – Pobre Fanny! Ela não o teria esquecido tão cedo!

– Sim – respondeu Anne, com uma voz baixa e sentimental. – Nisso eu posso facilmente acreditar.

– Não era da natureza dela. Ela o venerava.

– Não seria da natureza de nenhuma mulher que amasse verdadeiramente.

O Capitão Harville sorriu e disse:

– A senhorita estende esta afirmação a todas as mulheres?

Ela respondeu, também sorrindo:

– Sim. Nós certamente não os esquecemos tão rápido como vocês nos esquecem. É, talvez, nossa ruína, e não nosso mérito. Não conseguimos evitar. Vivemos dentro de casa, quietas, confinadas, e nossos sentimentos nos atormentam. Já os homens têm outras atividades e esforços: uma profissão, metas, negócios, assuntos que os levam a andar pelo mundo. Suas ocupações contínuas e dinâmicas logo enfraquecem os sentimentos.

– Concebendo sua afirmação de que o mundo facilita as coisas mais cedo para os homens, o que, de todo modo, não concordo, isso não se aplica a Benwick. Ele não foi levado a qualquer esforço. Os tempos de paz o trouxeram para a terra no momento de seu infortúnio, e ele tem vivido conosco, em nosso pequeno círculo familiar, desde então.

– É verdade – asseverou Anne –, nada mais verdadeiro. Eu não me lembrava disso. Porém, o que podemos fazer, Capitão Harville? Se a mudança não veio por meio de circunstâncias externas, deve ter vindo de dentro; deve ter sido a própria natureza masculina que mudou o Capitão Benwick.

– Não, não, não foi a natureza masculina. Não posso admitir que a natureza masculina, mais do que a feminina, seja inconstante e permita esquecer de quem se ama ou dos que foram amados.

Acredito no contrário. Acredito em uma analogia entre nossa constituição física e nossa constituição mental. Como nossos corpos são mais fortes, também o são nossos sentimentos, capazes de suportar as dores mais terríveis e enfrentar os piores contratempos.

– Seus sentimentos podem ser mais fortes – respondeu Anne –, mas a mesma lógica desta analogia me autorizará a afirmar que os nossos são os mais sensíveis. O homem é mais robusto que a mulher, mas não é mais longevo; o que explica exatamente a minha visão da natureza de sua afeição. Não, seria muito difícil para os homens se as coisas fossem de outro modo. Vocês passam por problemas, privações e perigos suficientes. Estão sempre trabalhando e lutando, expostos a todo risco e a toda dificuldade. A casa, o país, os amigos, tudo é deixado de lado. Não têm tempo, nem saúde, nem vida para chamarem de seus. Seria demasiado difícil, de fato – continuou, com voz vacilante –, se os sentimentos tipicamente femininos fossem acrescentados a tudo isso.

– Nunca concordaremos sobre essa questão – começava a dizer o Capitão Harville, quando um ligeiro ruído chamou a atenção deles para a parte da sala até então perfeitamente silenciosa onde estava o Capitão Wentworth.

Ele havia derrubado a pena no chão. Anne se surpreendeu ao perceber que ele estava mais perto do que supunha, e suspeitou que a pena só tinha caído porque o cavalheiro estava prestando atenção na conversa deles, esforçando-se para captar alguma palavra, embora pensasse que ele não teria conseguido.

– Já terminou a carta? – indagou o Capitão Harville.

– Quase, faltam mais algumas linhas. Terminarei em cinco minutos.

– Não tenho pressa. Estarei pronto quando o senhor estiver. Estou muito bem ancorado aqui – retrucou, sorrindo para Anne –, bem suprido; não preciso de mais nada. Não há pressa. Enfim, Miss Elliot – continuou, baixando a voz –, como eu estava dizendo, suponho que nunca estaremos de acordo nesse ponto. Nenhum homem e nenhuma mulher, provavelmente, concordariam. Entretanto, permita-me dizer que todas as histórias estão contra a senhorita. Todas as histórias, prosa e verso. Se eu tivesse uma memória como a de Benwick, poderia mencionar cinquenta citações que favorecessem meu lado da discussão, porém, estou certo de que nunca abri um livro na minha vida que não tivesse algo a dizer sobre a inconstância feminina. Todas as canções e todos os provérbios falam da inconstância da mulher. Contudo, a senhorita argumentará que foram todos escritos por homens, creio eu.

– Talvez eu assim argumente. Sim, por favor, não faça referência a exemplos em livros. Os homens têm tido a vantagem de contar suas próprias histórias. A educação é voltada para vocês em um grau muito superior; a pena e o papel tem estado em suas mãos. Não admitirei os livros como prova de nada.

– Mas como vamos provar qualquer coisa?

– Nunca provaremos. Não é possível provar nada sobre tal discussão. A diferença radical de opiniões não admite prova. Cada um de nós começa, provavelmente, com um pouco de parcialidade a favor de nosso próprio sexo; e, sobre esta parcialidade, construímos interpretações favoráveis a ela a partir de todas as circunstâncias ocorridas dentro do nosso próprio círculo, muitas das quais, inclusive, os casos que mais nos atingem, não podem ser apresentadas sem trair uma confiança, ou sem que se diga o que não deve ser dito.

– Oh, Miss Elliot! – exclamou o Capitão Harville, com emoção. – Se eu pudesse fazê-la entender o que um homem sofre quando observa sua esposa e seus filhos partirem no barco em que ele os enviou, até sumirem de vista, e então se afasta e diz: "Só Deus sabe se nós nos encontraremos novamente!" Se eu pudesse mostrar o brilho da alma deste mesmo homem quando, enfim, vê a família outra vez; o brilho no olhar dele quando, depois de uma ausência de um ano e uma rápida visita, obrigado a ir novamente para outro porto, ele calcula o quão cedo será possível levá-la até lá, fingindo enganar-se, dizendo "Não chegarão antes de tal dia", mas esperando que cheguem mesmo 12 horas mais cedo e, enfim, vendo-os chegar muito antes do que o previsto, como se o céu lhes tivesse dado asas! Se eu tivesse como lhe explicar tudo isso, e tudo o que um homem pode suportar e fazer por causa dos tesouros de sua existência! Refiro-me, é claro, apenas aos homens que têm coração! – Ele apertou o próprio peito, com emoção.

– Oh! – interpelou Anne, ansiosa. – Espero fazer justiça a tudo o que o senhor e os demais cavalheiros sentem. Deus me livre de subestimar os sentimentos calorosos e fiéis de qualquer semelhante meu! Eu mereceria total desprezo se ousasse supor que o verdadeiro apego e a verdadeira constância fossem traços conhecidos apenas pelas mulheres. Não. Acredito que os homens são capazes dos atos mais bondosos e grandiosos em seus casamentos. Acredito que vocês estão à altura de demonstrar todo o esforço significante e toda a tolerância doméstica, desde que, se me for permitido falar, tenham um objetivo. Quero dizer, desde que a mulher amada esteja viva, e viva por vocês. A superioridade de conduta que atribuo a meu próprio sexo, e não é algo invejável ou passível de cobiça, é por amarmos por mais tempo, mesmo quando a existência ou a própria esperança não existe mais.

Ela não teria conseguido proferir nem mais uma frase. Seu coração estava pesado e sua respiração, sufocada.

– A senhorita tem uma boa alma – opinou o Capitão Harville, colocando a mão no braço dela, com muito carinho. – Não há discussão com a senhorita. E quando penso em Benwick, permaneço de boca calada.

A atenção deles foi atraída para os outros. Mrs. Croft estava de saída.

– É aqui, Frederick, que o senhor e eu nos separamos, acredito – disse ela. – Vou para casa, e o senhor tem um compromisso com seu amigo. Podemos ter o prazer de nos encontrar novamente na sua festa – emendou, voltando-se para Anne. – Ontem recebemos o convite de sua irmã, e entendo que Frederick também recebeu um, embora eu não o tenha visto. O senhor não tem outro compromisso, tem, Frederick?

O Capitão Wentworth estava dobrando a carta com muita pressa, e ou não podia ou não queria responder diretamente.

– Sim – respondeu –, é verdade; aqui nos separamos, mas Harville e eu logo estaremos com a senhora. Isto é, Harville, se estiver pronto, eu estarei em meio minuto. Sei que não se importará de partir agora. Estarei à sua disposição em meio minuto.

Mrs. Croft os deixou, e o Capitão Wentworth, depois de selar sua carta com rapidez, estava de fato pronto, e tinha um ar apressado e agitado, que demonstrou sua impaciência para ir embora. Anne não compreendeu. Ela recebeu o mais gentil "Tenha um bom dia, Deus a abençoe!" do Capitão Harville, mas, de Frederick, nem uma palavra, nem um olhar! Ele deixou o local sem dirigir-lhe sequer um olhar!

Anne mal se aproximara da mesa onde ele estivera escrevendo quando passos foram ouvidos. A porta se abriu e o próprio Capitão Wentworth entrou novamente no recinto. Ele pediu licença e disse que havia esquecido as luvas. Atravessou imediatamente a sala em direção à mesa, tirou uma carta que estava debaixo dos papéis ali espalhados, colocou-a diante de Anne com um olhar de súplica fixado nela e, depois de recolher suas luvas, saiu novamente, mal dando tempo para Mrs. Musgrove notá-lo. A coisa toda durou um instante!

A agitação que aquilo provocou em Anne era quase inexprimível. A carta, com identificação pouco legível, destinada a "Miss A. E.", era evidentemente a que ele havia dobrado tão apressadamente. Enquanto deveria estar escrevendo apenas para o Capitão Benwick, ele também escrevera algo para ela! Tudo o que importava para ela no mundo dependia do conteúdo daquela carta. Tudo era possível, tudo estava em suspense. Mrs. Musgrove tinha alguns arranjos próprios à sua mesa para reter sua atenção. Anne precisaria confiar na proteção daquela distração e, afundando na cadeira que Frederick tinha ocupado, inclinando-se no espaço em que ele escrevera aquela mesma carta, seus olhos devoraram as seguintes palavras:

Não posso mais ouvir em silêncio. Devo falar com a senhorita pelos meios que estão ao meu alcance. A senhorita rasga minha alma. Sou metade agonia, metade esperança. Não me diga que cheguei tarde demais, que tais sentimentos preciosos se foram para sempre. Eu me ofereço a senhorita novamente, com um coração ainda mais seu do que quando a senhorita quase o partiu, há oito anos e meio. Não ouse dizer que o homem esquece mais cedo do que a mulher, que o amor de um homem tem uma morte mais precoce. Não amei ninguém além da senhorita. Posso ter sido injusto, posso ter sido fraco, posso ter sido amargo, mas nunca fui inconstante. Vim para Bath por sua causa. Por sua causa, pensei e planejei tudo isso. Não percebeu? Não compreendeu os meus desejos? Eu não teria esperado nem mesmo esses dez dias se tivesse lido seus sentimentos, pois achava que a senhorita havia lido os meus. Eu mal consigo escrever. A cada segundo ouço algo mais angustiante da senhorita. Diminuiu o tom, mas consigo distinguir perfeitamente o som de sua voz em meio a qualquer outro. Ah, como é bondosa, que criatura excelente! A senhorita nos faz justiça. Acredita que há verdadeiro afeto e verdadeira constância entre os homens. Acredite, então, que tais sentimentos são muito mais fervorosos, muito mais indeléveis naquele que lhe escreve, F. W.

Preciso ir, incerto de meu destino, mas voltarei para cá, ou encontrarei seu grupo o mais depressa possível. Uma palavra, um olhar, será suficiente para decidir se entrarei na casa de seu pai esta noite ou nunca mais.

O efeito provocado por tal carta não seria facilmente amenizado. Meia hora de solidão e reflexão poderia tê-la tranquilizado, mas os dez minutos que se passaram antes de ela ser interrompida, com todas as restrições de sua situação, nada puderam fazer por seu estado de nervosismo. Cada momento trazia uma nova agitação. Era uma felicidade avassaladora. E antes que ela tivesse superado sequer a primeira etapa de todas aquelas sensações, Charles, Mary e Henrietta entraram.

A necessidade absoluta de demonstrar naturalidade produziu uma luta interna. Depois de um tempo, ela não conseguiu mais. Não entendia mais uma palavra do que eles diziam e, assim, foi obrigada a alegar indisposição e pedir licença. Suas companhias perceberam que ela parecia muito doente, ficaram chocados e preocupados e não a deixariam sozinha por nada. Isso era terrível. Se eles tivessem simplesmente ido embora, deixando-a sozinha no silêncio daquele cômodo, isso teria sido sua cura. Mas tê-los todos de pé à sua volta, vigiando-a, era extremamente perturbador e, desesperada, ela avisou que iria para casa.

— É claro, minha querida — opinou Mrs. Musgrove —, vá diretamente para casa e se cuide, para que esteja bem hoje à noite. Se Sarah estivesse conosco, poderia medicá-la, mas eu mesma não sou boa médica. Charles, chame alguém e peça um transporte. Anne não deve andar.

Uma carruagem não era nada conveniente. Seria a pior coisa de tudo! Perder a possibilidade de trocar algumas palavras com o Capitão Wentworth no percurso de sua tranquila e solitária caminhada pela cidade (e ela tinha bastante certeza de que o encontraria) seria algo que ela não poderia suportar. Protestou com veemência contra a necessidade do transporte, e Mrs. Musgrove, que pensava apenas em um tipo de enfermidade, assegurou-se ansiosamente de que Anne não tivera nenhuma ocorrência de queda, escorregões ou golpes na cabeça. Depois de se certificar disso, despediu-se dela alegremente e disse que esperava encontrá-la melhor à noite.

Ansiosa por não omitir nenhuma precaução possível, Anne reuniu forças para dizer:

– Receio, minha senhora, que nem tudo tenha sido perfeitamente compreendido. Portanto, peço-lhe que mencione aos outros senhores que esperamos ver todo o grupo esta noite. Receio que tenha havido algum engano, e gostaria que comunicasse em especial ao Capitão Harville e ao Capitão Wentworth que os esperamos mais tarde.

– Oh, minha querida, está tudo bem-entendido, dou-lhe minha palavra. O Capitão Harville não pensa em outra coisa a não ser em ir à festa.

– Acha mesmo? Estou com esse receio e lamentaria muito se houvesse algum equívoco. Promete mencionar o que eu disse quando encontrá-los novamente? A senhora os verá ainda esta manhã, deduzo. Prometa-me, por favor.

– Esteja certa de que o farei, se assim deseja. Charles, se vir o Capitão Harville em qualquer canto, lembre-se do recado de Miss Anne. Mas, acredite, minha querida, não há necessidade de inquietação. O Capitão Harville está bastante comprometido a ir, posso garantir. O mesmo vale para o Capitão Wentworth, ouso dizer.

Anne não podia fazer mais nada. Seu coração receava que algum imprevisto esmorecesse a perfeição daquela felicidade. Ainda assim, a sensação não durou muito. Mesmo se Frederick não fosse a Camden Place, ela poderia enviar um recado inteligível pelo Capitão Harville.

Ocorreu, porém, mais um embaraço momentâneo. Charles, em sua real preocupação e boa vontade, iria acompanhá-la até em casa. Não havia como impedi-lo. Aquilo tudo era uma tortura. No entanto, ela não podia ser ingrata; ele estava sacrificando um compromisso com um armeiro para ajudá-la. Partiu com ele, sem aparentar nenhum outro sentimento a não ser a gratidão.

Estavam na Union Street quando um passo apressado atrás deles, um som familiar, deu a Anne alguns segundos para se preparar antes de ser confrontada com a visão do Capitão Wentworth. Ele os alcançou, mas, como se estivesse indeciso sobre juntar-se a eles ou seguir em frente, não disse nada, apenas os observou. Anne tinha controle sobre si o suficiente para encarar aquele olhar com receptividade. As bochechas pálidas coraram, e os movimentos hesitantes tornaram-se resolutos. Ele caminhou ao lado dela. Acometido por um pensamento repentino, Charles disse:

— Capitão Wentworth, para que lado vai? Para a Gay Street ou mais acima?

— Eu mal sei — respondeu o Capitão Wentworth, surpreso.

— Vai até Belmont? Vai para perto de Camden Place? Porque, se for, não terei escrúpulos em pedir-lhe que tome meu lugar e dê o braço a Anne para acompanhá-la até a porta de casa. Ela se sentiu mal esta manhã e não deve ir tão longe sem assistência, e eu precisava encontrar um outro cavalheiro. Ele prometeu me mostrar uma arma que quer vender e disse que a manteria desembalada até o último momento possível, para que eu pudesse vê-la. Se eu não for agora, não terei chance. Pela descrição dele, é um bom artefato, uma espingarda com cano duplo, do mesmo tamanho daquela minha usada pelo senhor, em Winthrop.

Não houve nenhuma objeção; apenas o mais apropriado entusiasmo, um cumprimento cortês para o espectador externo e a alegria disfarçada do arrebatamento interno. Em meio minuto, Charles estava novamente no final da Union Street, e os outros dois seguiram juntos. Trocaram algumas palavras necessárias para decidir um rumo calmo e seguro para a caminhada, onde o poder da conversa faria daquele momento uma bênção; um momento que seria imortalizado e lembrado com todo carinho ao longo de suas vidas futuras.

Eles trocaram novamente aqueles sentimentos e aquelas promessas que um dia pareceram assegurar tudo, mas que foram seguidos por tantos anos de separação e distanciamento. Voltaram novamente ao passado, talvez mais felizes em seu reencontro do que quando projetaram a ideia pela primeira vez; mais sensíveis, mais vividos, mais decididos e mais conhecedores do caráter, da verdade e da afeição um do outro; mais equilibrados para agir e com mais propósito em fazê-lo. E ali, à medida que subiam lentamente o declive, sem prestar atenção aos grupos ao seu redor, não vendo nem os transeuntes, nem as criadas atarefadas, nem as moças namoradeiras, nem as crianças, cederam lugar a essas retrospectivas, a esse reconhecimento e, sobretudo, às explicações tão urgentes e necessárias do que havia precedido aquele fatídico momento. Todos os pequenos acontecimentos da semana anterior foram repassados, e as descrições do dia anterior e daquela manhã pareciam não ter fim.

Ela não havia se enganado. O ciúme provocado por Mr. Elliot tivera o peso de atrasar aquela resolução, causando dúvida e tormento. O sentimento surgira no momento do primeiro encontro com ela em Bath e tinha voltado, depois de uma curta suspensão, para arruinar a noite do concerto. O ciúme influenciara todas as ações e as omissões de Frederick nas 24 horas anteriores. Tinha cedido gradualmente às melhores esperanças que a aparência, as palavras e as ações de Anne ocasionalmente encorajavam, e tinha sido, enfim, vencido pelos sentimentos que transbordaram enquanto ela falava com o Capitão Harville naquela manhã, com a ajuda do irresistível poder de uma folha de papel na qual podia desabafar.

Nada do que ele havia escrito precisava de retratação ou detalhamento. Ele insistiu em declarar não ter amado mais ninguém além dela. Ela nunca tinha sido substituída. Ele nunca acreditou sequer que houvesse outra mulher igual. Assim, de fato, era preciso reconhecer: ele tinha sido constante inconscientemente, ou, melhor, involuntariamente. Tivera a intenção de esquecê-la, e acreditava ter conseguido. Pensava ser indiferente a ela, quando, na verdade, estivera apenas magoado; tinha sido injusto com os méritos dela, porque sofrera por conta deles. Estava resoluto quanto à perfeição do caráter dela àquela altura, um adorável equilíbrio entre força e doçura. Era necessário, porém, reconhecer que só em Uppercross havia aprendido a fazer-lhe justiça, e só em Lyme havia começado a compreender a si mesmo. Em Lyme, ele tinha recebido lições de diversos tipos. A admiração passageira de Mr. Elliot o despertou da inércia, e as cenas no Cobb e na casa do Capitão Harville tinham provado a superioridade de Anne.

Em suas tentativas anteriores de apegar-se a Louisa Musgrove (tentativas motivadas pelo orgulho e pela mágoa), sempre sentira que era impossível, asseverou. Ele não se interessou e não poderia se interessar por Louisa, embora, até aquele dia, após ter tido tempo para a reflexão que se seguiu, ele não tinha compreendido a perfeita excelência da mente com a qual Louisa mal poderia ser comparada, ou o perfeito e inigualável domínio que tal mente possuía sobre a sua própria. Foi então que aprendeu a distinguir entre a firmeza de princípio e a obstinação do capricho próprio, entre a ousadia negligente de resolução descabida e a determinação de uma personalidade equilibrada. Naquele dia, ele se deu conta de tudo que havia a ser exaltado na mulher que perdera, e somente então começou a lamentar o orgulho, a insensatez e o ressentimento infundado que o impediam de tentar recuperá-la quando seus caminhos se cruzaram mais uma vez.

A partir daquele período, o pesar dele tinha se tornado severo. Quando se libertou do horror e dos remorsos que pairaram sobre os primeiros dias depois do acidente de Louisa, sentiu-se vivo novamente, apenas para voltar a se sentir preso em sua própria armadilha.

— Percebi — divagou ele — que Harville me considerava um homem praticamente noivo! Que nem Harville nem sua esposa duvidavam do apego mútuo entre Louisa e eu. Fiquei assustado e chocado. Até certo ponto, eu poderia facilmente contradizer aquilo. Porém, quando comecei a refletir que os outros poderiam achar o mesmo... a própria família dela, ou, pior, ela mesma... eu não poderia mais agir conforme meu bel-prazer. Eu seria dela por uma questão de honra, se assim ela o desejasse. Eu tinha sido imprudente. Não tinha pensado seriamente sobre o assunto antes.

Não tinha considerado que a minha intimidade excessiva oferecia o perigo de consequências nefastas, e que eu não tinha o direito de testar minha afeição por qualquer uma das moças, sob o risco de provocar até mesmo um comentário desagradável, mesmo se não houvesse outros efeitos nocivos. Estive grosseiramente errado, e teria de suportar as consequências se fosse necessário.

Em suma, ele estava encurralado, descobriu tarde demais e, precisamente quando teve certeza de que não tinha afeto algum por Louisa, precisaria se comprometer com ela se os sentimentos da moça fossem o que os Harville supunham. Assim, decidiu deixar Lyme e esperar pela completa recuperação de Louisa em outro lugar. De bom grado, ele desestimularia, por meios justos, quaisquer sentimentos ou especulações a seu respeito. Foi, portanto, para a casa de seu irmão, planejando retornar depois de algum tempo a Kellynch e agir como as circunstâncias pudessem exigir.

– Estive por seis semanas com Edward – contou –, e o vi feliz. Eu não podia ter outro prazer além desse. Eu não merecia nenhum. Ele perguntou pela senhorita, quis saber detalhes a seu respeito. Perguntou até mesmo se estava com a aparência mudada, mal suspeitando que, diante dos meus olhos, a senhorita nunca mudaria.

Anne sorriu e deixou passar a gafe. Foi um erro agradável demais para merecer uma reprovação. Há algo de relevante para uma mulher de 27 anos em ouvir que não perdeu uma gota de seu encanto da juventude, mas o valor das palavras de Frederick significava muito mais para Anne, comparando-as com as palavras anteriores e sentindo-as como o resultado, e não como a causa do renascimento de sua calorosa afeição.

Ele permaneceu um tempo em Shropshire, lamentando a cegueira de seu próprio orgulho e os erros de seus cálculos, até se ver inesperadamente livre de Louisa pela espantosa e oportuna notícia de seu noivado com Benwick.

— Nesse ponto — continuou ele — o que eu mais temia havia terminado. A partir de então, eu poderia ao menos me colocar no caminho da felicidade, poderia me esforçar e fazer alguma coisa. Mas esperar tanto tempo na inércia, e esperar só pelo mal, tinha sido horrível. Nos primeiros cinco minutos, eu disse: "Estarei em Bath na quarta-feira", e assim eu fiz. Seria imperdoável pensar que valia a pena vir? E chegar com algum grau de esperança? A senhorita estava solteira. Era possível que nutrisse os sentimentos do passado como eu. Além disso, tinha um incentivo a mais. Nunca duvidei de que a senhorita seria amada e galanteada por outros, mas eu sabia com toda certeza que tinha recusado pelo menos um homem, cujas pretensões eram melhores do que as minhas. Eu não pude deixar de me questionar muitas vezes: "Será que foi por minha causa?"

O primeiro encontro deles na Milsom Street lhes rendeu muito assunto, mas o grande acontecimento a ser discutido era a ocasião do concerto. Fora uma noite excepcional. O momento em que ela deu um passo à frente no Salão Octogonal para falar com ele, o momento em que Mr. Elliot apareceu e a monopolizou, e um ou dois momentos subsequentes, marcados pelo retorno da esperança ou por um desalento crescente, foram revividos com energia.

— Vê-la no meio daqueles que não me queriam bem — continuou ele —, ver seu primo perto da senhorita, conversando e sorrindo, e sentir todas as horríveis elegibilidades e conveniências da união! Considerar que tal união era o desejo de todos que poderiam tentar influenciá-la! Mesmo se seus próprios sentimentos fossem relutantes ou indiferentes, pensar que os dele seriam o incentivo mais poderoso! Eu já não estava sendo tolo o bastante? Como eu poderia observar tudo isso sem agonia? A visão da amiga sentada atrás da senhorita, lembrando-me do passado, da influência dela em nossos assuntos, a impressão indelével, imutável do que a persuasão um dia tinha feito... Não estava tudo contra mim?

– O senhor deveria ter visto a diferença – respondeu Anne. – Não devia ter suspeitado de mim. As circunstâncias são tão diferentes, minha idade também. Se errei em ceder à persuasão uma vez, lembre-se de que era persuasão exercida em prol da segurança, não do risco. Quando cedi, pensei estar cumprindo algum tipo de dever, mas nenhum dever poderia interceder agora. Ao casar-me com um homem indiferente a mim, todo risco teria sido incorrido, e todo dever, violado.

– Talvez eu devesse ter raciocinado assim – respondeu ele –, mas não consegui. Não me beneficiei do conhecimento tardio que adquiri do seu caráter. Não pude usá-lo a meu favor: tal conhecimento se perdeu em meio àqueles sentimentos anteriores alimentados ano após ano. Eu só pensava na senhorita como alguém que tinha cedido, que tinha me abandonado, que tinha sido influenciada por qualquer um e não por mim. Eu a vi com a mesma pessoa que a guiou naquele ano de infelicidade. Eu não tinha motivos para acreditar que ela exerce menos autoridade sobre a senhorita agora. Pelo contrário, a força do hábito poderia tê-la fortalecido.

– Eu acreditei – disse Anne – que meus modos com relação ao senhor poderiam tê-lo poupado desses pensamentos.

– Não, não! Seus modos poderiam ser apenas um reflexo da tranquilidade que o noivado com outro homem causaria. Parti com isso em mente e, mesmo assim, estava determinado a vê-la de novo. Recobrei os ânimos pela manhã e sentia que ainda havia motivo para permanecer aqui.

Por fim, chegaram à casa de Anne, e ela estava mais feliz do que qualquer um ali poderia imaginar. Toda a surpresa, todo o suspense e qualquer outra parte dolorosa da manhã foram dissipados por aquela conversa. Ela entrou na casa tão feliz a ponto de ser obrigada a encontrar equilíbrio em algumas apreensões momentâneas. Um intervalo de meditação séria e gratificante foi a melhor solução para tudo que oferecia risco a uma felicidade tão intensa. Em seu quarto, ela buscou força e coragem na gratidão por sua alegria.

A noite chegou, as salas foram iluminadas, e as visitas, recebidas. Seria apenas uma noite de jogos de cartas, uma reunião daqueles que nunca se tinham encontrado antes e daqueles que se encontravam frequentemente; um encontro comum, grande demais para ser considerado íntimo, pequeno demais para ser considerado variado. Anne nunca sentiu uma noite passar tão rápido. Radiante e amável, tomada por sensibilidade e júbilo, sendo mais admirada pelos demais do que poderia se importar, ela distribuiu alegria e benevolência para todas as criaturas ao seu redor. Mr. Elliot estava lá; ela o evitava, mas sentia pena dele. Com os Wallis, ela se divertia. Lady Dalrymple e Miss Carteret não passavam de primas inócuas para ela. Anne não se importava com Mrs. Clay, nem se envergonhava dos modos de seu pai e de sua irmã. Com os Musgrove, havia conversa leve e alegre; com o Capitão Harville, a relação amável de irmão e irmã; com Lady Russell, tentativas de conversa, encurtadas conscientemente; com o Almirante e Mrs. Croft, toda a cordialidade e sincero interesse, que a mesma consciência procurava disfarçar; e com o Capitão Wentworth, alguns momentos de comunicação frequentes e a ansiedade por querer mais e mais, sempre consciente de sua presença.

Foi em um desses pequenos encontros, enquanto cada um aparentava estar ocupado em admirar a bela exposição de plantas da estufa, que ela disse:

— Tenho pensado no passado, e tento julgar de modo imparcial o certo e o errado em relação a mim mesma. Devo acreditar que eu estava perfeitamente certa, por mais que tenha sofrido por isso, em me deixar ser guiada pela amiga a quem o senhor aprenderá a amar melhor do que o faz agora. Para mim, ela ocupava o lugar de uma mãe. Não me entenda mal: não estou dizendo que ela não errou no seu conselho. Foi, talvez, um daqueles casos em que o conselho só é bom ou mau conforme o resultado. Quanto a mim, certamente nunca poderei, em nenhuma circunstância de semelhança tolerável, dar tal conselho a outra pessoa. Mas quero dizer que eu estava certa em me submeter a ela, e que, se eu tivesse feito de outra forma, teria sofrido mais ao continuar o noivado do que ao desistir dele, porque minha consciência não ficaria em paz. Não tenho, no presente, dentro da medida em que tal permissividade é possível para a natureza humana, nada com que me censurar. Insisto que, se não me engano, um forte senso de dever não é um traço ruim na composição de uma mulher.

Ele olhou para ela, para Lady Russell e depois novamente para ela, e então respondeu, como se estivesse em deliberação:

— Ainda não a perdoei. Mas há esperança de que ela seja perdoada com o tempo. Acredito que terei carinho por ela em breve. Mas também tenho pensado sobre o passado, e fiquei em dúvida se não houve mais uma pessoa contra nossa união, mais do que aquela senhora. E creio que havia: eu mesmo. Diga-me se, quando voltei à Inglaterra, no ano 8, com alguns milhares de libras e no comando do Lacônia, tivesse lhe escrito, teria respondido à minha carta? Teria, em suma, renovado o noivado?

— Pergunta-me se eu teria renovado o noivado?! — foi a resposta curta dela, mas o tom foi decisivo o suficiente.

— Bom Deus! — espantou-se ele. — A senhorita teria! Não é que eu não pensasse nisso, nem que não desejasse, pois somente esse feito poderia coroar todos os meus outros sucessos; mas fui orgulhoso, orgulhoso demais para pedi-la novamente em casamento. Eu não a entendia. Fechei os olhos para não compreender o seu lado ou fazer-lhe justiça. Esta é uma lembrança que me fará perdoar a qualquer um mais cedo do que a mim mesmo. Seis anos de separação e sofrimento poderiam ter sido poupados. É uma fonte de dor. Consolei-me com a gratificação de ter acreditado em mim mesmo para ganhar todas as bênçãos que desfrutei. Tenho valorizado a mim mesmo por meus trabalhos honrados e recompensas justas. Como outros grandes homens diante de adversidades – acrescentou ele, com um sorriso –, devo esforçar-me para subjugar minha mente à minha sorte. Devo aprender a ser mais feliz do que mereço.

Capítulo XXIV

Quem tem dúvida sobre o que se seguiu? Quando dois jovens colocam em suas cabeças que irão se casar, é certo que, pela perseverança, levarão adiante sua vontade, sejam eles pobres, imprudentes ou inadequados um para o outro. Esse pode ser um raciocínio ruim para concluir a história, mas acredito que seja verdade; e se as partes envolvidas forem bem-sucedidas, por exemplo, como um Capitão Wentworth e uma Anne Elliot, com as vantagens da maturidade de mente, da consciência de direito e de uma fortuna própria, não deveriam conseguir derrubar toda e qualquer oposição? Eles poderiam, de fato, ter suportado muito mais do que encararam, pois havia pouco para afligi-los além da falta de graciosidade e de entusiasmo. Sir Walter não fez nenhuma objeção, e Elizabeth não fez nada pior do que parecer fria e despreocupada. O Capitão Wentworth, dono de uma fortuna de 25 mil libras e ocupando uma posição tão alta em sua profissão quanto o mérito e o esforço podiam colocá-lo, não era mais um qualquer. Passou a ser estimado como alguém digno de se dirigir à filha de um baronete tolo e extravagante, que não tinha princípios nem bom senso suficiente para se manter na situação em que a providência divina o tinha colocado, e que só podia dar à sua filha do meio uma pequena parte das dez mil libras que seriam dela no futuro.

Sir Walter, de fato, embora não tivesse afeição por Anne e nenhuma mesura à sua vaidade que pudessem realmente deixá-lo feliz pela ocasião, estava muito longe de pensar que Frederick era um mau partido para ela. Pelo contrário, depois de observar melhor o Capitão Wentworth e vê-lo com frequência à luz do dia, ficou muito impressionado com seus atributos físicos e sentiu que a sua superioridade de aparência não poderia ser injustamente equilibrada com a superioridade de posição social de Anne. Tudo isso, auxiliado pelo som agradável do nome do cavalheiro, permitiu a Sir Walter finalmente preparar a pena, com graça e bom humor, para a inserção do casamento de Anne no volume de honra.

A única pessoa cuja oposição podia incitar qualquer ansiedade séria era Lady Russell. Anne sabia que a amiga devia estar sofrendo por precisar lidar com a recusa de Mr. Elliot e travando algumas lutas internas para se familiarizar verdadeiramente e fazer justiça ao Capitão Wentworth. No entanto, era isso o que Lady Russell precisaria fazer. Ela teria de reconhecer que estava errada em relação a ambos, que tinha sido injustamente influenciada pelas aparências: como os modos do Capitão Wentworth não se adequavam às suas próprias expectativas, ela rapidamente deduziu que eram um indicativo de um caráter de impetuosidade perigosa; por outro lado, como os modos de Mr. Elliot a tinham agradado com precisão, por serem muito corretos, corteses e suaves, ela rapidamente deduziu que eram o resultado de opiniões muito corretas e de uma mente bem regulada. Não restava nada para Lady Russell fazer a não ser admitir que estava completamente errada e assumir um novo conjunto de posicionamentos e de esperanças.

Algumas pessoas possuem naturalmente uma rapidez de percepção, uma agudeza no discernimento de caráter, um poder natural de ver além das aparências que nenhuma experiência pode igualar, e Lady Russell era menos dotada destas habilidades do que sua jovem amiga. Ainda assim, era uma mulher muito boa, e se o seu segundo objetivo era ser sensata e justa, o primeiro era ver Anne feliz. Ela amava Anne mais do que amava suas próprias qualidades, e, quando o constrangimento do início passou, a distinta senhora teve pouca dificuldade em se afeiçoar como mãe ao homem que estava assegurando a felicidade de sua outra filha.

De toda a família, Mary foi provavelmente a que mais imediatamente se alegrou pelas circunstâncias. Era digno de crédito ter uma irmã casada, e ela poderia se vangloriar por ter sido muito fundamental para a ligação entre os dois, pois manteve Anne em sua casa no outono; e como a própria irmã deveria ser melhor do que as irmãs de seu marido, era gratificante que o Capitão Wentworth fosse um homem mais rico do que o Capitão Benwick ou Charles Hayter. Ela teve motivo para sofrer, talvez, quando eles voltaram a entrar em contato, ao ver Anne retomar os direitos de irmã mais velha e se tornar dona de uma carruagem moderna muito bonita. Mesmo assim, havia um futuro pelo qual ansiar, que oferecia consolação poderosa. Anne não tinha nenhuma propriedade como Uppercross para assumir, nenhuma extensão de terra, nenhum título de família; e se eles pudessem evitar que o Capitão Wentworth fosse feito baronete, ela não trocaria de lugar com Anne.

Seria bom para a irmã mais velha se ela pudesse ficar igualmente satisfeita com sua própria situação, pois uma mudança não era muito provável. Elizabeth teve que lidar com a frustração de ver Mr. Elliot sumir de cena. Desde então, ninguém de condição adequada se apresentou para levantar até mesmo o tipo de esperança infundada que se afundou com a ausência dele.

A notícia do noivado de sua prima Anne foi recebida por Mr. Elliot de forma muito inesperada, surpreendendo-o. Aquilo arruinou seus melhores planos de felicidade doméstica e sua melhor esperança de manter Sir Walter solteiro devido à vigilância que os direitos de um genro lhe teriam proporcionado. Entretanto, embora desconcertado e desapontado, ele ainda podia fazer algo por seu próprio interesse e divertimento. Ele foi embora de Bath, e, segundo os boatos, Mrs. Clay partiu logo em seguida para se instalar em Londres sob a proteção dele. Ficou evidente que o rapaz estivera engajado em um jogo duplo, e que estava determinado a não ser derrotado por ao menos uma das mulheres astuciosas de seu círculo.

Os afetos de Mrs. Clay superaram seus interesses, e ela resolveu sacrificar, pelo bem do jovem, a articulação de seu plano de se casar com Sir Walter. No entanto, ela detinha habilidades na mesma medida em que detinha afetos. Assim, tornou-se um questionamento geral se seria a astúcia dele ou dela que sairia vencedora e se, depois de impedi-la de ser a esposa de Sir Walter, ele não seria finalmente levado a fazer dela a esposa de Sir William.

Não haja dúvida de que Sir Walter e Elizabeth ficaram chocados e mortificados com a perda de sua companheira e com a descoberta de sua traição. Eles ainda tinham suas nobres primas a quem podiam recorrer como forma de consolo, porém, com o tempo, perceberiam que lisonjear os outros sem receber nenhum tipo de cortesia em troca não passa de uma ilusão de felicidade.

Anne, após um período muito curto, estava plenamente satisfeita com a dedicação de Lady Russell a criar laços com o Capitão Wentworth, e não via qualquer outro impedimento à sua felicidade além da consciência de não ter relações dignas, as quais um homem de bom senso valorizaria, para apresentar ao noivo. Nesse ponto, ela sentia muito intensamente sua própria inferioridade. A desproporção em sua fortuna não era nada, não lhe dava sequer um momento de pesar. Entretanto, não ter família para recebê-lo e estimá-lo adequadamente, nenhum traço de respeitabilidade, de harmonia, de boa vontade para retribuir todo o carinho e acolhimento que ela encontrou em seus cunhados e cunhadas era uma fonte de dor tão viva quanto sua mente poderia sinalizar em meio às circunstâncias felizes que viviam. Ela só tinha duas amigas no mundo para acrescentar à lista dele: Lady Russell e Mrs. Smith. A essas, porém, ele estava muito bem-disposto a se apegar. Ele aprendeu a valorizar Lady Russell com o afeto mais sincero de seu coração, apesar de todas as transgressões anteriores. Embora não afirmasse acreditar que ela estava certa ao separá-los da primeira vez, estava pronto para afirmar quase qualquer outra coisa a favor dela; quanto à Mrs. Smith, os vários tipos de mérito que possuía a recomendaram rápida e permanentemente.

A boa amizade da viúva com Anne era forte, e o casamento, em vez de privá-la de uma amiga, garantiu-lhe dois amigos. Mrs. Smith foi a primeira visita de Anne quando ela se assentou. O Capitão Wentworth, ao colocá-la no caminho da recuperação dos bens de seu marido nas Índias Ocidentais, escrevendo cartas, intercedendo em seu nome e ajudando-a a contornar todas as dificuldades simples do caso com o esforço de um homem destemido e de um amigo determinado, retribuiu plenamente os préstimos que ela havia servido, ou que algum dia serviria, à sua esposa.

Os prazeres de Mrs. Smith não foram modificados pela melhoria de renda, pela parcial melhoria de sua saúde e pela aquisição daqueles dois amigos que eram companhias frequentes, pois sua alegria e vivacidade eram as mesmas. Enquanto essas principais fontes de bem-estar remanescessem, ela seria capaz de enfrentar até mesmo os maiores desafios da prosperidade comum. Ela poderia ter sido absolutamente rica e perfeitamente saudável e, ainda assim, conservaria o mesmo jeito de ser feliz. O segredo de sua felicidade estava no brilho de seu espírito, assim como o de sua amiga Anne estava na gentileza de seu coração.

Anne era a ternura em pessoa e encontrara no afeto do Capitão Wentworth retribuição à altura. A profissão dele era a única coisa que podia fazer seus amigos desejarem que sua sensibilidade fosse menor, pois o pavor de uma guerra futura tinha o poder de obliterar o seu brilho. Ela se orgulhava por ser a esposa de um marinheiro, mas, com isso, precisava pagar o tributo de um permanente estado de alerta inerente a essa posição que é, se possível, mais valorizada em suas virtudes domésticas do que por sua importância nacional.